杨庆祥 主编

新坐标

三个男人

石一枫 著

李屹 编

江苏凤凰文艺出版社
JIANGSU PHOENIX LITERATURE AND ART PUBLISHING

图书在版编目（CIP）数据

三个男人 / 石一枫著 ; 李屹编. —南京 : 江苏凤凰文艺出版社，2023.9

ISBN 978-7-5594-6398-2

Ⅰ. ①三… Ⅱ. ①石… ②李… Ⅲ. ①中国文学－当代文学－作品综合集 Ⅳ. ①I217.1

中国版本图书馆 CIP 数据核字(2021)第 244427 号

三个男人

石一枫 著　李　屹 编

出 版 人　张在健

责任编辑　李　黎　项雷达

特约编辑　王　怡　郭　幸

责任印制　刘　巍

出版发行　江苏凤凰文艺出版社

南京市中央路 165 号，邮编：210009

出版社网址　http://www.jswenyi.com

印　　刷　苏州市越洋印刷有限公司

开　　本　880 毫米×1230 毫米　1/32

印　　张　9.75

字　　数　220 千字

版　　次　2023 年 9 月第 1 版

印　　次　2023 年 9 月第 1 次印刷

标准书号　ISBN 978-7-5594-6398-2

定　　价　58.00 元

新时代，新文学，新坐标

杨庆祥

编一套青年世代作家的书系，是这几年我的一个愿望。这里的青年世代，一方面是受到了阿甘本著名的“同时代性”概念的影响，但在另外一方面，却又是非常现实而具体的所指。总体来说，这套“新坐标”书系里的“青年世代”指的是那些在我们的时代创造出了独有的美学景观和艺术形式，并呈现出当下时代精神症候的作家。新坐标者，即新时代、新文学、新经典之涵义也。

这些作家以出生于1970年代、1980年代为主。在最初的遴选中，几位出生于1960年代中后期的作家也曾被列入，后来为了保持整套书系的“一致性”，只好忍痛割爱。至于出生于1990年代的作家，虽然有个别的出色者，但我个人认为整体上的风貌还需要等待一段时间，那就只有等后来的有心人再续学缘。

这些入选的作家都是我们这个时代的新青年。鲁迅在1935年曾编定《新文学大系小说二集》，并写有长篇序言，其目的是彰显“白话小说”的实力，以抵抗流行的通俗文学和守旧的文言文学。我主编这套“新坐标书系”当然不敢媲美前贤，但却又有相似的发愿。出生于1970年代以后的这些作家，年龄长者，已经50多岁，而创作时间较长者，亦有近30年。他们不仅创作了大量风格各异、艺术水平极高的作品，同时，他们的写作行为和写作姿态，也曾成为种种文化现象，在精神美学和社会实践的层面均提供着足够重要的范本。遗憾的是，因为某种阅读和研究的惯性，以及话语模式的滞后，对这些作家的相关研究一直处于一种“初级阶段”。具体来说表现在以下几个方面。第一，单个作家作品的研究比较多，整体性的研究相对少见；第二，具体作品的印象式批评较多，深入的学理研究较少；第三，套用相关的理论模式比较多，具有原创性的理论模式较少；第四，作家作品与社会历史的机械性比对较多，历史的审美的有机性研究较少；第五，为了展开上述有效深入研究的相关史料的搜集、整理和归纳阙失。这最后一点，是最基础的工作，而“新坐标书系”的编纂，正是从这最基础的部分做起，唯有如此一点一点地建设，才能逐渐呈现这“同代人”的面貌。

埃斯卡皮在《文学社会学》里特别强调研究和教学对于文学“经典化”的重要推动。在他看来，如果一部作品在出版 20 年后依然被阅读、研究和传播，这部作品就可以称得上是经典化了——这当然是现代语境中“短时段经典”的标准。但是毫无疑问，大学的教学、相关的硕博论文选题、学科化的知识处理，即使是在全（自）媒体时代依然发挥着不可替代的历史化功能。编纂这套书系的一个初衷，就是希望能够为大学和相关研究机构的从业者提供一个相对全面的选本，使得他们研究的注意力稍微下移，关注更年青世代的写作并对之进行综合性的处理。当然，更迫切的需要，还是原创性理论的创造。“五四一代”借助启蒙和国民性理论，“十七年”文学借助“社会主义新人”理论，“新时期文学”借助“现代化”理论，比较自洽地完成了自我的经典化和历史化。那么，这一代人的写作需要放在何种理论框架里来解释和丰富呢？这是这套书系的一个提问，它召唤着回答——也许这是一个“世纪的问答”。

书系单人单卷，我担任总主编，各卷另设编者。需要特别说明的是，所有的编者都是出生于 1980 年代以后的青年评论家、文学博士。这是我有意为之，从文化的认领来说，我是一个“五四之子”，我更热爱和信任青年——即使终有一天他们会将我排斥在外。

书系的体例稍做说明。每卷由五部分组成：第一，代表作品选。所选作品由编者和作者商定，大概来说是展示该作者的写作史，故亦不回避少作。长篇作品一般节选或者存目。第二，评论选。优选同代评论家的评论，也不回避其他代际评论家的优秀之作。但由于篇幅所限，这一部分只能是挂一漏万。第三，创作谈和自述。作家自述创作，以生动形象取胜。第四，访谈。以每一卷的编者与作者的对话为主体，有其他特别好的访谈对话亦收入。第五，创作年表。以翔实为要旨。

编纂这样一套大型书系殊非易事。整个编纂过程得到了各位编者、作者和江苏凤凰文艺出版社的大力支持，尤其是张在健社长和青年编辑李黎老师的大力支持！在此向付出辛苦劳动的各位同代人深表谢意。其中的错讹难免，也恳请读者和相关研究者批评指正。记得当初定下选题后，在人民大学人文楼的二楼会议室召开了第一次编务会，参会的诸君皆英姿勃发，意气风扬。时维夜深，尽欢而散。那一刻，似乎历史就在脚下。接下来繁杂的编务、琐屑的日常、无法捕捉的千头万绪……当虚无的深渊向我们凝视，诸位，“为什么由手写出的这些字/竟比这只手更长久，健壮?”生命的造物最后战胜了生命，这真是人类巨大的悖论（irony）呀。

不管如何，工作一直在进行。1949年，作家路翎在日记中写道：“新的时代要浴着鲜血才能诞生，时间，在艰难地前进着。”而沈从文则自述心迹：“我不向南行，留下在这里，为孩子在新环境中成长。”70年弹指一挥间，在这套“新坐标书系”即将付梓之际，我又想起苏联作家帕斯捷尔纳克的一首诗《哈姆雷特》：

喧嚷嘈杂之声已然沉寂，
此时此刻踏上生之舞台。

倚门倾听远方袅袅余音，
从中捕捉这一代的安排。

敢问，什么是我们这一代的安排？

是为序。

2019. 2. 16 于北京
2020. 3. 27 再改
2023. 7. 11 改定

目录

Part 1　作品选　001

张先生在家么　003

三个男人　017

老人　042

合奏　060

放声大哭　081

营救麦克黄　096

寻三哥而来　176

Part 2　评论　199

顽主的幽灵——石一枫论　201

告别“青春后遗症”——石一枫近作论　212

顽主·帮闲·圣徒——论石一枫的小说世界　225

当下中国文学的一个新方向—— 从石一枫的小说创作看当下文学的新变 246

Part 3 创作谈 275

我所怀疑和坚持的文学观念 277

对于 “写现实” 的一点想法 280

Part 4 访谈 285

“文学的总结” 应是千人千面的—— 李云雷、 石一枫对谈 287

Part 5 石一枫创作年表 294

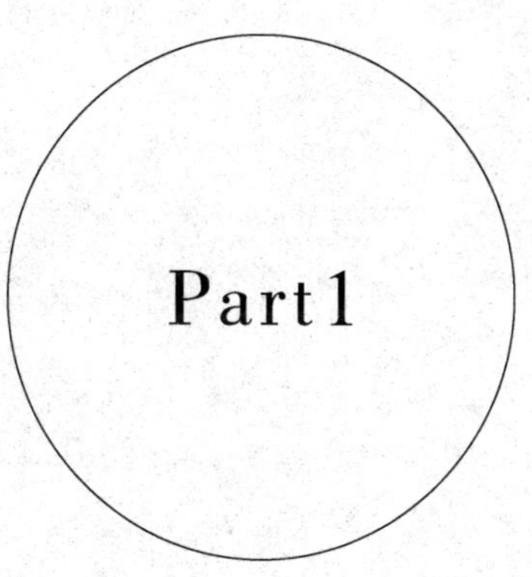
Part1

作

品

选

张先生在家么

“这儿现在已经没有人住了。”李小青像领着一个盲人一样牵着我，走在笔直、宽阔的大干道上。我软弱无力地被她握住右手，抬起眼睛望着树梢间流下来的渔网一样的阳光。这个大院里空无一人，即使在大白天穿过它，似乎都能听到远方传来的脚步的回声。我顺着风的方向，让目光越过李小青的肩膀，尽力向北望去，几里开外影影绰绰站着一个无人驻防的哨岗，在刚刚入冬的风中显得摇摇欲坠，仿佛即刻将被吹走一般。

路边挺立着无数棵高大、粗壮的梧桐树，手掌般大小的树叶已经飘落殆尽，在地上一浪接一浪地滚动着，也无人清扫。树后面是一排又一排的灰暗、敦实的苏式二层小楼，有几家临走之前窗户没有关好，已经在昨夜陡然袭来的风中被撞碎，还在摇摇晃晃，磕出空旷的响声，远处听来，好像一个沙哑的嗓音正在断断续续地低语。我还记得半年以前来到这里，空中向四面八方飘荡着军号声，路上的人神色匆匆，尽是整齐划一的警卫连战士和从人家跑出来的哈巴狗，间或有一辆老式日本轿车绝尘而过，车窗里露出一张虚胖、和蔼的老人的脸，却长着一双猛禽一般尖锐的眼睛。现在这些人都不见了。我问李小青：

“你们院儿的人都搬到哪儿去了？”

她说：“八大处那边吧，整个机关都搬了。”她有些得意地用脚把一堆路牙旁的树叶踢得飞扬起来，“我爷爷他们早就搬了。这儿还有一个来月就要拆掉了，地皮划归给装甲兵了。”

我们在主干道正中间的一幢小楼前停住脚步，李小青从兜里掏出钥匙，打开厚重的铁门。一股年代久远的木地板、家具的味道混着灰尘冲出来，这时外面寒冷的空气显得格外清爽。一楼的大厅干燥而昏暗，乌木家具在里面都看不太清，仿佛一团又一团巨大的黑影。我还能回忆起今年夏天的夜晚，当战士和家属们在南边的大操场看完电影，人声嘈杂地渐渐散去时，我趁着夜色顺着排水管爬到二楼，敲李小青卧室的窗户，茂密的爬山虎蹭得我浑身发痒。等到她开窗让我翻进去之后，才发现大腿和肩膀上被蹭出了大片过敏的红斑。这让我在迈进客厅的时候也条件反射地抖动着上身，把脖子在帆布外套上使劲摩擦了几下。而李小青则在我身前忽然停住，向里屋探头探脑，怯生生地喊道：

“爷爷，奶奶——”

旋即哈哈大笑地跳了起来，迅速把脸扭过来，被门外的阳光镀上了一层闪亮的金边：

“逗你玩呢，他们再也不会回这儿来了。现在这整个大院里一个人也没有，只有咱们俩了。”

我给她捧场一般笑着，走到茶几前翻出半筒遗落下来的“中华”烟点上一根，被过分干燥的烟草味呛得咳嗽了两声。李小青兴奋地跑过来，像狸猫一样把我扑倒在沙发上：

“这下可没人管咱们了，全世界人都嗝儿屁着凉啦。”

我也笑了:“就剩咱俩，在这儿姘居。”

这个词儿让她更加激动，简直是在空荡荡的屋里、空荡荡的方圆几里的大院中扯着嗓门大喊大叫。我忽然感到这个声音瘆人起来，就像一只被虐待致死的猫一样，可是李小青一点没有察觉。我搂着她向窗外望去，一股疾风刮过几近光秃的树梢，大片的树枝猛然向一个方向歪过去，仿佛空中掠过了一个无形的巨大身影。

一个答应李小青来这里和她同居之前没想过的问题闯了进来，就像外面的寒风穿进空旷的房屋：如果是在夜里，我不会害怕么?

多少年前，我就是一个时常滑入巨大的恐惧感中的孩子。在神情恍惚中，我经常莫名其妙地害怕起来，仿佛已经被世界暗处的某个飘忽不定而又强有力的事物抓住了一样。这是一种预谋已久但却轻而易举的捕捉，它随时可能从某个电影片断、某张光线诡异的照片、某段不和谐的音乐，或者某个夜晚的出乎意料的梦境中钻出来，瞬间把我裹在里面，让我睁大眼睛眼巴巴地看着与我隔绝的现实世界，内心的力量在孤独和惧怕中消失殆尽。

我从来没有与李小青交流过这种感受，并且一厢情愿地把她想象成了一个没心没肺、拥有所向无敌的肉感的姑娘。我由此羡慕起她来，认为她是无所畏惧的。在这间逐渐变得漆黑，外面笼罩着窸窣的响声的空屋里，我一步不落地紧跟着她，她走到哪儿我就跟到哪儿。我们浏览了楼里的每一个房间：她爷爷奶奶的睡房、警卫员的卧室、书房、厨房。整个大院都停了电，断了水，这里也不例外。家具上的清漆随着时间的流逝完全褪掉了光泽，但摸上去仍然像深海鱼一样光滑。我在某间黑屋里点燃了一根烟，瞬间在柜子上看到了自己的影像，模模糊糊，但又五官分明。我被吓得喉头发紧，满嘴苦涩，从小我就害怕在暗处照镜子，那里仿佛不是我，而是一个完全陌生的人。我赶快推着李小青跑出去，摔上门的响声倒把她也吓了一跳。

那天晚上我们吃的是来时带的罐头和面包，喝了两罐啤酒。我们没有想到水电的问题，后悔没带来照明用具，也只能坐在黑影缭绕的客厅里等待睡意。李小青已经没那么兴奋了，话也不多，我察觉到她也有些紧张，这更加加剧了我的担忧。我们四目相对，听着门外的风声越来越大。我一遍又一遍地想着眼下的情况：方圆几里之内除了我们，一个人也没有。恐怕她也正在想这件事情，可谁也不敢把这话再说出来。我禁不住往窗外看了一眼，树杈像一群狰狞消瘦的躯体，正在一言不发地舞动，仿佛它们已经这样跳了几千年，还要继续跳上几千年一样。我忽然感到那些没有头颅，只有张开的手臂的身体正借着跳舞之际向近处移动，所有的那一群，一个紧跟着一个。我的大腿绷得紧紧的，但又不敢轻易跳起来，等到确定它们并没有改变位置，却又发现窗户玻璃上有一个两个的黑影不紧不慢地走过，走过去又走回来，似乎正在寻找进门的方法。我清楚这里没有一个人，但又感到有人要寻机蹿进来。这时忽然又听见一下水滴砸到水池上的声音，而此处的水管分明已经干涸半个月了啊。我终于控制不住自己的大腿肌肉，噌地跳了起来，李小青登时高昂起头来盯着我看，脸色在外面射入的光下一片惨白，几缕头发飘散在脸前，挡住了眼睛。

我连忙对她挤出一个笑容说："门外有猫，门外有猫。"

李小青瞪大了眼睛，半张着嘴，仿佛马上就要发出一声戳破耳膜的尖叫。她想叫但又不敢发声。我心里不停地对她说：

"千万不要叫千万不要叫千万不要叫——"仿佛她一出声，恐怖的感觉就要变成现实。这实际是最可怕的时刻。我甚至想到，如果她真的想要叫出来的话，又怎么办呢？我会不会马上扑过去，死死地扼住她的喉咙，看着她的脸一点一点地扭曲，看着她的眼睛翻成纯白色，看着她的牙齿尖利地撕咬着空气？

这个景象让我汗流浃背。我手里的啤酒罐已经不知不觉被捏破，终于有一块铁片划破了我的手。我蓦然惊醒，捂着手去找餐巾纸，李小青也神经质地忙乱着为我包扎。我们羞涩地在黑暗中相互笑了，但又听到对方正在不停地喘着粗气。那天晚上我们不敢到楼上卧室去睡觉，而是把两张笨重的沙发拼在一起当床。我们以从未有过的默契配合着做爱，双方都毫无保留，竭尽全力，感到身体正在屋外的寒风中和黑影间夸张地战栗，追求着这天夜里的唯一主题：在销魂的瞬间忘却，然后疲倦地睡去。

第二天，我们对昨夜的事情全都缄口不言。我看着窗外轻柔、明媚的阳光，清俊的树枝，心里充实起来。我盯着眼前的景色不放，伸手触摸着反光的桌面，尽量认为昨夜的感觉全是虚幻，直到看见那个被捏破的啤酒罐，铁皮上还沾着一丝暗红的血迹。这是恐怖的印记。李小青却轻松了下来，她若无其事地说：

“今天出门，要买一些蜡烛。”

我看着她的神色，甚至感到她在隐藏着一个可怕的阴谋。我们一起出去，没有锁门就走了。回头看着在空荡的路边随风摇曳的铁门，我想，这是一个多么有安全感的象征啊。

但今天晚上的情形好不到哪里去。虽然我们在天空刚刚发黄时就点燃了蜡烛，但随着夜晚来临，烛光仿佛一下子变冷，失去了温度。奄奄一息的光亮只能让窗外变得更加漆黑，更加深不可测，也把昨晚抑郁着的恐怖气氛一下子点燃了，弥漫在整个屋子中间。我和李小青开始还有意识地说着闲话，但忽然听到屋子深处仿佛有人在学着我们的话语。每说一句，就有一个悠远而又迟钝的声音跟着学一句。

“我们学校有一个老头儿——”

“一个老头儿——”

“是不是有病啊那人？”

“有病啊那人——”

我们再也不敢出声，重新变成昨夜那样：神经质地瞪着眼睛，紧张得膝盖发酸，清晰地看到对方脖子上的每一个鸡皮疙瘩。

这样不知道过了多长时间，我们筋疲力尽，但又毫无倦意。时间还是一条河流，但它被冰冻住了。我低头看看李小青的手腕，那上面的“迪奥”手表荧荧发着绿光。

“现在几点了?”

“几点了——”

李小青和那个回声还没有回答，我忽然瞥到窗外有一张人脸，而且凭那一闪而过的印象，感到它居然没有五官，完全是一块白色的椭圆形。我的嗓子被什么东西死死堵住，还没来得及说话，房门已经被沉稳地叩响了。

李小青的声音像弓箭一样破空滑出，歪歪斜斜地喊道：

“谁呀?”

门外没有声音。我竖起耳朵，感到头皮在不断地打战。外面好像有什么巨大的、无形无质的东西即将像流水一样从门缝里涌进来，我抓住桌子的一条腿，等了许久，才又听到敲门声再次响起来，还是刚才那个节奏，我颤声问道：

“你到底是谁呀?”

门外响起一个孩子的声音，听起来很清脆，但又像悲伤地吁着气说话一般：

“张叔叔在家么?”

李小青飞快地跑到我身边，死死掐住了我的小臂。我很诧异她竟然能有这么快、这么连贯的动作，简直是一眨眼的事儿，而手臂上的痛觉反而消退了一些恐惧，我站起来去开门。开门的一瞬间我马上后悔了：我完全可以不开门的，这里根本没有一个姓张的人。

但此时门却被外面的人拉开了，我几乎没有力气去抗拒它，门就开了。门外的台阶上站着一个小男孩，七八岁的模样，脸异常地白，嘴唇异常地红，脖子上还围着一条红色的围巾，在寒风里飘动，像他的嘴唇一样红。

我们谁也不敢出声，甚至不敢喘气。李小青还掐着我的胳膊，看着那个小男孩。他没有抬起眼睛看我们，而我们已对他的出现不寒而栗了。这样沉默了一会儿，寒风让我手指冰凉，那个小男孩终于张开嘴唇，一字一顿地说，声音像是从他身后飘过来的：

“张叔叔在家么？”

“哪个张叔叔？”我顺着惯性说。

“张——建军。”

“没有。”李小青忽然斩钉截铁地回答说，“这儿没有张建军。”

小男孩什么也没说，转头就走。他走得非常之快，简直像一个被风吹去的魅影，转眼消失在低声呻吟的无穷黑夜之中。

我们迅速关上门，看看表，已经十点一刻了。李小青刚想说话，我一言不发地抱住她，这次还没有赤裸着拥抱在一起，她已经浑身是汗了。

次日早上，我一个人来到门外，沿着那条宽阔的干道走着。冬天来势凶猛，阳光已经变得有气无力。我缓缓地走着，仔细地观察着路边的每一个墙角、每一扇没关好的窗户，好像在寻找着夜晚那些骇人景象的藏身之处。我知道这样是徒劳的，但依然执拗地检查了整条道路，甚至在几幢房前扒着窗户向里张望了半天。没有什么异常的情况，满眼皆是荒凉颓败的景象，过去整洁有序的大院变得杂乱不堪，空气里弥漫着冰凉的人去楼空的味道，催人泪下。

我走了半个上午，直走得浑身发热，内衣湿漉漉地贴着脊背。

在回到家门口的时候，我忽然发现有一只猫在高高的院墙上凝视着我。这应该是一只被遗弃的黑猫，现在显得肥胖、丑陋，它在风中一动不动，冷冷地看着我，忽然无声地呻吟了一声，嘴角上挂着奸邪阴险的笑容。我的身上一下凉了下来，扭了三次才扭动门把手，在它的注视下退回屋里。

这一天我都在想着昨晚那个小孩，还有那只猫。唇红齿白的小男孩，丑陋的黑猫，无名无状的黑影。天色愈黑，我愈感到疲倦、紧张，头痛欲裂，但对周围的气氛却越发敏感，仿佛每一个细微的声响、每一片树叶的飘落都无法逃避。黑夜变得更加阴森，那些黑影更加夸张地时隐时现，而且在呼啸的风中加进了垂死的笑声。我们依然什么事都无法去做，我看到李小青的嘴唇苍白得发亮，纤毫毕现地抖动着。我从来不戴表，于是把她的手表要过来，紧紧攥在手中，等着某个未知时刻的最终到来，又不时张开手看看时间，生怕表针在我们的恐惧之中飞快旋转，跨越千年。

这时我听到了一声门响，噌地弹起来，又和李小青面面相觑地呆立在原地。那声音似乎有过，但又听不见了。我走到门前，一横心打开门，登时被冷气裹住，大腿冰凉。门外空无一物，只有风卷着树叶，在地上像一支浩浩荡荡的蚂蚁大军。我们更加提心吊胆地把门关上，正想找点什么话说，门却又响起来。这一次是真的敲门声，节奏和昨天的如出一辙：三长两短，好像一条低声念出的咒语。

我背靠着门不动，门外人又敲了一次。我说：

“谁呀？”

门外沉默了一会儿，昨晚那个声音又响起来，连语调也一模一样：

“张先生在家么?”

李小青一直目光迷离，此时忽然歇斯底里地大叫了起来：

“哪个张先生？这儿没有姓张的!”

门外的声音又消失了。我们以为这一次他走了，但马上又听到他的声音扬起来：

“张建国，张先生。”

我神差鬼使地猛然转身，一把打开了大门。又是那个小男孩，红围巾还系在他的胸前，衬得比昨天嘴唇更红，脸色更白。我等着他抬起眼睛，但他还是没有。我好像失去了力量，就慢慢地说：

“昨天不是张建军么?”

他说:“我记错了。”

“那也没有。张建军张建国都没有。他们哥儿俩不在这儿。”

小男孩飞快地掉过头去，脚步踏进波浪滚滚的落叶之中。他走得如此之快，但侧脸却似乎在路上闪着光。我们看着他转眼之间消失，给人的感觉，仿佛他刚一走出我们的视线，就立刻消散于无形，溶解在空气之中了。

我回头看看李小青，她像痴呆一样，两只手握在一起，目光不知所措地扩散着，不知道在看什么。我去拉她的手，却发现那两只手像是冰冷的大理石雕刻而成的，怎么拽也分不开了。

我问自己，也像在问她:“这是怎么回事儿?”

她没有说话。

那天夜里，李小青发起了高烧，脸颊滚烫，不停地胡言乱语。她在一段时间内甚至不知道我是谁，也不知道自己在哪儿了。我也无法入睡，孤零零地坐在她身边，和她说话好像是在和一个陌生的天外之人交谈。我打算着明天带她离开这里，可睡着的时候已经是次日早上了，一觉醒来，天又黑了。李小青的烧不但没有退，而且越来越厉害。我用凉水浸湿毛巾铺在她的额头，紧紧握住她的手，等到她体温恢复正常，也只能虚脱地躺在床上了。我拿出她的手表，又到了晚上十点一刻。我没有惊动她，点上蜡烛，一个人走到门口。石英表的秒针像抽搐一样跳动着，我一下一下地数着，但很快又忘记了数字，终于，敲门声又响起来了。

“张先生在家么？”

“哪个张先生？张建军还是张建国？”

门外很久才答道：“张建设张先生。”

我打开门，低头看着那个小男孩。他脸上没有表情，把下巴埋到围巾里面。我感到心里一下一下地揪着，强忍着不说话。小男孩身后的风滚滚不停地掠过，他似乎有点发抖，这反而让我也发起抖来。不要说话，不要先说话，我告诉自己。他一直沉默着，我有几次想要抓住他的肩膀，或者弯腰捏住他的胳膊，但我的手抖着没有动。我害怕这一把抓过去，摸到的真是一片虚空或者像蛇一样冰凉的身体。他继续不说话，我的心越升越高，胸膛已经装不下了。我想要回到里屋去找李小青。

“没有么？”小男孩终于说话了。我把手揣进兜里，不敢把眼睛拿开，但也不开口。

又过了一会儿，他抬起脸来看着我。他的眼睛黑得发蓝，如果在阳光之下，这肯定是一个漂亮的小男孩。我躲开他的视线说：

“没有。这儿没有姓张的，你记住了么？”

“记住了。”他转身，走下台阶。

我又一次看着他消失在夜风之中，但这一次我没有转身进屋。我估算着他走出三十步开外——如果他还存在着的话——就轻轻关上门，走下台阶，跟了出去。

我沿着干道小心翼翼地走着，周围的气流呼啸而过，头上的树枝噼啪乱响，脚下落叶迅速地从脚面两侧擦过。在夜里，这条大路好像无穷短，也无穷长，十步以外就是一个完全未知的境地。我不知道下一分钟要走到哪里去。我根本听不见小男孩的脚步声，或者他的脚从来不用沾地？或者他只是方才我眼中的幻象？我的恐惧到了极点，但反而毫不犹豫地走了下去。我尽力把脚步迈得很大，但落地时又很缓慢，尽量不出声音。这样走了很久，仿佛走了一千年，才发现这种走法是没有尽头的，于是索性甩开步子跑了起来。跑起来反而不像别的东西了，跑了不到一分钟，就隐约看见前面有一个矮矮的人影。看到他还在，我倒吃了一惊，不由自主地急促呼吸着，脚步也愈发沉重地摔在地上。

小男孩猛然停住，我也立刻站住。过了很长时间，他也没有回头，甚至没有动一下，如果没有围巾飘动的影子，他简直变成了一尊石像。我们就这样一动不动地站着，我死死盯住他，一个声音从我的胸膛里面越升越高，终于冲了出来：

“喂。”

小男孩像是上了发条一样飞快地动起来，他跑到路边解开裤子，一股水流迎风招展开来。我慢慢地、一步一停地走过去，走到他身边，看到他的肩膀正剧烈地起伏着。我伸出手拍了一下他的肩膀，他蓦然扭过头来，让我看到了一张大张着的嘴、眼泪汪汪的脸。哇哇大哭的声音像迟到一样忙不迭地赶来，立刻刺破了夜风。

我倒笑了起来，对他说：

“拉上裤子吧，小鸡鸡要被吹掉了。”

小男孩马上拉上裤子，哭声也小了一些，转而盯住我不放。我看着他强睁着眼，眼泪毫无阻碍地涌出来，就蹲下身子对他说：

“你是不是男孩啊，你哭什么啊？”

他不说话，继续盯着我看，让我不知所措。我看着这个漂亮的小男孩，等到他的哭声被风声隐没才问：

“你怎么回事啊？哪儿来的张先生啊？到底有没有这个人？”

他抽搐着说，说话时手拽紧了红围脖：“没有，我编的。我爸让我从奶奶家回去的时候走这条路，他说这条路没车。可是我害怕，我越走越害怕，我觉得我快走不下去了。我想看见个人。”

我明白了。他也害怕，他想看见一个活人。这个院里只有一盏烛光，就是我们。我又问：“那你爸呢？他怎么不接你去？”

“他有病，不能见风。”

我心酸起来，站起身摸摸他的脑袋说：

“走吧，我送你过去。”

小男孩一言不发，跟着我走起来。我们在黑夜里大踏步地走着，踩得树叶喳喳作响。我说：

“你会唱歌儿么?”

“会。”

“会唱什么?”

他说了两首，都是这几年新普及的儿童歌曲，我听都没听过。我说:“我不会唱，你给我唱一首。”

他说:“我不唱，我走调。”

我听见自己哈哈大笑说:“那就算啦。”说完搂住他的肩膀，走得更快了。没过多久，我就看见大院的正门了，马路对面，一间平房开着门，一个男人坐在门口向这边望着。

我拍了一下小男孩的背，他撒开腿跑了过去。我看着他跑到父亲面前，他父亲低下身子检查他的围巾有没有扎紧，但小男孩摇着脑袋躲闪开，他父亲就把它解下来拿在手里，两个人走进门里。

我转过身去往回走，眼前还是那条漆黑的、寒风呼啸的大道。可惜没有人陪我把剩下的路程走完。

原载《大家》2008 年第 6 期

三个男人

这个月，芳华喜欢过三个男人。其实以前也不是没喜欢过男人，比如说，半年前，她就喜欢过街口修自行车的小黄。小黄的个子虽然矮，但是脸庞的轮廓很周正，干活的时候嘴里好像咬着一股劲，两边的咀嚼肌鼓起来。芳华喜欢他鼓着咀嚼肌专心修车的模样。还喜欢过烟草专卖店的刘陆，刘陆虽然卖烟，但是不抽烟，而且收了顾客的钱，却不允许他们在店里就把烟点上。他说要保证房间内的空气清新。芳华就是喜欢他这种有原则的性格。

为什么偏偏要说十月份的这三个男人呢？因为这三个和以前她喜欢过的那些，有了总体性的变化。过去芳华喜欢的，都是年轻的男孩，不超过二十五岁，无论是咬着嘴做事的样子，还是执意不允许在店里抽烟的原则，本质上都带着三分孩子气。而这三个男人，他们的长相和说话的方式虽然各不相同，但有一个共同的特点，就是整个人扎扎实实地定了型。那是类似于根叶广茂的树木的稳定感，和攀在墙上的藤蔓植物自是不同。也就是说，芳华开始喜欢成熟的男人了，这对于她来说，的确是一个值得纪念的变化。来到这城市北部的这片新区住了三年，芳华觉得自己长大了。

她明年就满二十了。

先说第一个男人。芳华“喜欢”上他，是在早晨六点钟。这个时候，整条街的商铺只有芳华的小卖部开了门。她早早醒了，坐在床上发了会儿呆，觉得不营业也没事可做，便掀开了铝合金店门，让小卖部的五脏六腑一致对外。她也不饿，只是口干，就打开一瓶可乐，把塑料管捅进去吮，一口下去小半瓶。

这个时候，第一个男人就从小卖部斜对面的小区走了出来。那小区是新盖好的，房价据说不便宜，但具体有多贵，却又是芳华根本不去考虑的。她只觉得被晨露洗刷了一遍，那几栋二十多层的塔楼分外鲜明亮眼。小区里的人家大部分还在睡觉，因此第一个男人早早往外走的姿态，就显得颇为孤单。他还拖着一只巨大的拉杆箱子。

芳华带着麻木的专注，远远地盯着那男人看。他的个头可不高，头发倒还浓密，只是太浓密了些，反而压得身量更显矮了。他往她的小卖部走来。

进店一看，脸是乌黑的，脑门的皱纹像是钝刀子划上去的。这男人买了一盒牛奶，还让芳华放到微波炉里转一转。微波炉正在响，他又说：

“你早上最好也喝热牛奶。老喝这个要伤胃的。”同时看向芳华手里的可乐。

听了这话，芳华就觉得微波炉的声音像几百只苍蝇在同时叫。以前店里只有她一个人的时候，小黄和刘陆他们也会过来搭讪，但所说的话题，不是手机里下载了什么新歌，就是湖南卫视的女主持人到底要嫁给谁，何尝有人关心过她的胃？

大早上的，芳华的周身好像被热水烫过，暖和而熨帖。一句话竟然有这样大的能量，这是芳华始料未及的。微波炉丁零一响，她拉开塑料门，要把牛奶拿出来，那男人低沉的声音又传过来：

“别烫着。”

那一瞬间，芳华就决定，干脆“喜欢”他好了。她两个指头捏着牛奶盒子，小指却向上翘，迅捷地将它捏出来，放到男人面前。

“不烫。”芳华邀功似的说。

男人伸手搭在牛奶盒上，把脉似的探探温度，然后小心翼翼地撕开包装，吸吸溜溜地喝起来。他的手粗壮得很，但却出奇地灵活，并不浪费任何一个微小的动作。芳华觉得他像老家那边的手艺人。

“有没有三五？”男人问了个香烟的牌子。

芳华回答：“没有。我们这里只有中南海。外国烟得到东边第三家的烟店里去……”

“那赶不及了。”男人抬起手，边看表边说，“急着赶飞机。”

芳华看了看那条汗毛茂盛的胳膊，又顺着胳膊垂下去的角度，瞥了一眼立在地上的拉杆箱子，登时感到遗憾。她才刚刚决定喜欢他，他就要出远门。他走了，留给她一个空空荡荡的念想，那滋味可不好受。芳华又想起一年半以前，“喜欢”过一个眉清目秀，却有点儿兔牙的男学生的事情。那次就是刚决定“喜欢”，男孩却到外地读书去了，此后再没回来过。芳华年纪虽轻，但因为喜欢的人多了，也称得上饱经沧桑呢。

男人掏出两张票子:“赶时间，中南海就中南海吧……来两条。”

“中南海也分几种，有五块的和十块的。”

“劲儿大的。”

芳华就弯下腰，露给男人半边白脖子，从柜台底下拿出两条烟来。然后她问:“出差呀?”

“对，先去上海。”

“上海也有卖烟的，没必要买这么多。”这就不是做生意的态度了。

男人说:“到了上海就要转船，去海上。”

先“上海”，再“海上”，男人的这句话让芳华感到滑稽。那么要去多久呢？这恐怕就取决于男人烟瘾的大小了。要是一天一包，不到一个月就回来了。要是一天一根呢？哼，长了。

芳华不甘心似的多问一句:“到海上干什么呢?”

“工作。开船运货。”男人有点漫不经心地看了眼芳华，用说闲话的态度问，“你们的店……什么时候搬到这条街上的?”

“都三年了。”

“我也搬来两年多了，怎么从没见过你似的。”男人嘟囔一句，麻利地扯开拉杆箱子的侧兜，把烟塞进去，然后立起身来往外走。

芳华想说“再见”，但看着男人在通红的晨光中变小的背影，又决定不开口了。她才“喜欢”上他，他就有了两条罪状：第一，转眼就要离去，不知何时能回；第二，居然对芳华全无印象。就算他经常出门，并不怎么到这条街上来买东西，但那也不能成为芳华原谅他的理由。她可是已经决定“喜欢”他了呢。芳华又受了一次伤害，目送着男人远走。

要不……不要喜欢他了？芳华这样想。先“要不”，后“不要”，这句话也很滑稽。而这一次“喜欢”从始至终，才多长时间呢？一盒牛奶的时间。自己是不是有点太过轻率了呢？就算是游戏，也不能这么玩儿啊。太不认真就不好玩儿了。

芳华喜欢男人的游戏，具体是从什么时候开始的，她也忘了。大概是刚坐到这个小卖部的柜台后面就有端倪了吧。那个时候，她刚被从乡里带出来，进了城，见到了无数以前只在电视里才有的光景，惊异于一条街上川流不息着如此多种类的人。但是很快，芳华却发现即使进了城，却依然只能像看电视似的看光景。柜台是二十四小时不能离开的，就连睡觉也只能睡在那后面……除了上一次进医院，她从未走到过两里地以外的地方去。而在医院除了四面苍白的墙，也再没别的印象了。

街口的公共汽车站，对于她来说是无用的摆设，电视机倒是万万少不得的。很快，芳华就把每个电视台的节目时间表背了个滚瓜烂熟，反复重播的言情剧更是看了无数遍。哪个男主角睫毛最长，哪个大反派心肠最狡猾，她都了然于心。而芳华知道电视剧是假的——拍得假，演得假。既然是从假里面找乐子，为什么她不能再进一步，把荧屏里的“假”带进生活中来呢？这个想法，真是一个破天荒的进步。她零零散散能见的男人也有许多，挑出最顺眼的，在心里和他演一场戏，戏里面有一见钟情、有百转千回、有肝肠寸断——这比电视要有意思得多。更奇妙的是，一旦在心里拍起了言情剧，芳华眼前的城市，就仿佛被收进了摄像机的镜头，变成假的了。而电视里放出来的城市，却反而像是真的了。

作为内心戏的导演、编剧兼女主角，芳华必须去“喜欢”某个男人。喜欢的时间可长可短，但人却一定要看着顺眼。死心塌地地喜欢那人一阵子，过一阵闯进来一个新的，旧的也就可以抛到一边去，反正是假的，不必有愧疚之心。更轻松的是，所有的喜欢和抛弃，都是芳华心里的事情，只要她脸上不动声色，就没人知道，连当事人也无法指责她什么。

这个秘密的游戏就这样保存了下来，帮助芳华把日子填满。所有的日子里，她究竟喜欢过多少男人呢？自己也数不清了。这说起来有点不好意思，显得她太贱了，像猪拱食一样不挑不拣，但是芳华也理直气壮：喜欢一下怎么啦？又没真做什么，她甚至还有三分自得。电视剧里的女人必须从一而终，她的爱情生活却如此丰富多彩。

重质不重量，那是在现实中谈恋爱的原则；既然是独个儿发骚，那就多多益善吧。迄今为止，芳华还是一个快乐的花痴。也是因为轻率，她的游戏才能玩下去。

本月的第二个男人，是在第一个男人出远门的三天之后出现的。和第一个男人相反，他在晚上走进了小卖部。那天下着小雨，路灯早已亮了，芳华正歪着脑袋，看窗户里的一团团橘色的光晕。此时正处于芳华喜欢男人的空白期，这让她的生活索然无味。第一个男人还没咂巴到味儿就走了，而那男人留给芳华的后遗症，是使她无法再心仪于常在街上走来走去的年轻小伙子。

正在失落之间，雨打门帘啪啪响，吱扭一声，进来一个瘦高个儿。他的脸瘦长，头发也长，还打卷儿，淋湿了贴在脑门上。这男人穿着有点邋遢，棉布裤子上全是皱纹，但周身却透出一股文气，倒像这邋遢也是精心设计出来的了。更吸引芳华的，还是男人身后背的一只说箱子不算箱子，说匣子不算匣子的容器。那东西也长长的，黑色油布面儿，下面宽上面窄。芳华本能地猜想里面装的是一件乐器。

男人问:“有没有红酒?”

“哪种红酒?”

男人伸着脖子，隔着柜台往货架上看。小卖部里只有两种红酒：一是国产的“长城”，五十块钱一瓶；二是不知道什么牌子的外国酒，一个贩酒的老乡放到店里寄卖的。因为是外国字，芳华就擅自给后者定了高价。

“要那种。”男人指着外国字说。

“一百……二。”芳华提醒他,“长城只要五十。”

“就这种。”男人数出钱来给她。她注意到男人的手指也是瘦长的，整洁干燥，动作敏捷。它们仿佛成天都在动，但从来没正经干过活。

芳华登时有点于心不忍。她意识到，又一场新戏要在自己的脑子里上演了。她还忽然想起，电视剧里有一类叫作“艺术家”的男人，和眼前这位很相像。

于是她擅作主张:“半价给你了——反正也卖不出去。”

“那谢谢你。”

芳华便侧脸瞥着这男人，将酒从货架上拿下来。踮着脚尖取酒的时候，她很注意留给他一个足够赏心悦目的曲线。她先天地认为，对方会在心里暗暗评价小卖部售货员的动作是否优美。然后，她又抄起抹布来，将酒瓶上的灰擦干净。

但这就是一个自作聪明的动作了。男人的眉头蹙了一蹙，看着芳华手里那团乌黑的、一件男式跨栏背心改做的抹布。意识到这一点，芳华心一慌，酒瓶险些掉到地上。

好在天公作美，窗外忽然哗啦一声，雨在一瞬间大了起来。男人的注意力从抹布上挪开，换了一副可怜的表情：“你们这儿……有没有伞？”

芳华关切地摇摇头。然后她又安慰对方：“天气预报说这雨下不久的，大概一会儿就停。”

男人只好将那巨大的黑盒子立到地上，人也靠到门框上，眼睛半闭，好像在养神。他既然静默，就把原先开着的电视声音凸现了出来。芳华听着湖南卫视的主持人说着废话，迟疑了一下，伸手把电视关了。

这就是一个很明确的表示了，芳华用这种方式告诉那男人，她想跟他说话。男人果然重新睁开眼，看她。屋里只剩下了雨的声音，让两人都有些尴尬。

还是得芳华先开口。“你来这小区办事？”她问。

“对。找人。”男人说。

“找什么……啊不，找人干吗呢？”

“拉琴。”

“你那盒子里装的是琴?”

“大提琴。”

“大提琴和小提琴的区别，就是大提琴要大吗？我见过小提琴。”

男人笑了一笑:“可以这么理解。”

“你是拉大提琴的?”

“我在乐团工作。”

“靠这个能吃饭?”

“都吃了十来年了。”

你一句我一句，居然说了十来分钟。至此，芳华捕捉到了这男人的许多资料：他是一个乐手，从音乐学院毕业的，如今住在市中心一家乐团的宿舍里。拉他们这种大提琴的最有名的人，现在是一个叫马友友的。可是眼前这男人也对马友友提出了很多批评，认为他的“灵感”不如一个英国女人来得强烈。很遗憾，那个英国女人已经死了……越说到后来，男人的话就越多越密，让芳华惊讶。他明明看起来是那种沉默的人，可一开了口就滔滔不绝了。当然，他说话的内容，还是围绕着他的琴、他的演奏和他的“艺术”。

只差一步，芳华就要邀请这男人为自己拉上一曲了。也许她在电视上听到过大提琴的声音，但却从来没有意识到那就是眼前这个黑盒子里装着的乐器。但是很遗憾，雨停了。

男人好像也诧异为什么说了这么多，他重新回到了刚进门时的木讷、羞涩的表情，说:“再见。”

“拿着你的酒。”芳华并不难过地说。她提醒自己：假如是为了脑子里的“戏”搜集素材的话，那么她已经完成任务了。她对他建立了相当丰厚的认识——身高、表情、语调……至于他叫什么名字之类的，那才用不着呢。

接下来的工作，就是在夜里完成的了。芳华将小卖部的铝合金门拉下来，关了灯，躺到柜台后面的床铺上，平心静气地凝了会儿神。“情节”便泛上来了：就是在一个雨天，一个文气而落魄的大提琴手走进了她的生活，因为雨，他离不开了，便沉默地为她拉起琴来；现实里的雨停了，但想象里的雨还在下，大提琴手似乎因此有了借口留在这里，地老天荒地继续演奏……

为什么为我拉琴？芳华问他。

因为你的命苦。大提琴手说。

芳华就在自己幻想的剧情里哭了起来。所以我比别人更需要音乐呀，她既无声又响亮地说。

与第一个男人的转瞬消失不同，在接下来的一阵子，第二个男人几乎天天在芳华眼前出现。有时是背着琴匣从店门口快步走过，有时进来买一点东西，比如说，蜡烛。那天听到他要这东西，芳华抬头往街对面的高楼望了望：“没停电呀。”

“有用。”第二个男人眼里含着懒洋洋的笑意说。

仗着下雨那天两人有过一番对话，算是熟络了起来，芳华问：“干吗用？”

“吃饭。”

吃饭需要蜡烛？芳华没反应过来，觉得不可思议。她下意识地从柜台后面拿出一包马粪纸包着的白蜡来。

第二个男人瞥了一瞥:“有没有别的?”

“这不是蜡吗?”

“我是说……稍微有点造型的。”

“造型?”芳华理解，他是说这蜡得稍微有点儿“长相”，光秃秃一根白可不行。她想也没想就说:“出门右拐，街头医院对面有家寿衣店，那儿的蜡烛长得不一样。有老寿星的，有盘龙的……”

第二个男人失声而笑:“有到寿衣店买蜡烛的吗?”

男人离开后，芳华才反应过来，所谓“吃饭用的蜡烛”，就是烛光晚餐呀。她在电视上看见过这个场面的。烛光晚餐得配上音乐，而那男人自己就是拉大提琴的。她居然还让人家到寿衣店去买蜡烛，这不是傻吗?

芳华又浮想联翩了起来。很自然，她把自己当成了烛光晚餐的女主角——餐桌就摆在对面小区高楼里，某一间客厅的当中，窗外是满城电灯，屋里只留一盏火苗。晚餐吃什么呢?大概不能是油饼和包子。芳华的想象力也无暇顾及那么多，反正有烛光和琴声就足够了。对面还得有一个长发、懒散、斯文透顶的男人。

这一番内心戏排演得十分过瘾，也让芳华提醒自己，下次与第二个男人打交道的时候，得多留一点儿心，别让人家看笑话。于是，当男人来问她附近哪儿能买到花的时候，她就聪明多了。

“我听人说，门口那趟车的终点站，就是一个花鸟鱼虫市场。”

“有多远?”

“不清楚，七八站吧。”

“那来不及了。”男人怅然地垂了垂眼睛。这种男人就是有这个本事，芝麻大点儿遗憾，在他脸上会被放大成无比的惆怅。又怎么能不让人生怜呢？

于是，在男人即将离开的时候，芳华从后面喊：“下次来我这儿买好了。我们店也要进花儿了。”

“什么时候？”

“就下次……你要什么花？要多少？”

“百合。每次一枝就够了。”

芳华记下了他的话。晚上香烟店的刘陆又来找她搭讪，她就请他下次出门送货，顺便带些百合花来。她详细问了百合的价格、批发的起卖数量、泡在水里能活多少天，然后掐指一算：“八块一枝？那先来十枝好了。”

因为百合花的缘故，第二个男人走进小卖店的次数就更频繁了，也有了规律。花就插在一个剪了嘴儿的可乐瓶子里，泡了水放在柜台下面，外人来了看不见，只有他来了，芳华才从中抽出一枝来。男人接了花，递过十块钱，芳华用指头捻两个一块的硬币放回他手里去，交接就此完成。她不赚他的钱，她赚了他别的。

音乐、烛光、百合花。傻子也看得出，第二个男人是来和一个女人约会的。但对这场爱情里真正的女主角，芳华却全不嫉妒，反而心生感激。她知道那女人一定很漂亮，并且很有风情，因此才能吸引得一个懒散的男人如此锲而不舍。也正因为男人对那女人身上下的功夫，才令芳华的游戏有了今天的栩栩如生。芳华是他们爱情的受益者，他们的恋爱谈得越用心，她的“喜欢”也就越动心。能这么想，也是芳华的聪明之处。

然而没过多久，第二个男人也消失了，整整一个星期都再没出现。百合花还剩下三枝，已经在可乐瓶里度过了最为繁茂的时刻，花茎都软软下垂了。顾客都是过客，但迄今为止，这是芳华排演得最生动、最投入的一场内心戏了。她的“喜欢”方兴未艾，于是生出了委屈和埋怨，她还觉得自己心里有一部分被人挖走了。

难不成，她对这个男人的“喜欢”已经超越了游戏的范畴，成了真正的“喜欢”了？芳华心里一紧，提醒自己：这可不成。

也就是在这个当口，第三个男人来到了芳华的店里。

这个男人的派头，可不是前两个能比的。那天下午，芳华正在发呆，门口“吱呀”一声，停了一辆黑色的奔驰车。车上下来三个男人，都是小平头，身穿黑西装。他们对车里点一点头，就摇晃着肩膀往马路对面走去了。

奔驰车却依然堵着芳华的门口。车子也没熄火，尾气的味道渐渐飘进了店里。更重要的是，芳华正在望着对面的小区想事情呢。车这么一停，黑乎乎地把窗子遮挡了一大半，坐在柜台后面的芳华就看不真切了。

在平日的情况下，芳华是断然不会与开这种车的人争执的。但是这几天不同，她的心里正在发空、失落和烦躁，也就管不了那么多了。她从柜台后面走出去，气势汹汹地站在奔驰车的车头前，如同训斥一只硕大的动物：

“你挡着我的门口啦。”

车里还有两人，司机的座位上也是一个小平头，司机旁边则是一个光头。光头不吭一声，看着芳华的眼神如看空气。司机却不干了，他霍地蹿下车，横着膀子拉开架势，倒吓得芳华往后退了两步。

但是芳华嘴上还说：“有你们这么停车的吗？让人怎么进出？”

光头却忽然一乐，也走下车来，亮出一米六出头的矮小身材。他露出饶有兴致的表情，察看了一下奔驰车停放的位置，然后转过身去，对着车头挥挥手。司机没看明白，伸着脖子等他的进一步指示，他又挥挥手。他的动作像在驱赶一只动物。

司机这下懂了，钻进驾驶室倒车。小卖部门口那巴掌大的一方地面重新露了出来。光头却并不回到车里去，而是走进芳华的店里，环顾四周，从墙角拽出一把方凳来，垫在屁股下坐好，脸冲着窗外，看着对面的小区。

芳华已经回到了柜台后面，这时看着光头的背影，又生疑起来。她说：“你坐在这里干什么？”

光头简要地回答：“看看。”

芳华翻了个白眼，也不理他，任由对方坐在那儿“看看”。这一看，就是小半天。光头挺着腰杆端坐如钟，连后脖颈子都是笔直的。他站着的时候显得矮小，一坐下，竟然给人以高大、健硕的感觉。后来芳华感到无聊，把电视打开，声音开得很大，光头也置若罔闻。有客人来店里买东西，乍一进来被他吓了一跳，他仍然纹丝不动。

就这样到了晚上，街上的路灯亮起来了。芳华也习惯了一个男人的背影牢牢地戳在面前，尽管这场面实在古怪。一旦习惯，她就有了再和对方说点儿什么的念头。

于是她说:“你耽误我们的生意啦。”

光头男人头也不回:“怎么耽误了?”

“你像门神似的往这儿一坐，谁还敢进来?”

“你们这儿视野好，能看见对面。”

“你到底看什么呐？我这儿有什么好看的呀?”

男人却问:“你这店，每天流水多少?”

“五百……怎么着也得有六百。”

男人不答话，从怀里掏出一叠钱来，啪啪啪数了八张，放在窗台上:“算我包场了。”

这举动着实让芳华吃了一惊。她几乎是蹑手蹑脚地走过去，从窗台上把钱拿走，动作如同猫在主人眼皮子底下偷食。同时，她斜眼瞥了瞥男人的脸，只觉得他不光没有表情，甚至连五官都是模糊的。他就像一尊尚未打磨成型的石像。

拿了钱，芳华的态度就不得不软了下来。她开始问光头别的话:

“喝水吗?”

“不喝。”

“饿吗？旁边店里有盖饭，能送过来。”

“不吃。”

“你不抽烟?”

“不抽。”

人家一连串的“不”，搞得芳华讪讪起来。光头却又添了一句:“谢谢了。”

这足以让芳华受宠若惊。这天晚上，光头坐到了八点多钟，忽然掏出电话，拨了个号码说："今天就到这儿。"

外面的奔驰车轰鸣一声，重新发动，光头站起来就走。街对面，几个小平头横穿马路，沉默地跑向车子。

芳华心里有预感，这个男人明天还会来的。他坐了几个小时，什么事情都没干，可见来她这里的目的并未实现——尽管芳华并不知道他的目的究竟是什么。而这天晚上躺下来的时候，芳华却对光头有了异样的感觉。倒也不是对方给了八百块钱，而是因为他对她的态度：让挪车就挪车，说耽误生意就给钱，问喝水抽烟还说谢谢。光头对芳华很和善，而这和善比别人的和善来得更有价值。比如说第一个男人和第二个男人，他们也都很和善，但是他们那样的人本该和善，而这个光头呢，怎么看都没必要对一个小卖部的售货员和善的。出乎寻常的和善更让人心存感念。就像芳华老家的村里，有个五保户，邻居问他吃饱穿暖了没，他会满嘴抱怨，有一天副县长来视察，也问吃饱穿暖了没，老头儿登时就哭了：

"饱在心里，暖在心里。"

这样的感念有点儿贱，但不妨碍它是感念。循着这份感念，芳华的念头进一步活络了起来，她的内心戏又要开演了。这个光头，就变成了这个月以来她所喜欢的第三个男人。一个月就仨，也太频繁了一点，但是还是那句话，因为是游戏，也就无所谓了。

依着第三个男人的样貌，芳华把她的"戏"设计得非常刺激：他是一个江湖中人，混黑道的，但是铁汉柔情，邂逅了红颜知己，也就是她自己喽。这样的故事是从上世纪九十年代的香港电影里借鉴过来的，结局多半凄惨：不是男的为了女的死，就是女的为了男的死。又砍又杀，又缠绵悱恻，非常过瘾。一夜间，芳华就给自己设计了好几种死法：被车撞死，掉到海里淹死，在爆炸中化作飞灰……无论怎样死，留给故事男主角的，一律是撕心裂肺的痛楚。她想象着第三个男人面无表情的脸被血光映红，两行热泪喷涌而出，自己的心也像刀绞一般。

芳华缩在被窝里都快哭了。她忍不住联想到了自己的生活，联想到了自己被人从老家带到这个城市来的经历。她甚至想：死了才好呢。

昨夜经历生死，早上却还是觉得活着比较重要。活着才有可乐喝，活着才能在心里编戏、做梦和“喜欢”男人。尽管睡得少，但第二天，芳华的精神却非常饱满，盯着窗外两眼放光。她想：第三个男人下午会来吧？这个时候，她已经把第二个男人给忘个精光了。芳华是多么薄幸啊，这也是她在“游戏”里的特权。

第三个男人果然来了，还是下午，还是那辆奔驰车，还是光头锃亮。而他一进屋，就看见小卖部已经收拾停当了：窗前摆着方凳，方凳旁有一个简易茶几，茶几上摆着一瓶矿泉水。此外还有一束花，是那三朵剩下来的百合。花都已经将近败谢了，花瓣上有了黄渍，但好歹也是个装饰。

第三个男人细细打量那花，问芳华：“你买的？”

芳华朗声答道：“上的货，没卖出去，剩下了。”

第三个男人问：“有人买？”

芳华道：“那当然。”

第三个男人眨了眨眼睛，嗓子眼深处“唔”了一声，就大大咧咧坐在方凳上，腰背笔直。坐了十来分钟，他又从兜里数出八百块钱，放在茶几上：“今天的，还包场。”

芳华便坐在男人的身后，看他的光头生辉，亮如太阳。她心里发暖，想和这个男人说话的愿望越发涌上来。她只恨这男人太过沉默，并不像第二个男人那样爱说。不说话，她就无法进一步猜测对方，从而把她的戏编排得更加饱满。好在芳华不急。日复一日，还有的是时间，假如第三个男人也像第二个男人那样，在她的小卖部往来个七八次，就不信他永远是一尊模糊的石雕。

可是芳华想错了。第三个男人没有长期坐在小卖部里的必要，他只等了两天，就完成了任务。当天天色才刚刚见暗，凄凉的晚风沿着街道卷过去，男人的手机响了。芳华正在柜台后面睡眼惺忪地发愣，登时条件反射地直起腰来。

第三个男人不慌不忙地接通电话：“堵到人了？”

电话那头短促地汇报着什么。

第三个男人笑一笑，这是他全天露出的第一个表情，然后他说：“问我干什么？当然是动手了，要不怎么交差？那家伙要是不经打，就稍微注意点，别弄残废了惊动警察。”

然后，第三个男人就慢悠悠地站起来，伸了一下懒腰。原来他也觉得累。而他放松的姿态，让芳华也很为他高兴。接着，她又看到这个男人探过胳膊去，把插在桌上可乐瓶里的三朵百合花拔了出来，滴答着黄绿色的水，往门外走去。

因为男人把花拔走了，芳华不禁跟上去。她跟着第三个男人来到门口，顺着他的目光看街对面。那里正在爆发一场喧闹，两三个小平头的男人扯着一个长发男人的头发，从小区门口往马路中间走过来。长发男人背后驮着一只黑匣子，芳华认得那玩意儿叫作大提琴。

那正是芳华本月喜欢的第二个男人。他在对方的臂膀之下，还挥动着胳膊想要反抗，并且大喊：“你们要干什么？”可是一个小平头很熟练地在他的肋下捣了一拳，他就咳嗽着，话也说不出来了。

小平头们把第二个男人拖到马路中间，就不再前进，开始在这个宽敞的地方殴打他。他们用拳头揍他的脸，用皮鞋踢他的肚子，还用膝盖磕他的下身。第二个男人并没有还手，很顺从地被打翻在地，然后像一只虾米似的蜷起来，用屁股和腰抵御那些沉稳而密集的打击。大提琴静静地撂在他的脚边。两头几米远的地方，路过的车辆都自觉地停下来，谁也不敢鸣喇叭，只是在等这一场殴打尽快过去。

小平头们的拳打脚踢持续了几分钟，芳华侧前方的第三个男人才慢慢地踱过去。看到他走近，小平头们便倒退两步，扎着架势肃立在一旁。第三个男人手捧鲜花，蹲在第二个男人头部上方，问道：“以后还犯贱吗？”

第二个男人的脸从胳膊里露出来，上面全是血和其他什么黏液。他既不点头也不摇头，他完全被打傻了，连表态的能力都丧失了。

第三个男人笑了笑，又晃晃手里的百合花说：“买这玩意儿有什么用？这不是糟践钱吗？”

百合花“啪、啪”地抽在第二个男人的脸上，而站在马路牙子上的芳华却感到他的眼神在看向自己。她紧张地捏住自己的衣襟，心里既乱又慌。但她的眼睛仍然没有躲开，看着自己喜欢过的两个男人。不知不觉间，她的“游戏”又开演了。她想：如果这两个是为了她芳华，闹到了眼下这般地步，她应该怎么办呢？

同时，她就看到第三个男人把百合花茎横在腿上，用手咔嚓一揪，将即将凋谢的花瓣全都攥在手里，揉成一团，按到第二个男人的嘴上。一个小平头又走上近前，照着第二个男人的肚子“砰”地踹了一脚，第二个男人呻吟一声，顺势张开了嘴，第三个男人就把那些花囫囵塞到他的嘴里去了。

然后，第三个男人站起来，看了看满嘴花瓣的第二个男人，说：“以后长点儿记性吧。”

说完，他就带着小平头们钻进了奔驰车，轰鸣一声，顺着自行车道开走了。与打人时的从容不迫相比起来，他们的离开显得过于仓促。接着，马路上的其他车辆也大鸣起来，他们催第二个男人赶紧从地上爬起来，不要妨碍交通。第二个男人也的确这样做了，只不过动作很艰难，几乎不是走到对面的马路牙子上，而是爬过去的。街道随即恢复了车水马龙，等到拥堵的车辆散去，芳华再朝马路对面望过去时，第二个男人也不见了。整条街，仿佛只剩下她孤零零的一个人。

事情就这么乱哄哄地过去，有结局，没由头。而又过了半个多月，芳华才听人说起那场当街殴打事件的来龙去脉。

当时已经是十一月份了。北方城市入冬早，道路两旁的树梢都秃了，大团黄叶被风裹着飘来荡去。自从那事儿过去，芳华已经有些日子没“喜欢”上男人了，她还停留在古怪的震惊里。

那天，有三四个中年妇女从菜市场回来，又不约而同地忘了买一两味调料，便转到芳华的小卖部里。她们把酱油、盐和醋放进编织口袋，不知谁起了个头，就你争我抢地汇总起了手头的资料。

一个女人说:“都是二号楼五层的那个女人惹出来的是非。她刚搬进来的时候，我就觉得不像样……二十啷当岁也不上班，每天打扮得花枝招展在楼里进出，坐一趟电梯，留下的香味儿半天都散不掉。”

另一个女人说:“那女人也不是没工作，听说是个乐团吹笛子的。挨打那个是她同事，据说早就好上了。千不该万不该，她同时还在外面勾搭了一个人，据说有钱，做建筑的。她花了人家的钱偷着养小白脸，那边气不过，就带了一群打手盯他们的梢，果不其然抓了个正着……搞艺术的都这么乱吗?”

又一个女人说:“什么搞艺术的?女流氓一个。你们知不知道，她在这之前还有一个男人呢，那才是她的老公——亲夫!”

第一个女人说:“啊?结过婚的?”

第二个女人说:“你怎么知道的?”

第三个女人抢到了话语权，很得意地说:“刚搬进小区的时候，我家和她家用的是同一个装修队，工头带我到她家参观过，也见过她和她老公。她老公看着倒是个厚道人，是个跑船的，往欧洲运货，一年倒有半年在海上。据说两人都是外地的，为了买房安家，她老公才干得这么狠……只是想不到，房子和媳妇都是给人家准备的了，还闹出这么一桩，也不知道以后还过不过得下去……”

“都这样了过什么呀？这还有良心么？”

“现在真是什么人都有……”

女人们的对话在芳华脑子里拼接，成型，终于成了一个完整的故事。但是自己把这故事又复述了一遍，芳华心里的感想，却不是故事里女人的“没良心”，也不是男人们的“不值当”。她想的是：这么巧，一段恩怨里的三个男人，恰恰都被她芳华遇见过，也被她芳华“喜欢”过。芳华有点儿激动，觉得自己也是这条轰动性新闻的直接参与者。她非常想开口，加入女人们的讨论，告诉她们：“还有你们不知道的呢……她的第一个男人抽烟很凶，第二个男人是在乐团拉大提琴的，第三个男人……”

但是芳华终究没有开口。她反而飞快地落寞了下去。二号楼五层的那个女人，芳华意识到自己很羡慕她。自己的“游戏”竟然是人家的生活，而进城这么长时间，芳华终究是个看戏的，并且只能当个看戏的。

芳华再次见到第一个男人的早上，头场雪正好下下来。说雪也不是雪，就是冬雨裹着点儿冰碴，浸得人从骨头里面往外冷。芳华这天却挺忙，她从库房里将煤油炉拖出来，自己打卤，准备下面。面卤子是辣椒、鸡蛋、肉末烩成的，颜色昏暗，但味道却冲，闻着能让人想掉眼泪。面是昨天到菜市场买的手切面，兜在塑料袋里，干面条足有一斤半，等煮出锅，恨不得能盛一脸盆。在老家的时候，村里人家家吃这个。

芳华正在忙乎，门就推开了。她头也不抬，问道:“回来了?”

“回来了。”头顶上的男声答道。芳华听着不是自己在等的人，赶快抬起头，就看见了上个月“喜欢”过的第一个男人。他的脸还是那么糙，头发更厚了，像钢盔似的压在脑门上。他的背后拖着拉杆箱，箱子上还摞着两个塑料袋。听到芳华的招呼，这男人也愣了一愣。

芳华有点不好意思，直起腰来，搓着手看着他。她想解释自己也在等人，但又觉得没必要，便问道:“你买烟?”

男人点点头。芳华说:“还是没有三五，只有中南海。五块的?劲儿大。”

男人益发诧异，像牵线木偶似的点头，一任芳华安排。等他交了钱，拖着箱子转身出去，芳华忽然从背后叫他:“哎。”

男人回头:“有事儿?”

芳华说:“你在海上待了一个来月。”

“一个月零七天。”男人说。

“辛苦。”

“都习惯了。”男人对芳华露出宽厚的笑。然后，他就向着对面的小区门口走去了。

芳华兀自发起了呆，恍在梦中。她希望生活是个循环，当第一个男人短暂地出现又离开，第二个男人便会跟在后面，同时，第三个男人也不远了。上个月“喜欢”的三个男人，会在这个月、下个月重复出现。他们是她生活里的走马灯。他们之间的、被一个女人串联起来的关系，芳华不想理会，她在乎的是自己通过他们看到的城市与世界。

可是芳华也知道这不可能。季节转换，雨雪代替了秋风。当她略略醒过神来，门又被推开，芳华真正等待的人回来了。

这也是个男人，个头儿介乎第一个和第二个男人之间，壮实程度与第三个男人相仿。他的相貌比第一个男人还苍老些，但实际的年纪呢，也许比第二个男人大两岁，又比第三个男人小两岁吧。他的身后没有拖拉杆箱，没有大提琴匣子，门外更没停着汽车。他是坐夜班火车回来的。他的肩膀上，趴着一个孩子。孩子两岁了，尚在熟睡，呼吸声却响得揪心，像拉风箱，睡着觉，都把自己的脸憋紫了。

“回来了？”芳华问。

“嗯。”

“那我下面。”芳华动起来。

“嗯。”男人拉过第三个男人坐过的方凳，耷拉着头看着锅。孩子还在他的肩膀趴着，躯干呼噜呼噜地回响。

“家里麦子收了？”

“嗯。”

“给我爹妈送钱了？”

“嗯。”

“见着你二姨夫了？”

“嗯。”

“带你找那中医了？”

“嗯。”

“中医怎么说?”

“嗯。”

“问你呢，中医怎么说?”

“说是先天哮喘。”男人说出句整话。

“那不跟西医说的一样。”

“抓了几服药，吃了没见好，还是让在北京看。”

“那就接着看吧。”芳华瞥了一眼孩子，把面捞进搪瓷盆里，浇卤，递给男人。

男人把孩子往地上一撂，让他岔着腿靠在柜台角上，然后端盆吃面，声势浩大。奔波两个月，没少花钱，他也累着了。芳华在一旁低眉垂眼，看着这个狠狠地强奸了她，然后又娶了她，把她带到这个城市，让她生下一个先天哮喘孩子的男人。她忽然想，自己在别人眼里，也够得上一出戏了。

老　人

周先生最近沉浸在喜悦的踌躇中。每当早上醒来或者晚上睡前，他的胸膛都有如小鼓乱擂，咚咚急响。这是怎么搞的呢？老了老了，七十多了，竟然像窝藏了许多少年心事一般。

究其原因，还要从三个多月前的那个清晨说起。那天是周先生亡妻明先生的忌日，他绝早起床（本来也睡不着），拿着笔和桶到学校的园子里去。笔是一米见长的巨型毛笔，桶是红漆小木桶。周先生走到湖边，将桶吊到湖里，荡一荡，撇开水面的浮萍和落叶，然后一拽，打上半桶清水来。他就用笔蘸了这水，开始在甬道的青石板上写字。行书，颜体。

写的是：人生若只如初见，何事秋风悲画扇。等闲变却故人心，却道故人心易变……

明先生生前，是古典文学专家，专工明清，著述最多的，就是关于纳兰性德。周先生在她的忌日，用这种方法默写纳兰性德的词，自然是对她最恰当的纪念。从明先生去世到今天，已经有六年了。六年间，周先生如此这般缅怀着明先生，也在学校里树立了自己忠贞清雅的形象。他的字写得消瘦而有劲道，然而下一句写完，上一句已经干了，薄薄的清水随风而散。满头银发的老人独自写着无字书，这又是多么悲凉的形象啊，背后的故事无非是人生无常，繁华易逝。

然而这一天，周先生却不孤单。他正在写字、回忆、出神，忽然发现笔尖的斜侧方多了一双脚。那是一双女孩儿的纤细的脚，穿着带“绊儿”的皮凉鞋。周先生抬头一看，脚的主人正在认真地看自己写字呢。她二十出头，已经脱了孩子气，但远没来得及成熟：单眼皮，翘鼻子，抿着嘴，扎一条马尾辫，印花蜡染棉布裙子。

周先生只好停下了行云流水，他在等那女孩儿把脚挪开，不要妨碍他下一句的开头。女孩儿也很知趣，轻巧地往后跳了一步，给周先生腾出了空间。蓝裙子一抖，仿佛挥袖铺纸。周先生没奈何，只好沿着她铺开的“纸”写了下去。

周先生写，女孩儿继续看；周先生写完一阕，女孩儿仍然不抬头。她眯着眼睛看那字迹渐渐消散，同时嘴里仿佛念念有声。

这倒让周先生有点儿不知怎么才好了。他愣住了，笔头的水滴下来，在脚下积了一个小滩涂。然而他又不能抗议人家影响了自己。路是人走的，不是写字的；他既然写了，就更不能禁止人家看。

而这时，女孩儿居然问:“您是周先生吧?”

周先生更加吃了一惊。看来对方还是有备而来。不只是看新鲜，还做了功课。

周先生只好结巴道:“你……怎么知道我的?”

“是通过明先生……我也喜欢纳兰性德，因此看过她的论文集。”

女孩儿像回答课堂问题一样说，然后又补充，“我是赵老师班上的学生。”

原来是赵埔班上的学生。赵埔是明先生生前的关门弟子，门刚关，掌门人就躺下了，因此博士期间是由别的教授代为培养的。不过他既聪明上进，又奉明先生为恩师，如今已经留校任教几年了，还念念不忘地喜爱到处讲周、明两位先生的“高古”。这虽然有往自己脸上贴金之嫌，但被贴的“金”却不由得要念他的好。

周先生便对女孩儿点点头。这就有鼓励的性质了：鼓励她志存高远，心慕淡泊。然后他不再看她，又低头，写了一首无字的《长相思》。只是不知为何，写这一首的时候，周先生忽然有了装腔作势之感。再次不经意间瞥到女孩儿纤细的脚，心中就生了一分愠怒。而他自信能做到不悲不喜，已经有些年头了。

勉强完成这一首，字是无论如何也写不下去了。于是周先生收笔，提桶，换成了拎墩布的架势，有点颓唐地往回走。这一年的纪念活动到此结束。

走了两步，女孩儿却在后面问：“您明天还来写字吧？”

周先生不仅没说话，连头也并不曾摇一摇。他写无字书为的是缅怀，又不是晨练，哪儿有天天来的。天天写，等人看，这和杂耍又有什么区别呢？

周先生没料到，他和女孩儿的瓜葛就算结上了。此后的几天，他早上再没出门，而是像往日一样睡懒觉。人老以后，虽然不常能睡着，却爱在床上赖着。有时直接赖掉了早饭，午饭的胃口也给赖没了。这天上午十点多，周先生正怏怏地起床，忽然有人敲门。按说保姆不该这么早来呀，而除了保姆，又有谁想得起来登他的门？敲得还挺急促。

周先生把衬衫扣子系到脖子上，才去开门，却看见是赵埔。赵埔条理清楚地说明了来意：他班上有个女生，对明清诗词深有兴趣，转眼就要升到研究生，定的是这个方向；按理说，这个学生本该他亲自带的，然而他过一段就要出国，哈佛燕京的访问学者，两年；系里也没有专攻这一块的在职教师了——另一位早提了副系主任，改走官场了；这女生的资质不错。

周先生说："你的意思，是让我为你代劳两年？我已经退了……不合规矩吧？"

"您如果愿意出山，一定可以破例。"赵埔自信十足地说，"况且人家主动要求您来带。"

"人家？"

"就是那个女生。"

周先生好像一口咽了小半个馒头，有被噎住的感觉。自然而然，他的眼前又浮现出纤细的脚、带绊儿凉鞋和蓝布蜡染裙子。这个形象一出来，他就不得不点头了。

过了几天，女生来报到，周先生在朝南的、堆满书的客厅接见了她。他坐在故纸堆里，夹着一支香烟，点了却不抽，慢慢地透过淡蓝色的烟雾看那姑娘。在烟雾缭绕中，头次见时她脸上的小雀斑就不见了，模样更显得清丽。依然抿着嘴，仿佛很拘谨，而周先生以为，学古代文学的女孩儿应该有点儿拘谨。

"你叫什么？"

“覃栗，不过不是茉莉的莉。”

“那么是栗子的栗吗?”

“还真是。”覃栗低头。

“挺好。姑娘家起个和粮食有关的名字，古朴端庄。”

然后就上课。授课地点就在家里，这说起来是为周先生的身体着想，且表示尊敬，其实呢，还是因为学校现在教室紧张。这几年招了太多的韩国和日本留学生，各种进修班也像雨后春笋一样冒出来，再也腾不出一间小教室或办公室给退休教师了。周先生自己却认为很好，民国时候的学者，不都是在老先生家里“拿烟斗熏出来”的么？这也是一个范儿。

上课的内容，却不是周先生决定的。说实话，周先生在学校这几十年，究竟搞了什么学问，他自己也弄不清楚。字固然是写了一笔好字，二黄也唱得有腔有调，其他的却没人记得。过去他任教时的工作，也就是给理科的本科生讲讲大学语文:“让暴风雨来得更猛烈些吧!”而现在一定要给研究生上课，那就只好有劳明先生了——把她的遗著从书柜里请出来，让覃栗自己读，读不懂了，再请教一旁端着茶杯在阳光和尘埃里半寐的周先生。

“这句文徵明的诗，明先生的看法是……”

“她那时候说过，文徵明诗近白、柳，却远不似唐寅那样俚俗……终归是一股清丽的气息吧。”

这样说居然也能唬住人，覃栗“哦”一声，便继续趴在写字台上研读下去。周先生却从半寐里醒来，从侧面看到了覃栗细长的胳膊以及小臂上的绒毛。终归是一股清丽的气息吧。

当然，师生二人也不全是“自习”与“监督”的关系。课程的另一半，还是有着积极的互动的，而且真正发挥了周先生的长项。古诗词这东西，最重要的就是一股“气”，而要让气“渗”进去，最好的方法莫过于读，而且是大声吟哦。周先生就率先垂范，一手捧着线装书，另一只手搭在尾巴骨上，迈着舞蹈般的步子，示范给覃栗听。乐府要读出汉韵，唐诗要读出唐风，赶上有调儿的，不只要读，而且要唱。周先生清清嗓子，先宋词，后昆曲，最后终于落到了自己的老本行——京戏上。咿咿呀呀的一段“老生”唱完，他回头，对瞪大了一双“单眼皮”的覃栗解释说：

“这也是古代文学。”

就这样，下午的夕阳拖泥带水地沉下去，一天的课程就算结束了。一周两天“专业课”，其他的时间里，覃栗就是正常的研究生的生活方式：英语、政治等公共课，图书馆听讲座，赶上大讲堂放电影，晚上就好打发了……周先生询问过覃栗“别的时间做什么”，覃栗如此回答。而几个星期的“课”上下来，周先生并未感到充实，反而越发孤寂了。孤寂的自然是覃栗不来的那三天：周一、周三、周四。在这三天里，周先生也尝试着独自吟哦诗词，或者在客厅中央站定，亮相，想要唱上一段儿，但才一开口就没兴致了。仿佛一个票友进身成了“角儿”，受不了无人倾听的状态了。

也就是说，他越发沉迷于给覃栗上课的状态了。由此联想开去，周先生甚至产生了深深的懊悔：这一辈子竟荒废过去了，没做出一点儿像模像样的学问。自己没什么可给她的，还要借了亡妻的思想结晶去取悦女青年，愧为知识分子啊。这么一想，在覃栗不在的日子里，周先生就愈发的懒了，有一天竟然下午两点了也没起床，只是在床上哼哼唱词。

保姆敲门没人应，她就掏出周先生交给她的钥匙开了门，进来。听见周先生在哼哼，她还以为他病了，上前摸摸他的脑门儿："老爷子，您不舒坦？"

"舒坦，舒坦。我在想事儿呢。"

"可别受了凉，昨天缪老师家的狗感冒了，一直在打喷嚏。拿肉骨头饭拌了半片儿康泰克，吃了也不见好。"

保姆这样说着，又把周先生的被子往上拽了拽，顺手拿过一个靠垫来，垫在他的脖子底下。一对大胸，在周先生鼻子前面悠过来，悠过去，带了一股强劲的香皂味儿。周先生听到她把自己和缪老师家的狗作比，自然哭笑不得，然而一转念，又感到奇怪：这个保姆怎么忽然对我热络了起来？

保姆叫刘芬芬，岁数也不小，有三十多了，据说在老家离了婚就出来干活儿，这几年也把学校的园子给串熟了。她本来是楼下缪老师家雇的，住也住缪老师家，来周先生家干活儿算是兼职，每天只管收拾屋子、做顿饭，一个月多赚五百块钱。按说钱也不少了，但这个刘芬芬却好像总对周先生有意见，冷着个脸倒好像主人家欠了她的，规整报纸杂志的时候还摔摔打打。这也不算什么，最重要的缺点是不理人。有时候周先生闷了，就走到厨房门口，看看她围裙下斜支着的胯，很慈祥地问："小刘啊，过年回家没有？"

她却好像没听见，机械地翻动着铲子。周先生以为自己声音小了，又提高了声调，问"小刘回不回家"，刘芬芬却拿眼一斜周先生，凛然地把菜盛出来，仿佛示意他多吃少说。

守着个天天见面的大活人，却不能聊天说话，这让人多别扭。有两次，周先生一气之下，打算换保姆了。历史系的赵先生、马研所的孟主任家里都常雇着保姆，也都可以做兼职的。然而人叫来一看，一个鲶鱼嘴，一个脖子短得让人想起一只蛙，还是作罢了。不光没有换掉刘芬芬，反倒给她涨了一百块钱。她依然每天和周先生说不超过十个字的话:“您好。”“让开些。”“走了。”

可是今天真怪了，刘芬芬不光一进门就说话，而且还主动提起了缪老师家的狗，轻而易举地用完了好几天的“限量”。这倒让周先生有点儿惶惑了。刘芳芳打扫房间的时候，他也不像往常似的跟在她身旁晃悠，而是继续独卧，顺手拿起一本杂志，大有“花开花落一床书”之态。

刘芬芬却主动跑过来了:“老爷子，您看书呀?”

“唔，看书。”周先生像受了委屈旋即又被哄着的孩子似的说。

“我给您倒杯茶吧。按说绿茶提神，可是您那胃……还是铁观音吧。缪老师上个月去福建，不是给您带过一盒儿么，别心疼啦，喝吧。”

瞧，只要一开口，多么能说。噼里啪啦脆，典型的北方大娘儿们。刘芬芬这天几乎是缠着周先生说话了，晚饭还多炒了一个菜，又打了一碗蛋花汤。周先生受宠若惊地说:“吃不完。”刘芬芬就瞪着大眼睛，等他发话。周先生又说:“缪老师家要是没事儿……你就挨我这儿吃?”

刘芬芬果然喜不自胜地坐到桌上，和周先生吃了一顿饭。到底还是农村妇女的本色，喝汤时咂巴得山响，然而在她的咂巴声中，周先生没有喝酒，却也有了醉意。他还忍不住暗自里比较起来，比的却是刘芬芬和覃栗两个人：刘芬芬虽然粗气，也老些，但是长相倒真有几分标致，怪不得缪老师的太太像防贼似的防着她，宁可白贴着工钱，也愿意让她出来挣外快；而覃栗呢，身材就有些干瘪，而且还存在着小小的瑕疵——她为什么总是抿着嘴？这是因为牙长得不好，两颗门牙像小铲子，不抿嘴就会翘出来。当然啦，作为一个知识分子，怎么能以貌取人呢，要说气质，覃栗怎么说都够得上娴静两个字了……况且覃栗年轻着十多岁呢。

这样的比较，本来是周先生内心里的游戏，然而直到刘芬芬告辞离开时，他才猛地醒过味儿来：刘芬芬对自己的热络，还能有别的什么原因？不正是因为覃栗的出现吗？否则又能有什么解释？周先生家唯一的“变化”，恰恰是多了一个覃栗啊。

从某种角度上来说，覃栗确实侵犯了刘芬芬的“领地”。有那么几次上课，周先生连读带唱，终于合上书的时候，天色已经挺晚了，覃栗就会主动说：“我给周先生做顿饭吧。”

周先生固然说好。入室的女学生给老先生做饭，也算是执弟子礼嘛。覃栗是南方人，会做蚝油扒菜心、清炒小河虾，有一次居然还弄了一盆煮干丝——她当是有备而来，专门打听到了学校西门外的菜市场有卖金华火腿的。而覃栗下厨的时候，刘芬芬就只能在一旁看着了，同时带了鄙夷的神气，笑话覃栗不知道鸡精放在哪个罐子里。是了，再一回想，一个女人，一个女孩，她们在周先生家碰面的时候，气场就是不对付的。覃栗是文化人那种淡泊的礼貌，分明暗示她对一只猫一只狗都可以礼貌，而刘芬芬则是直率的轻蔑，倒茶的时候，从来没有覃栗的份儿。

难不成她们两个暗暗打起了攻防战？局势上是覃栗攻，刘芬芬防，场面上却是刘芬芬攻，覃栗防。而不论谁攻谁防，周先生那本该青灯黄卷的斗室，都成了脂粉纷飞的战场。

接下来的半个月，经过周先生的观察，印证了自己的这个猜测。覃栗来上课的时候，刘芬芬也来得远比平日要早，甚至像是扔掉了缪老师那边的活儿，擅自偷跑到周先生家来效忠的。而刘芬芬一进屋，覃栗那安静的眼神下，自然而然地就散出几道精光来，压都压不住。

两人在周先生的眼皮子底下明争暗斗。为了"治"刘芬芬不给倒水的臭毛病，覃栗出了奇兵：拿来一对"从老家带来的"精瓷茶杯，杯上印着纳兰性德的词。周先生授课时，她把两只杯子往他面前的茶几上一放："先生用这个。"然后将周先生惯常用的玻璃杯收到底下去。刘芬芬再来倒水，就不好只倒一杯了，而那两个泛着柔光的瓷杯，却像覃栗一方埋到战场上的两颗小地雷，让刘芬芬如鲠在喉。但是刘芬芬也有回敬的法子。她虽然丢失了书房的战场，却要坚守住厨房这个重要阵地。当覃栗又一次走进厨房，准备给周先生炖一锅笋干老鸭汤时，却发现酱油没有了。不单是酱油，连盐罐子也见了底。覃栗只好到教工宿舍院子对面的超市去买。而覃栗刚一下楼，刘芬芬就粉墨登场了，她不知从什么地方把作料一应俱全地摆出来，然后手脚麻利，将老鸭放到高压锅里红焖，笋干则剁成末泡一泡，直接炒豌豆。等到覃栗从超市回来，刘芬芬的菜已经上桌了：

“厨房里正好有菜，我顺手就做了。”

家里这个局势，周先生作为唯一的仲裁方，却也不好劝。或者说，他不愿意劝——她们两个斗归斗，但都对他格外地好。或者说，她们的斗，就体现在如何对周先生好。这个他不光看在眼里，而且吃在嘴里。话说回来，“看”比“吃”还要受用许多倍呢。他一个老人，吃又能吃几口？

所以“吃”就不提了，光说“看”方面的好处吧。覃栗的方法是请周先生看书。他发现，在授课的过程中，覃栗的问题明显多了，东一个西一个地冒出来，有时候还念不完一页，就有几处不明白。有些问题，明明不属于需要向周先生问的，比如“杯觥交错”的“觥”应该读什么——且不说一个研究生应不应该连这个字都读不出来，就算真不认识，查字典不就行了吗？可是覃栗偏要歪着小脑袋，抿着小门牙，甩一下小辫子，请周先生帮个小忙。周先生就明白了，覃栗让他看的不是书，而是人。在一片书香气的娇媚态度中，人也朦胧地更漂亮了几分。除此之外，覃栗还把周先生家的几盆花伺候得很好，吊兰本来都快干死了，又被她弄活了，翠绿地垂下来，正好与她捧卷的姿态相得益彰。阳台上还有一株海棠，花骨朵还没长出来，覃栗却对它吟诵道：“偷来梨蕊三分白，借得梅花一缕魂。”这甚至是让周先生“看”他看不到的意境：海棠开花，《红楼梦》，妈呀，林黛玉嘴上衔着两只小铲子。

假如说覃栗提供的看，是清新雅气的“看”，那么刘芬芬就是荤香十足了。劳动妇女的方法总是来得更直接些，一言以蔽之：穿得少。时节正好是夏天，她索性一律无袖装，以张飞赤膊战马超的气魄来应战，甚至有两天，连远不适合她这个年纪的露脐装都穿出来了。小肚子上那圈儿不多也不少的软肉固然让覃栗气愤得鄙夷，但却让周先生想起了电视里那个教肚皮舞的女教练。她还有意无意地当着周先生面弯腰。擦桌子或者捡东西，在这个动作之下，无论从前面还是后面“看”，都有意外收获。

而且周先生的耳朵也闲不住。两个女性简直有围着他说话的架势，左耳朵还是“人生若只如初见”呢，右耳朵就是“哎呀老爷子晚上烧个肘子吃吃吧”。周先生却也不嫌吵，他惊讶地发现，自己同时接收不同信息的能力特别强。当然啦，说到底只有一个信息：到这边来吧，先生，这边风景独好。

周先生情不自禁地飘飘然了。他为自己的飘飘然而惭愧，但又翻过来想：有谁能在这种攻势下淡漠如初呢？除非是一个老得连烟儿都快熄了的老人——而自己虽然老，但可没那么老。更令他感叹的是，老了老了，福分倒来了。民国那娘儿们说得好，男人生命里都有两朵玫瑰，一朵红，一朵白，他对她们的态度，取决于他娶了哪一个。当红的变成了蚊帐上的蚊子血，白的还是床前明月光；当白的变成了衣服粘的饭米粒，红的仍然是胸口上的一粒朱砂痣——不能两全。然而他周先生倒好，非但同时拥有了明月光和朱砂痣，而且明月光是长久的明月光，朱砂痣也是不褪色的朱砂痣，断然不会变成饭米粒和蚊子血。美好的事物能够永恒，只有一个原因，就是欣赏美的人即将逝去。说到底，还是因为周先生老了，他是占了老的便宜。

不过庆幸和感慨之余，周先生还是被一个念头惊出了一身冷汗：他何德何能呢？覃栗和刘芬芬对他，称得上是过分地尽心了，这其中的原因，固然有她们自己的竞争，但她们争的又是什么呢？身无长物一个老儿，至今还打着校订亡妻遗稿的幌子，到海外的学术基金会骗零花钱，他对于她们有什么价值可言呢？

周先生意识到，是得分析一下她们的动机了。这虽然痛苦，但作为当事人，他必须得想清楚。他毕竟还没有老到对什么都可以糊涂的那个份儿上。刘芬芬那里很好说，一个保姆，要保住自己的外快、钱包儿。覃栗的介入使她感受到了威胁，她生怕这个入室女弟子会用免费的服务把她的差事给“戗”了。而覃栗呢，覃栗可是主动找上门来的啊，她到湖边的小径上看自己写字，又托赵埔说项，引荐到自己这儿来读研究生，她可明明白白是在“盯”着他周先生啊。自己又有什么吸引了她？风度？才学？还是缅怀亡妻那优雅而伤感的形象打动了这女孩儿的心？覃栗有知识，还是念文学的，或许这样的姑娘偏偏特别欣赏老年人身上的魅力？学校里娶了年轻学生的老家伙是颇有几个的，这是活生生的例子，再引经据典一些，歌德不是在八十岁还有一个十八岁的情人么……

这样一想，周先生的三魂六魄都荡漾了起来。此时覃栗正在他身边读着明先生的旧作呢，她歪着头，一条松散的辫子斜搭在肩上。小铲子固然还在，整个儿人也干巴了些，只不过在周先生这把年岁的人这儿，只要年轻，就足够所向披靡了。刘芬芬那样丰硕的肉感，他恐怕还消受不了呢。看着覃栗，周先生又不禁抬起眼皮，瞥了瞥明先生的照片，心里默默地说：多亏了你啊。

然而周先生并没有立刻行动起来。他又不是毛头小子，他懂得即使要试探一下覃栗，也是要等个契机的。而这契机并不需要他周先生去费神，覃栗和刘芬芬自己就会创造。

机会果然出现的时候，周先生还嫌它来得太快了些，而且也太猛烈了些。

事情还出在厨房里，隔了一个礼拜，是校庆纪念日，退休的老先生凭着工会发的票，可以到服务部去领一只鸡，两条黄鱼，一箱芋头，还有油、米若干。东西自然是刘芬芬领回来的，可是要做的时候，正在看书的覃栗忽然站起来："晚饭我来做吧，先生也换换口味。"

说完，她拉开双肩包，从里面拿出另一套东西来，分别是盐、糖、鸡精，还有大瓶的生抽酱油。自备调料，就不怕刘芬芬把家里的藏起来甚至一天换一个地方了。而覃栗这么做，则可被视为新的一轮猛烈攻势。她要夺取长期被刘芬芬霸占、割据的厨房，从而宣布对周先生家的全面统一。

这自然激起了刘芬芬的不满。她的脸似乎都鼓了一圈儿，看着周先生求援。而周先生此时却是支持覃栗的，他的首要目标是覃栗嘛：

"覃栗要做饭？那好，我们都给你打下手。"

当然，周先生的"打下手"是口头的，真正动手的还是刘芬芬。刘芬芬就只好照办，同时以一言不发的服从来表明自己的态度。覃栗安排她洗菜、削芋头，这一切她都阴着脸做了。

然而到芋头焖鸡下锅的时候，情况就失控了。掌勺的是覃栗，她等到刘芬芬把杂活做得差不多了，才慢悠悠地系上围裙，行使她今天对于厨房的控制权。怪也怪在她到底还是年轻，明明已经大获全胜，何必再说那许多话呢？她一边把自己带来的调料撂在桌上，一边说起年岁大的人，口味越淡越好，盐、糖都是大忌，清清淡淡最好。而不知怎么，又绕到他们亲戚家的一个保姆身上去了：

“一个星期的账单里，居然要开三包盐六瓶酱油。到用的时候，又总说没了，傻子都能看出来是在做假账。”

就是这句话把刘芬芬惹急了。她也没有当面发作，而是等到锅里的油都热了，把鸡块放进去的时候，才往厨房外面走去，擦身而过的一瞬间，用肩膀顶了覃栗的背一下。覃栗正在挥铲子，一个站不稳，差点把锅也给碰翻了。翻虽然没翻，几滴滚油却溅在了手臂上。

覃栗登时哭叫起来，其惨烈如丧考妣。周先生正在外屋看报，听到空袭警报，立刻飞马赶到。他首先诧异于一个娴静的女孩儿怎么会有如此激烈的表现，简直像变了一个人。随后他又想：可见覃栗和刘芬芬的梁子结得不浅。梁子越深，他老人家肩上的担子也就越重啊。

周先生就说：“咳，怎么搞的！”没有主语，但明显是冲着刘芬芬去的。刘芬芬却昂然地扬起一张脸，以一种近乎野性的挑衅反观覃栗。她的意思很清楚：我就是故意的，怎么着吧？

覃栗就此失控了，她彻底忘掉了一个研究生、未来知识分子的风范，忘掉了古典文学和纳兰性德，她变成菜市场中可以和人动手的野丫头了。她竟然抄起开了瓶的生抽酱油，朝刘芬芬掷过去，而后也不管有没有命中目标，掉头就走。

覃栗呜咽着跑出了周先生家，周先生立刻追了出去。离开厨房的那一瞬间，他瞥到刘芬芬抬头挺胸地站着，身上是一片浓墨重彩的酱油。不知为何，周先生觉得她挺立如塑像的姿态倒像一件艺术品，定格在他脑子里了。

然而主要任务还是追覃栗。周先生腿脚慢，因此颇追了一会儿。不过他感到自己正在离某个隐约的、幸福的目标越来越近，双脚竟然格外有力，步履欢欣。这十来分钟，实在堪称周先生老年生涯的快乐顶峰。

他是在教工宿舍区的小花园里找到覃栗的。她斜坐在凉亭的藤萝架下，左手握着烫伤的右臂，仍在啜泣，然而仪态却回复到那个娴静的女研究生了。和刘芬芬那尊立体的“雕像”相比，覃栗则像是一幅油画。周先生便慢慢地走进画中，坐到覃栗身边，沉吟了一会儿，说：

“跟她那种人，置什么气。”

覃栗没说话。他又说：“手烫着没有，我看看。”

覃栗便伸出清瘦的一条胳膊，倒不知展示给周先生的是烫伤还是胳膊本身了。周先生却两者并重，轻轻地握住胳膊，低头，用嘴去吹那上面被油烫出来的浅痕。

这一吹，覃栗就震颤了。她想要把胳膊抽回来，却被周先生牢牢地攥住。周先生尽兴地又吹了几下，然后才抬起眼来和覃栗对视。这已经不是老年人的眼神了，但也不年轻，洋溢着死灰复燃的温度。

但周先生没想到，他还没开口，覃栗就惊慌失措地告诉他：“我不能对不起赵老师。”

覃栗的声音很大，近乎于喊。这让周先生觉得她在刹那间离他很远。而“赵老师”三个字一出口，她离他也的确远了。

现在就轮到周先生震颤了:“赵老师……赵埔？你们是——”

覃栗点点头。周先生仿佛借了方才内分泌上头的余勇，此刻脑子也不是老年人的脑子了，转得飞速，一瞬间就把前因后果都想清楚了。是啦，赵埔和覃栗要不是师生恋，他怎么会如此积极地专程把她推荐到自己这里呢？而且此举对于他们来说，一定还是一着周到而长远的妙棋呢：老头子最好说话，又不会出什么“事”，而且覃栗还可以从周先生这儿搞一份“参与整理明先生遗著”的推荐信，再从海外的基金会那儿申请资金，去美国和赵埔团聚呢……

那么说，当初她看自己写字，也是早计算好了的？周先生只恨自己忘了赵埔去年刚离婚。

这样电光石火地想了许多，等到周先生恍过神来，覃栗已经不在眼前了。是她跑掉了吗？不不不，是周先生自己跑掉了。他失魂落魄地走在回家的路上。也就是在这时候，周先生发现自己是多么不甘心老去啊。

于是就发生了那桩后来在学校里广为流传的丑闻：周先生回到了家，恰好撞到刘芬芬从卫生间走出来。她的头发、脖颈乃至膀子都湿漉漉的，散发着温热的气息。她还穿着周先生的一件纯棉睡袍，虽是男人的衣服女人穿，但因为周先生过于瘦小而刘芬芬过于饱满，她的身体反倒像个熟透了的桃子似的，果肉从毛茸茸的表皮下鼓胀出来，流着汁水。周先生几乎是想也没想，就像斗鸡一样伸出一双干枯的手，向那具刚刚洗掉酱油的身体抓了过去。

他这么做的时候，无疑是气急败坏的。同时他想：让苍老来得更猛烈些吧，赶紧让自己老死算了。顺便，去你妈的古诗词、无字书吧，去你妈的纳兰性德。

合　奏

那房间在二楼，昏暗但却温暖。十来平方米大的面积，只在朝北的方向开着一扇窗，窗子的左半边还蒙了块厚厚的塑料布，为的是封住漏风的缝隙。这就导致了原本不足的光线更加稀缺。当赵小提下午五点走进房间时，往往恍惚觉得夜晚已经来临了。摆在东边墙角的“星海”牌钢琴，钢琴上横卧的“山水”双卡录音机和靠门的那只实木五斗橱，都笼罩在阴影里，就连窗下暖气片旁立着的谱架也模糊不清，翻开的琴谱像被水泡过，黑乎乎的一团花。他需要拉一下塑料灯绳，引亮头顶那枚孤零零的四十瓦灯泡，才能看清屋里的景物。当然，也有天气格外好的时候——夕阳坠落得晚一些，将血红的光泽泼到水泥地面上。这时站在窗前，可以清晰地看见成群的鸽子响着哨音，掠过沉静得近乎忧愁的天空。那是一九九六年的北京的天空。

当时赵小提只有十七岁，但已经具有两位数的琴龄了。刚开始是在乐团担任小提琴手的母亲亲自教学，后来发现他资质过人，母亲便主动让贤，从家传改为遍访名师。带过他的老师里有国家乐团的首席，也有声名显赫的音乐学院教授。而随着琴技精进，母亲对他的期望越来越高，对他的态度也就越发严苛起来。从上高二开始，她便说服学校免去了他的家庭作业，又专门租下了这个筒子楼里的房间给他充当琴房，每晚练琴三个小时。这儿是乐团年轻职工的集体宿舍，那些人自己也要吹拉弹唱到很晚，因此不必担心打搅别人。

房间的主人是位年轻的指挥，才三十多岁就谢了顶，仅有的几缕头发又蓄得格外长，快步行走的时候总会造成彗星的效果。聪明的脑袋不长毛，这人的确很会算计，结婚之后就搬到了丈人家里，把自己的小单间偷偷出租赚钱。虽然是同事，他跟赵小提的母亲要价时却毫不含糊，每天才用三个小时，一个月的租金就要五百。不过比起赵小提隔三岔五登门去接受“乐坛名宿”们教诲的费用，这点儿钱又算不了什么了，无非为母亲敦促他时增添些口实。

“钱倒都是小事儿，但时间可绝对浪费不起。”母亲说，“全国青少年大赛迫在眉睫，这对你能不能被招进‘中央院’非常关键……”

带着这样的敦促，赵小提已经记不清在这里消耗了多少个傍晚。他只记得每天懵懵懂懂地走进房间，拉开灯，然后便按部就班地开始练琴：大顿特的练习曲、巴赫随想曲，此外还有莫扎特和柴可夫斯基……练到手指实在发酸，再也支撑不住，他就适时地奖励一下自己，从书包里翻出一盒万宝路香烟，点燃一支。这也是他在眼下这种生活里的唯一休闲方式了。他还猜测父母其实已经发现了他抽烟，只是懒得点明而已。对于他们来说，他顺利地考进音乐学院，不要“浪费”掉已经投入的大量时间和钱才是正事儿，其他的只要无伤大雅，都可以宽宏大量。

抽烟时，他常常靠在那半扇窗户前，看着筒子楼下甬道上的人们。矮胖壮实的男管乐手声如洪钟地谈笑，刚下演出的女弦乐手穿着黑天鹅一般的长裙匆匆掠过，奔向食堂去抢最后一屉包子。手里的香烟冒着扶摇盘旋的白雾，而赵小提却基本不拿嘴去吸。他只希望它烧得慢一点。在这种时候，他觉得自己孤独极了，那是旷日持久又机械重复的孤独，他连挣脱出去的力气都没有。

情况发生转变是在哪一天呢？赵小提也记不得了。

在他的印象里，当时是冬天吧。阴暗的房间格外阴暗，窗外的北风嗷嗷的，从学校走来的路上冻得他也嗷嗷的。不知第几遍拉完了帕格尼尼的《无穷动》，赵小提又翻出了烟。犹在亢奋状态的手指微微哆嗦，把那团烟搅成了古怪的抽象形状。暖气蒸得人头晕，屋子里闷得慌，他拨动窗闩，把窗子推开透气。一团橙色的光像火一样跳进他眼里。

居然是柿子，一共三个，并排摆在外面的水泥窗台上。路灯已经亮了，在光线下，柿子们晶莹剔透，简直像是活物一般。赵小提的第一反应竟然是不敢去摸它们，他觉得它们会动、会叫，甚至会说话。接下来，他才困惑起来：哪儿来的柿子呢？昨天分明没见过呀。也就是说，它们是在他走后才被人放上去的，也许是昨天夜里，也许是今天上午。

柿子们也是他在两个多小时里见到的第一抹亮色，瞬间把他的脑子激活了。他开始思索它们是怎么回事儿。绝不可能是以前的房主的，那个指挥就算回来，也是为了安置些用不着又舍不得扔的东西，比如西边墙角的那只压力锅。他没事儿闲的在这儿冻柿子干吗呀？哪儿还找不着一个窗台呢？那么只有一种可能，就是另外有人拥有这个房间的钥匙。而这还是要绕回指挥的身上：他可以在下午五点到八点这段时间把房间出租给赵小提，又何尝不能在别的时间段租给其他人呢？

至于“另一个人”租这房间的用途，多半也是做琴房吧。与人分时用房，一定不是住家，何况房间里也没有一张床可供睡觉。乐团院儿里兼职的老师多，来往的学生也多，有赵小提这种需求的学生估计少不了。想到这儿，他又开始饶有兴趣地思考：那么，柿子的主人是学哪种乐器的呢？不大可能是小提琴、大提琴之类，管乐也可以排除，因为那些都是需要用谱架的。而窗前的谱架上摆的，仍然是赵小提昨天用过的那一本琴谱。他一斜眼，往身边看过去，果然看见原本蒙着灰的钢琴被擦拭过了，面板散发着幽幽的乌光。

原来这位同屋的人，是个弹钢琴的。赵小提像个侦探一样笑了——虽然他破的这个案子可算不上什么高难度。而至于那人多大年纪、什么性别、从哪儿来的、琴弹得怎么样，这些疑问却再也没有线索可循。也就是说，假如赵小提把今天的意外发现当作练琴之余的一场游戏，那么游戏也该结束了。他叹了口气，把烟屁股扔出窗外，然后又拿起琴来。

仍然是帕格尼尼的《无穷动》。第无数遍加一遍。这是他在不久以后参加比赛的备战曲目，为了达到“惟手熟尔”的境界，练多少遍也不嫌多。可这一次只拉了一半，赵小提又停下了。

他的脑子里冒出一个新的念头，或者说，他发现了一个新的游戏：如果“另一个人”第二天来，发现柿子没了或者少了，他（她）

会作何感想呢?

这么一想，赵小提便饿了。也是，每天下课就来这儿练琴，晚上八点才能回家吃饭，不饿才怪呢。他再次打开了窗户，侧身探手把三个柿子一一捞了进来。柿子光滑、坚硬、冰凉，一时半会儿还下不了嘴。不过这不构成困难，赵小提把它们放在了暖气上。

今天的《无穷动》练完，柿子早已软了。赵小提捧起一个，拿牙咬开一个小孔，吱吱有声地吸吮起来。味道还真甜。第一个飞快地扁下去，成了层皮儿，接着就是第二个。第二个也扁了。第三个却得以幸免——倒不是饱了，而是他意识到自己好像做得有点儿“过”。何必赶尽杀绝呢?给人家留一个吧。再说柿子还没化透，结着冰碴儿呢，吃多了怕拉肚子。

打了两个嗝儿，赵小提又叼上了一根烟，却没有点燃。他不想破坏嘴里芬芳的味道。临走前，他从书包里找出作业本，扯下半张纸，用钢笔在上面写道：不好意思，吃了你的柿子。他将最后一个柿子放回原处，下面压着这张纸条。

离开筒子楼后，赵小提还忍不住回头张望，寻找着窗台上的柿子。路灯把他的影子拉长又缩短，缩短又拉长，笑意却从他的嘴角边浮上来。回家之后又是千篇一律的夜晚：母亲问他今天练琴的心得与收获，提醒他周末去老师家上课万万不可迟到，看着他睡前用热水泡手……但是赵小提心里有种莫名其妙的惬意。他长久以来的孤独感突然消失了。

第二天下午，赵小提一走进房间，便警惕地留意屋里的变化。

他把书包和琴匣轻轻放在地上，绕着小小的斗室走了一圈，两圈，三圈。他的鼻子情不自禁地像警犬一样抽动，但没有闻到生人的气味。屋子里的物件也原封不动，椅子仍与钢琴平行摆放，“山水”收录机的天线还那么歪歪斜斜地支棱着。

昨晚仅存的一个柿子也孤零零地摆在窗台上，隔着玻璃窗，在昏暗的暮色中像一盏柔软的灯。赵小提失落地吁了一口气：看来没人来过。从他昨晚离去到今天开门进来，房间恒久地空着。他仍然是这里仅有的一个人。也许“另一个人”昨天有事没来练琴？再也许，人家刚好结束了在这间房子里的租期，而柿子正是送给赵小提的“留念”？

孤独感又不可遏制地涌上来，赵小提想要立刻就抽上一支“万宝路”，但却觉得被一只干枯的手扼住了喉咙，连呼吸都不畅了。他靠窗发了会儿呆，终于慢慢弯腰，打开琴匣，把小提琴的腮托顶在已经磨出一块厚厚的老茧的下巴上。时间是耽误不起的，尽管时间是如此的枯燥。

今天的《无穷动》练得很不顺利，几个关键的衔接被处理得上气不接下气，一贯引以为傲的音准也出了问题。假如被母亲听见，她一定早已用指关节敲敲桌面，冷冷地怒视赵小提了。但赵小提也只能硬着头皮拉下去，他厌烦这支离破碎的琴声，却又生怕它停下。

天色彻底黑了，他才突然意识到自己忘了开灯。拉一下塑料灯绳，窗外的那只柿子又亮了起来，和头顶的灯泡呼应着。昨天留下的字条被它压在下面，在风里微微抖动。现在再看见柿子，赵小提就是一肚子的负气了，甚至还有几分没来由的委屈夹杂其中。同时，他又饿了。

第三只柿子终于也瘪了。吃的时候，赵小提用昨天留下的那张字条裹着它，过分用力地吸吮，把汁水都挤出来了。柿子是不速之客，把它们消灭干净，他就可以心平气和地练琴啦。赵小提泄愤般的想。然而就在把柿子皮随手抛出窗外，用揉皱的字条擦手的时候，他突然愣住了。

字条上，在他昨晚留下的那句话底下，多了一行陌生人的笔迹。字写得很瘦弱，带着弱不禁风的秀气，但口气却强硬得很。就三个字：你讨厌！还画了一个浓墨重彩的惊叹号。赵小提的第一反应，写字的人是个女孩，第二个反应，则是她并没有真的为那两个柿子生气，她的口气与其说是抗议，倒不如说是某种娇嗔。

就像学校里那些很受追捧的女生常用的口吻一样。当被欠招的男生扯辫子或者开了“过头”的玩笑时，她们往往绯红着脸怒斥：你讨厌！但声音往往伴着鼻腔，最后一个字被拖得略有些长，眼角还埋着风情——虽然尚且不能运用熟练，但已经足够令人心花怒放。然而在学校，赵小提可从来没有享受过这种待遇。常年的练琴和管教让他变得沉默寡言，沉默寡言又加剧了他的孤独和胆怯。他总觉得自己有满腔的话想说，但却没有合适的人说。

正因为这个原因，纸条上的三个字使赵小提兴奋莫名。在这隐秘的房间，通过隐秘的方式，他感到自己和外部世界发生了隐秘的联系。他反复看着那句“你讨厌”，设想着它变成声音会是什么样的效果。他攥着纸条在斗室里大踏步地踱来踱去，像电影里被灵感击中的狂喜的贝多芬。他不时狠狠地挠挠自己的脑袋，又点燃了一根烟，深吸一口，以轻浮的姿态“咻”地吐了出去。

如何让他们的联系继续下去，这是赵小提必须考虑的问题。帕格尼尼是怎样从第一段旋律演绎出《无穷动》的？其实也没有想象中的那么难。他胸有成竹地拿起琴来，继续今天的演奏。比起刚才，手指灵活了许多，每个音符都掷地有声，此后的练琴效果让赵小提自己都吃惊。

再一天下午，赵小提开门走进这个房间时，比平常晚了半个小时。他的手里除了琴匣，还拎着一只厚厚的塑料袋。他打开窗户，从袋子里拿出柿子来，码在寒冷的窗台上：一只，两只……远远超过了三只。放学回来的路上经过一个菜市场，在水果摊上，他挑了十只最大、最饱满的。价钱可不便宜，接下去的两个礼拜，他就抽不起“万宝路”了。柿子们互相摞着，形成了一个不规则的金字塔，此时被光一照，几乎像是一团橙色的火。赵小提便在跳动的火光里拉琴，同时陷入新的踌躇：他是否需要给“她”再留一张字条呢？比如向她道歉？比如请她吃这些更多的柿子——放心吃，痛快吃，不吃就是不给他面子。

当晚离开的时候，这个念头在最后一刻被打消了。年仅十七岁的赵小提已经懂得了言有尽而意无穷。他想：无论对方接受或不接受他的道歉，吃或不吃他的柿子，他们的“联系”都会被限制在这简单的礼尚往来之中。换一个说法，一旦有了明确的说辞，他们的“联系”不仅不会深入，反而会被终止。他想要的可不是这些。他应该让柿子们默默无言地摆在那里，留给对方猜测和想象的空间。如果对方也去猜，也去想，那么事情的含义就会真正地宽阔起来了。

走的时候，赵小提照例在楼下驻足片刻，仰望那些柿子。火焰在二楼的窗台上燃烧，他强迫自己记住它们的数量和码放的形状。而回到家里，他无论吃饭还是洗澡都变得迅速了，和父母说话的语速也快了。

母亲问他："有什么高兴的事儿？练琴时又啃下了两个硬骨头吗？"

赵小提不置可否。他不好意思告诉母亲，自己其实只是希望时间过得快一些，希望走进那间琴房的时刻早点来临。

再次走进房间时，赵小提直奔窗边。柿子们仍然一个摞一个地码放在那里，但形状已经发生了微妙的变化。他屏住呼吸数了数它们的数量：九个。再数一遍，还是九个。也就是说，另一个"她"吃掉了一个柿子。她的胃口和字迹一样秀气，只吃一个就够了。而除此之外，赵小提还能推测出什么信息呢？她看到卷土重来的柿子远远多于以前时，是惊愕还是莞尔一笑呢？如果她把赵小提的举动视为某种"表示"，那么她有没有新的"表示"呢？

四下略一打量，赵小提惊喜地发现，自己身处的地方已经焕然一新。不只是钢琴，窗台、谱架和五斗橱上的尘土都被擦拭干净，就连暖气片也用抹布细细地抹过了。打开灯，每样东西的表面都流动着细细的光，窗明几净的房间甚至显得比原来大了不少。这就是"她"的表示吗？她既然和赵小提分享了柿子，也就愿意和赵小提分享打扫卫生的成果吗？如果这还不够明显，那么另一样东西就更能说明问题了。在钢琴前方的木椅子上，还摆着一个烟灰缸。它是用一只空可乐罐子制作而成的，上半部分的铁皮被均匀地剪开，外翻，折成了一朵绽放的红花。“她”闻到过他遗留在屋里的烟味儿，那东西是“她”留给他的新礼物，而且是主动赠送的，和那天的三只柿子不是一个性质。

毫无疑问，在这间琴房里，他们已经结成了从未谋面的但却不言自明的“交情”。

那么，当今天练习《无穷动》时，赵小提所想的，就是新的问题了。“她”到底多大岁数？是胖是瘦？长什么样子？这些疑问像剪断了的串珠，不可遏制地从他的头脑深处蹦了出来。他还联想到了小时候听过的那个“田螺姑娘”的童话。“她”像田螺姑娘一样给他提供了食物和清洁，而他越是感受到那份关照，也就越发受到了好奇心的进一步折磨。他们应该见面吗？他们能够见面吗？

这一天，赵小提练完琴，像往常一样背上书包，拉灭电灯，关门出了房间。然而他犹豫再三，终于没有走下筒子楼的楼梯，而是又往上爬了半层，缩进楼道拐角的黑影里。他决定等“她”一等，时限是一个小时。如果这段时间内对方没来，他就只好回家去了。母亲对他的作息控制得很严，拖延得不太久，他还可以谎称在路上吃了顿快餐或者到操场锻炼了一下身体，假如超过了一个小时，则势必引起疑心——偏偏赵小提自己也是心虚的。

楼道里并不安静。声乐演员穷极无聊地吊着嗓子，“咦咦啊啊”之声从洗澡间或卫生间忽高忽低地传来，裹挟着肉味儿和粪便味儿钻进赵小提的耳朵里。几个男人在三楼靠外的房间里打扑克，争论之声乍起复又消沉。冬天正是吃涮羊肉的季节，一个女人家门口的大白菜被邻居“顺”了两棵，她愤怒地、字正腔圆地公开指责持续了二十分钟之久。赵小提所埋伏的拐角里积存了大量杂物，有旧皮鞋、成麻袋的饮料瓶、一台单开门冰柜，甚至还有两只半米见高的酸菜缸。这些东西为他提供了足够的掩护，但味道着实不好闻，过了一会儿，他被迫点燃了一根烟，同时歪歪斜斜地靠在脱皮掉灰的墙壁上。一个穿开衫厚毛衣的男人从楼上下来，看到他嘴上明灭的烟头，不由得脚步一停，嗓子眼儿里“嗯”了一声，随后装作没看见似的快步离开。在人家的眼里，赵小提此时的形象就是一个守在人家门口等女孩儿的坏小子吧。他不禁觉得可笑，同时稍感荒唐。那种勾当他可从来没干过，眼下也不算。但他又算是在干什么呢？

随着在楼道里待的时间渐渐延长，新的惶惑也冒了出来：他怎么笃定“她”会在他之后的晚上来到琴房，而不是在第二天的上午呢？赵小提是学生，白天需要上学，但如果用自己的规律来揣测人家，那也太一厢情愿了吧。比惶惑更让他难受的，就是害怕了。越想着对方很可能在下一个瞬间出现在二楼的楼梯口，他的心就越发怦怦乱跳，像打鼓一样。他敢和人家打招呼吗？打了招呼之后又能说些什么？他还担心假如被对方“认”了出来，自己很可能会没出息地撒腿就跑。那可就是不折不扣的“见光死”了。赵小提突然醒悟到，他和“她”即使建立了心照不宣的联系，那联系也仅在不见面的情况下有效，如果他们在同一个时间出现在同一个地点，仍然算是陌生人。

这个残酷的发现让赵小提陷入沮丧。有那么两次，他几乎想要拔腿就跑，但总算压抑住了这个念头。再看看手上的“卡西欧”手表，已经七点五十分了。等都等了这么久，为什么不凑足一个小时呢？那时再走，对自己也是个交代吧，起码睡前不会怪自己没用。

七点五十到八点，这十分钟很快也很慢，但终于就要流逝殆尽了。赵小提怅然却又如释重负地拧了下身子，让肩膀离开墙面。他准备离开。

也就是在这时候，一个女孩的脚步从一楼的楼梯上传来，渐强，越来越清晰。脚步声停止在二楼的走廊入口，她侧了下头，与站在高处离她几米的赵小提对视。

这是突如其来的相见。对于赵小提来说，他在此前一个小时内所做的心理准备全都白费。他像突然曝光的胶卷迎接女孩的目光，同时也看着她。女孩也是十六七岁的模样，穿一件对这个年龄的姑娘而言相当老气的棕色格子外套，马尾辫垂到外衣的毛领子上。她的脸不算白，颧骨上各有一块微微的糙红，她的眼睛明亮且极具穿透力，使赵小提感到自己关于她的想法被一览无遗。但赵小提只看到了她的上半张脸，鼻子以下的部分全被一只厚厚的医用口罩掩盖住了。她是感冒了，还是不适应近日干燥扬尘的天气？

赵小提半张着嘴，喉结紧张地发抖，发不出声音却又生怕自己有什么难听的声音。

好在这次见面仅仅是惊鸿一瞥。也是，人家也许只是路过时突然发现楼梯上有人，便下意识地驻足而已。她没有认出他来，赵小提歪歪斜斜地站着夹着烟的样子，也绝不像一个把《无穷动》拉得滚瓜烂熟的小提琴手。女孩的步伐轻快，转眼从赵小提的视野消失，随后传来了锁簧跳动的声音，随后是关门声，随后，钢琴的奏鸣从那间琴房里汩汩涌出。

赵小提对钢琴不熟，听不出女孩正在练的是什么曲目。但从速度和音阶的跨度判断，那曲子的难度极大，是专为演奏者炫技所写的一类作品。她和赵小提一样，也是备战即将举行的那个音乐大赛的选手吧？每年的这个时候，都有无数资深“琴童”从全国各地赶到北京，和家人租住在音乐学院与各大乐团附近的旅馆、招待所里，花大价钱去拜访名师，只为了把几年、十几年的功夫换作比赛场上的全力一搏。“琴童”们大多活得极其封闭，互相之间没有交往，就是在同一个老师门下学习的孩子，赵小提也一个都不认识。但在他心里，这些人却比其他同龄人熟悉得多，也亲近得多。他们都在忍受着同一种孤独。

赵小提在女孩的钢琴声中发愣，出神，时间又不知过了多久。直到一曲终了，楼道陡然空空荡荡，他才疾风一样跑下楼，逃也似的走了。

明天再来，窗台上的柿子又会少一个吧？他顶着寒风，一边往家里走着，一边这样想。

赵小提是在第二天早上才发现自己的琴不见了的。那天回家以后，他开门进屋，先看见餐厅桌上半凉的饭菜，接着便听见母亲的唠叨声从里屋传出来。

“今天怎么回来得那么晚？到哪儿瞎转去了？”母亲把菜往笼屉里放着，说，“这孩子，比赛还有半个月就开始了，怎么还是一副不着急不着慌的样子。你可得认清形势，如果得不上名次进不了‘中央院’，这些年的功夫可就算白下了，你得和普通学生一样参加高考，别的大学你考得上么……”

考不上其他大学，还不是因为你们为了让我练琴，削减了我的文化课和家庭作业。这赌注是你们替我下的。赵小提在心里回着嘴，嘴上却说：

“今天多练了一会儿。有几个音总觉得力道不够，又‘抠了抠’。”

母亲的脸色立刻缓和了：“那也别太晚，赛前过度劳累也不好……再说也别影响别人用房间。”

赵小提心里咯噔一下。看来琴房里有另一个人，母亲是知道的，只有自己长期蒙在鼓里。他默默地吃完饭，然后拿着跳绳去门外活动了下身体，再回来洗澡、用热水泡手，最后躺在床上，用CD机分别听了两遍海费茨和穆特演奏的《无穷动》。这些都是每晚的例行公事，他懵懵懂懂地进行着，并没有感到什么不对劲。

直到第二天到学校敷衍了几堂课，坐车回到家里取琴时，他才赫然看到自己房间的书架第二格是空的。每天晚上睡觉前，他都会顺手把小提琴的琴匣在这个地方放好，以便次日下午拎上就走。那柄德国进口的仿制“斯特拉迪瓦里”去哪儿了呢？赵小提只觉得两肩一紧，冷汗已经冒了出来。绞尽脑汁逆着时间一幕幕地回忆，他想起自己昨晚睡前就没看见过自己的琴，再往前，进家门的时候也没有拎着它，再往前，从筒子楼走回来的时候手居然是空的。而稍稍令人感到滑稽的是，整整一个晚上，不仅他自己没发现琴没了，就连母亲也视若无睹。小提琴这个当前对赵小提一家人最重要的东西，竟然成了他们眼中的盲点。

好在赵小提尚能理清思绪。他判断，自己极有可能把琴落在昨天“埋伏”过的那个楼道拐角了。昨晚失魂落魄，他只顾着闷头琢磨事儿，走的时候便忘了拿琴——就像战士丢了他的枪。这么想着，他撒腿就往两公里外的那个乐团家属院跑去，同时心里火烧火燎：筒子楼是个嘈杂的地方，每天进进出出的不知道是些什么人，一只做工精细的琴匣躺在地上，不可能没人留意。万一被谁家孩子捡走了呢？万一被收废品的顺手牵羊了呢？万一被哪个识货的人据为己有或者拿到琴行里去卖了呢？如果琴找不回来，他想象不出母亲会是什么反应。就算他家的经济情况还算宽裕，三万多块钱的琴价也不是小数啊！更重要的是，比赛迫在眉睫，一时半会儿到哪儿去找一把拉顺了手的琴呢？

街上稀稀拉拉的行人看着这个孩子张皇地奔跑。在冬天的下午，赵小提满头满脸都是汗，身体内部却越来越凉。当他跌撞着冲上二楼，往那堆杂乱的物件中间望去，心里的温度终于降到了冰点：琴不在那里。

他险些一屁股坐到地上。脑子里回响着某个幸灾乐祸的声音：让你不看好它，让你整天胡思乱想些没用的东西，现在好了吧，琴丢了。赵小提像长途跋涉的骆驼一样张大鼻孔呼吸，但只觉得氧气供给不到身上的器官。他眼前的一切都开始模糊，重病一般扶着墙，往那个琴房走过去。他需要一个封闭的地方静一静，仿佛正在躲避着巨大的危险。他也知道自己这么做是鸵鸟战术，对眼下的困境一点帮助也没有，但他就是管不住自己。他只想藏起来。

事情是在半分钟之后峰回路转的。当赵小提打开房门，赫然看见琴匣稳稳当当地摆放在钢琴上，和收录机呈四十五度角。他几乎不敢相信，使劲揉着眼睛。他的大脑因为狂喜而眩晕，却又像有了特异功能一般，脑海里浮现出昨天的情景，却是自己从未目睹过的情景：

依然是这个昏暗、狭窄的房间，屋里的人不是他而是那个女孩。她端坐在钢琴上，弹奏着那首高难度的练习曲。她的脖颈修长，腰背挺直。片刻，一曲终了，女孩却没有移动身体，两手仍悬在琴键上方，保持着“握着一个鸡蛋”的标准手形。她微微侧头，像在空气里捕捉仍未消失的音符。但赵小提知道，她是在听着门外的动静。她知道他还站在楼道里，听。而这时，自己那不争气的逃跑脚步响了起来，咚咚地踩着楼梯。站在事后的、旁观者的角度，赵小提觉得自己既莫名其妙又做贼心虚。跑什么呀？怕什么呀？他指责昨天的自己。

而女孩呢，居然立刻站了起来，开门追了出去。她竟然追他，她为什么追他呢？是要感谢他超额归还的柿子吗？是想打听赵小提是否也是音乐比赛的选手吗？她也是渴望认识他的吗？她心里是否怀揣着和他同质的、稚嫩又沧桑的孤独感？

可是昨天的赵小提终究是跑掉了。今天的赵小提在脑海里追踪着女孩来到二楼的楼道口，往斜上方望着，看到了他落在那里的琴匣。他还看到女孩走上楼梯，轻轻把琴匣拎了起来，往琴房走回去。在这个过程中，女孩的嘴角上翘，露出的笑容堪称幸福。也不知是怎么搞的，赵小提只见过女孩戴着口罩的样子，但却能清晰、真实地勾勒出她整张脸的全貌。她秀气而又明媚，和她的眼睛很相称，也和他所期望的一模一样。

这一幕幕像放电影一样“过”完，赵小提就再也安静不住了。他意识到自己情窦初开，并像所有处于那种心境的男孩一样激动、浮躁。他特别想做点儿什么，但又实在想不清楚自己应该做点儿什么。他先是打开琴匣，把琴捧出来拉了一会儿，但却再也感受不到一点儿失而复得的珍贵。《无穷动》被胡乱处理，忽快忽慢，拖拖沓沓。他放下琴，又去数外面窗台上的柿子：一只，两只……七只，八只。女孩是每天吃一只，她不紧不慢，井然有序。她就算同样对赵小提抱有好奇和兴趣，也不会像他一样乱了方寸。想到这儿，赵小提毛手毛脚地抖出一根烟来，塞进嘴里，狠狠地抽起来。

抽完烟，他才终于弄明白自己到底想要做什么。他打开窗户放了放味儿，然后拎起琴匣走了出去。他再次来到昨天的那个楼道拐角，一屁股坐在台阶上。他决定继续等她，等来了又要怎么办呢？他不知道，但他不惜为此消耗掉大赛前夕的整个儿晚上。

决心已定，时间就快了。到了晚饭的时间，楼上楼下依旧充满嘈杂，但赵小提却像入定了一样纹丝不动。那些声音进了耳朵却进不了脑子，上上下下经过的路人看见了赵小提，赵小提却看不见他们。

七点钟终于到了，女孩如约而至。赵小提的目光越过污浊的水泥扶手，先看到了她晃动的马尾辫，接着看清了她戴口罩的脸。她是感冒了还是格外怕冷？

来不及多想，赵小提已经被自己的双腿弹了起来。他张开嘴，这才发现自己竟然没有设计好该说什么。下意识地，他抬起手，把琴匣拎高几寸晃了晃。

女孩的眼睛一弯，也没出声，对他点了点头。假如赵小提在为小提琴的事儿致谢，她的意思就是不客气吧。接着，两人便僵立着，陷入被胶粘住一般的沉默。

赵小提真恨自己。多年以来，他已经习惯于用手指和琴弦发声，语言的能力仿佛高度退化了。班上那些男生是怎么跟女生搭讪的？电视和电影里那些油嘴滑舌的家伙是怎么打破僵局的？可现在临时抱佛脚又哪里管用啊。他的嘴再次张开，却只能发出吭吭叽叽的杂音。

女孩倒比他沉稳得多，她的眼睛又弯了一弯，然后抬起手来做了个拜拜的动作，就转身轻巧地往琴房走去了。赵小提愣了一会儿才跟上去，看见房间里的灯已经打开了，门缝犹豫地敞开几秒，最后轻轻关上。

那么，他今天的等待到此结束了吗？赵小提可不甘心。女孩认为他应该离开吗？赵小提也不这么认为。他预感到事情还没有完。门关了不等于故事结束。

果然，琴声从屋里传了出来——不是高难度的练习曲，而是极其简单但却因此而分外优美的旋律，德国人约翰·帕赫贝尔的《卡农d大调》。这是学乐器的人最早接触的一类曲子，也是在他们脑海里和指尖上留下了条件反射般的印象的曲子。尽管已经把《无穷动》练得烂熟，但赵小提在若有所思的时候，脑子里闪出的“背景音乐”总是那么简单的几首。

女孩的琴声果然也是若有所思的。《卡农 d 大调》被她弹得潦草随意，完全像是下意识地弄出的声响。她好像在感慨什么，又像在等待什么。

赵小提终于明白了女孩想要做什么。他打开琴匣，又一次把琴拿出来，隔着门，与她合奏起来。这支曲子有着各种演绎版本，其中最经典的就是钢琴与小提琴的搭配，学这两种乐器的人没有不熟悉的。他的琴声一加入，女孩那边立刻有了响应，指尖上有了根也有了魂，呼应起赵小提来。曲调明朗清澈，合奏声在楼道里反弹着越传越远，两个住在隔壁的乐手被引了出来，却没有打断赵小提，而是微笑着为他打着拍子，好像在善意地面对一个傻子。

赵小提的确是个傻子了。那一瞬间，他觉得全世界都被统摄在《卡农 d 大调》之中，而乐曲的另一半则是从门那边的另一个世界传来的。赵小提的眼睛明亮，掌心发热，心境清澄。他充满着无可言喻的自信心，并感叹自己此前的十几年活得是多么虚弱。合奏结束了，他的踌躇也便烟消云散。他要迈出那一步，和多年来的孤独一刀两断。

赵小提把小提琴放进琴匣，掏出钥匙，对了几次才对准锁眼，捅进去，轻轻往右拧着。当门锁发出清脆的咔拉一声，他不由得屏住了呼吸。但他没想到的是，屋里也发出了相应的声音，是椅子移位和脚踩地面的声音。女孩简直像把自己的身体抛起来，重重地顶在门上。赵小提觉得头顶的门沿都落灰了。

随即，形势变成了两人隔门角力，僵持。一个想要进去，一个力图阻止对方。赵小提下意识地使着劲儿，心里的惶惑像沸水一样冒着泡儿：她不想让他进去，不想和他近距离地坦诚相见吗？那么，她是讨厌他吗？讨厌他为什么流露出了那么多的善意——柿子、可乐罐烟缸、小提琴、《卡农d大调》？以上这些，都是他们切切实实地交往的证据。他们明明建立了联系，她为什么要在最后一刻把这些联系全部切断？她为什么要把窗户纸筑成石墙？

除了惶惑，赵小提心里泛上来的还有委屈，同时竟然还有愤怒。那些愤怒并不来自于隔门相拒的女孩，而是来自他生活里的一切，但归根结底还是汇聚到那女孩的身上了。他想起家人对他的管制和冷漠，想起在学校里没有一个朋友，仅仅因为一项特长而被同学们孤立，他还想起自己为了练琴所吃的苦楚，那些苦楚并非他自己的选择却被周围的人视为天经地义。他忍受了这么多年，今天终于遇到了一个自认为可以说一说的人，但人家却毫无理由地把他拒之门外。

愤怒让赵小提脸红心跳，眼泪都快迸出来了。他想哀求女孩开门，但却因为头脑发空而说不出一个字。耳边只剩下了嗡嗡回响，身体里只剩下了一股蛮力。他不假思索地把这蛮力用到了薄薄的门板上，仿佛推开它，就是推开令人窒息的生活，让天边露出一道光来。男孩的力气终究比女孩大得多，但赵小提却不觉得自己在恃强凌弱。他感到自己正在和什么无比巨大、险恶的东西抗争，必须全力以赴。他全身倾斜，肩膀顶在门上，从腿往腰再往肩膀上发力：一下，两下，三下。

门终于在默默无声中被推开了。赵小提的身体沐浴在电灯的光里。在光里，他首先看见了窗外燃烧的柿子，看见了敞开盖儿的钢琴，还看见了钢琴上折得整整齐齐的口罩。他总算意识到了女孩已经失去重心，像树叶一般往水泥地上摇曳着坠落下去；他捞了一把，离她挥舞的胳膊还有半米左右的距离，只能看着她一头栽倒；他还诧异于女孩并没发出惨叫，甚至连抱头含胸自我保护的条件反射也没有，她只是用力地扭着头，让她的脸向后，再向后，背离赵小提的视线。

但赵小提终究是看到了。在绽开的马尾辫的乌云里，女孩面色格外煞白，她没戴口罩的脸像赵小提所幻想过的一样清洁、秀气，因而更把那道疤凸现了出来。疤长在嘴巴的上方，和完整的下嘴唇垂直，它一眼而知不是后天划开的，而是将先天的缺口缝合所致。也许将这道疤修复完整是一项繁琐的工程，眼下手术只进行了一半，也许它根本就没有可能修复，医生和女孩的父母只能心照不宣地敷衍了事。

女孩坐倒在地，后背重重地磕在暖气上。但她仍未出声，而是缓缓抬起一只手，按在自己的嘴上，把下半边脸遮住，才扭过头来直视赵小提。她的目光是平静的，却让赵小提感到刀锋一般的寒冷。那是历经岁月、用无数怨恨淬炼出来的彻骨寒。在女孩的注视下，赵小提清楚地认识到了自己的角色是一个施暴者。他还觉得自己正在无限地缩小，世界以更加巨大的重量压在了他的身上。

赵小提转过身去，把女孩和房间留在了背后。走的时候，他下意识地拎起了琴匣，但他知道，经历过那次合奏，自己怕是再也无法用小提琴拉出一个音符了。

放声大哭

昔我往矣，年方六岁，肥白可人，天生聪慧。我躺在乌木大床上，嘴上噙着一支香烟，这样向李小青开头。一九九九年十月的下午光线明媚，天气温和，窗外人丁稀少。这种时节非常适于回忆往事。李小青侧卧榻上，表情饶有兴致，眼神迷离恍惚地托腮而听。我没有戴眼镜，但这并不妨碍我的目光从袅袅轻烟里破壳而出，逆光穿行，上溯十五年前。这是李小青向我要求的。我的这个女朋友经常心血来潮，产生负罪感，加之最近没有经血来潮，被恐惧感折磨。她抠着我的肩膀说：你给我讲一个故事。我随便想了一个，给她安神补脑。

对于我这个诗经体的开头，李小青心不在焉，强作会心一笑。我侧眼看了看她刮了鳞的鱼一般的身体，继续讲述。当我第一次走进这个大院时，方圆数里飘荡着中气不足的军号录音，一些中年军人正无所事事地在大道上走动。我的父亲那时刚刚穿上空军的蓝色裤子，对我母亲意气风发地指点一幢暗红色正方体建筑，我们将在那幢楼房的西北角一隅安家落户。我则在凝神观察传达室旁的一畦小葱，它们中间躺着一只破烂的被丢弃的电视箱子。当他们用初来乍到的客气口吻在楼门口与人攀谈之时，我独自一人走向那丛有气无力的小葱，爬到纸板箱子里面，手握边缘，策马驰骋。李小青也被这个回忆击中，告诉我，她就是那时第一次见到我。那天上午这个小姑娘身穿皱边连衣裙，脚踏小红皮鞋，看到我正在念念有词，自我陶醉，表情投入，遨游葱海。忽然一声暴喝——看门的胡大爷当时还没有患上老年痴呆症——手持一只报纸夹子冲将出来，声称要用它夹住我的生殖器，令我不能撒尿，膀胱爆炸。他一鸣，我大骇，弃甲曳兵，八字小脚，踉跄逃跑，眨眼工夫，不知所终。

我当时没有注意到这个皮白肉嫩的小姑娘，更没有预见到她在十五年后将和我一同为怀孕的可能性困扰。也许我当初真的被胡老头夹上，也未尝不是一件幸事。我被吓得屁滚尿流，所能做的只有忘情奔跑。数以百计的白杨树从我眼前川流而过，我不知道拐了几个弯，穿插了几条小路。老头子的肥胖秃头早已经不见踪影。我满嘴臭气地停下来，发现自己面临着更可怕的困境：这个大院的每条道路都是一模一样，无数暗红色长方体楼房不分你我，傍肩站着。我已经找不到自己家门口了。

我用了一个暗喻，我说：我能够做的只有茫然行走，既惶恐失措又了无牵挂，时至今日，这种行走还没有结束。李小青让我不要来这套。实际情况是：我不知道走了多长时间，心情却越走越轻松，到后来就忘了自己干吗来了，拾得一根竹棒，将其幻想成为宝剑，在草坪上以一棵刚刚栽上的小树为假想敌，进行厮杀。可见我那时候就是个没头脑的，时至今日，还是没头脑。这倒是真的，李小青同意。

接下来的事，就是一位阿姨制止了少年堂吉诃德，并在他一生中第一次教会他纯粹用感情来放声大哭，此事将使他铭记终生。那位阿姨，身穿军装，相貌如何，早已淡忘。她被阳光推到我这里来，弯下腰，用手摸了摸我的大脑壳。我停止砍伐，眯眼侧头看她，由于逆光，一片模糊。这张暧昧不清的女性脸孔对我说：

不要再砍小树了，你怎么能砍小树呢？

我不答话，继续钻研她的面容，但是徒劳无功，反而被太阳在我眼前灼出一片光斑。

她继续教诲我：如果你是小树，你愿不愿意被人家砍呢？

我仍然表示沉默，呆看着她，但是手上又砍了两下。

她用和颜悦色的嗓音说：阿姨要生气了。

她夸张地直起身，做拂袖而去状，继而又掉转回来，牵起我的手说：到阿姨家里去吧，阿姨家有金鱼。

我轻而易举地缴了械。这个阿姨把竹棒丢到一边，牵着我的手，和我在林荫大道上行走。走了一会儿，她对我说：你不用走得太快，这样容易摔跤。然后她也放慢了脚步，她的高跟鞋轻松地在地上甩来甩去，甚至带有某种表演的味道。我听到她和另外一些军人打招呼，有一个嬉皮笑脸的四川人问她：这是谁的娃？她响亮地说：我的。我正在致力于拨云见日，看清她的脸，忘记纠正她，但是直到我们走进一幢宿舍楼，我都没有看清楚。在爬楼梯的时候，终于没有了阳光，但是她走在我前面，我只能观察她的臀部，我还不具备这个意识，没有多看。

我们蜿蜒而上，在某个平台上止步。她打开一扇门，一股家具、食物、人体混杂的气味扑面而来。我简直是被这股气味牵着，毫不认生，愣头愣脑地跑了进去。这位环保阿姨住在一套两居室里面，屋里的家具非常多，颜色暗淡，而且物品放置杂乱，使得屋子显得狭小暖和。我刚一进去就和某件家具发生了关系：脑袋磕在一张圆桌的边上。我头部受创，转过脸来看了她一下。声音顺着门外的光线向我涌来：

疼么？

我把她丢在身后，径直进了里屋。她撞上门，把我们孤男寡女和外界彻底隔绝，然后把高跟鞋扔到门边。我站在屋里，看到墙上挂着一柄巨大的扇子，我可以躺在上面，扇子上面画了一个脸谱，色彩斑斓。她把一只手从我耳朵后面伸过来，声音随即而到：

你吃糖吧。

我像一个乡下无赖一样嚼着一块板状花生糖，大摇大摆地来到床边，一屁股坐上去，她用手指把我的视线拨到床头柜上：

你看，这就是金鱼。

我臀部一拱，蹦到地上，撅着屁股端详金鱼。这是一条眼睛非常大的红色金鱼，体态肥胖，神情倨傲，两鳍在小皮球一样的躯干底下，显得极其纤小。金鱼摇摇晃晃地和我对视，呈拱状，一瘪一瘪，显然智商不高。与此同时，这个阿姨也蹲下来，脑袋就在我的肩膀旁边悬浮，几绺卷曲的头发令我耳朵瘙痒。她的声音与这个两手即能捧住的扁圆鱼缸发生了某种共振，我能看见金鱼正在微微颤抖：

你看，我没有骗你吧？

我高深莫测地眯着眼睛，点了点头，并不扭过去看她，目光依然锁定那条呆傻型金鱼。金鱼在我的凝视之下，表情不改矜持，甚至隐有居高临下的得意之色，大家风范啊。

你看，金鱼好玩么？

我受到启示，伸出手去捅那条金鱼的嘴巴，手指敲击在玻璃之上，当当有声。我看到我手指所及之处，不仅是金鱼的嘴巴，更是这个阿姨的影像的嘴巴，金鱼在玻璃上清楚明白，阿姨却完全扭曲，变成了一只类似于南瓜的脸孔，他们同时对我开口：

我都带你来玩了，你也不对我说句话。

于是我满足他们：

阿姨您好。

金鱼你好。

阿姨咯咯笑了起来，我从鱼缸上浅浅的光辉中看到她站起身来，由于鱼缸的形状，她的腹部无比硕大，仿佛即将临盆。我此时想起，自己仍然没有看清她的脸庞，她把我带到此处，邀请我观赏金鱼，但是她很有可能对我只是一个陌生人，甚至只是一团记忆的蒙蒙大雾里的依稀人影。我抬起头来，向她肩膀上部看去，但是发现自己又在逆光而视。光线仿佛和这个女人存有默契，一如既往地掩护她。我希望换个角度会有所改观，于是蹲下来，用大便的姿势来观察她，但是无济于事。她脸上的光泽反而显现出一种釉制品的效果，如同被一层外壳遮住，在纤毫毕现的阳光里，成为小小的黑洞。对李小青讲述到这里的时候，我忽然怀疑，这个面部的黑洞，究竟是当时视觉的障碍造成的呢，还是我记忆力的黑洞？是不是由于我记不起来她的模样，所以在追述往事之时为自己搪塞，认定我始终没有看清她呢？

李小青表示，她愿意帮我溯本清源，回忆起这个阿姨究竟是何许人也。根据李小青的推断，她很可能就是办公室的张干事，也就是现在长有三个下巴，其间能夹住两根火腿肠的那位。我们在夏天的傍晚能够看见她穿着肥大的连衣裙，牵着一条京巴狗，两只知天命的乳房在晚风里放任自流地飘荡。这个女人一度被认为头脑有毛病，神神叨叨，而且据说作风很不正经，年轻时和很多人打得火热，甚至包括李小青的老红军爷爷——李小青申明，这纯系谣言。她爷爷一九五三年以后，就没有胡子了，应该是美军一个下流的狙击手所为。李小青说，这个女人非常适合干这样一件事：带着一个异性到她家里去看金鱼，尽管他只是一个六岁男童。

对于李小青的好意，我只能心领。即使我感到疑惑，但是我所关心的并非一个人的真实身份，我年仅六岁的时候，就已经这样了。那位阿姨满心欢喜地笑着站起来，把身上的军装脱下来，露出一件黑色棉制高领衫。一瞬之间，我就不关心她的脸了，转而产生了明确的希望：就是跳到她的怀里，把我咚咚作响的脑袋埋到夹缝之中，此举能够使我永葆安宁。我也站起来，目光平视之处是她的小腹，略一仰头就能看见我向往的东西。我向她走过去，她却转过身，向我出示那对物品的侧面。她向客厅走过去，我也紧跟其后。没有了宽大的军装下摆，她的臀部造型向我尽现无遗，但是我决不情愿用它来聊作替代，我希望埋头躲藏的地方，已经在她身体的另一面。

但是她回过身来，用手拍了一下我的脑袋：

你先不要走，阿姨一会儿再来陪你玩。

我在她转身之际瞅准目标，张开双臂，雀跃着，像电视节目里的少年儿童一样欢欣鼓舞地扑过去，随即被一双手按在地上：

别急着走，自己和金鱼去玩一会儿吧。

然后我被推回屋里，摆放到金鱼对面。金鱼目睹了我未遂的企图，不置可否地向我张嘴闭嘴。阿姨再一次确定了我和金鱼的对视关系之后，转身出门去了。我能够做的，只有满腔失落，坐等时光流尽。客厅传来拍拍打打的声音，以及玻璃器皿被摆放的声音，时间就是这么敲锣打鼓地被欢送了。我与金鱼不同，没有被浸泡在水中，所以这些声音清晰刺耳，让我愤怒起来。此时金鱼已经和我相看两厌，掉转过去，用尾巴对我摇摆，如同用拂尘驱赶昆虫。我离开金鱼，转向屋里的其他物件。我拉开床头柜的门，发现一只线团，上面插着几根绣花针，于是把它们拔下来，捏在手里。

我巡视房间一周之后，决定因地制宜，用这些绣花针来做一些事情。我看见茶几上摆着一碟山楂糕，于是将一枚钢针插到其中一块中去，并仔细检查，确定没有露出头来，然后又将一枚插到沙发垫子里去。这样干完之后，我重新转向那条肥胖的金鱼。这位中年绅士并没有感到大祸临头，痴呆表情一如既往。金鱼在水里，我在鱼缸之外，我们相互冷眼旁观为时已久，均感到非常倦怠，现在我决定身体力行，消解掉这种看与被看的关系。我把手伸到鱼缸里面，接触到一抔胶状的水。冰凉的感觉使我微感不妥，但是它在其间轻松游弋，心态平静。水对于金鱼，相当于空气对于我，鱼缸相当于这个堆砌家具的房间，我们处在截然不同的境遇之中，所以能够身为局外人，不动声色地观察对方。这种关系即将结束，我邀请它到房间里来共同体验空气，并且一起对隔壁的那位阿姨表示落落寡合的抗议。

我庄重地走到金鱼面前，用肚子顶住鱼缸，再次伸手进去，手被分为两个部分，冷暖不同，截然分明。我轻轻挠挠金鱼的肚皮，它非但没有反对，皮球一样的身躯安稳不动，甚至用两片纤小的腹鳍频繁摇晃，以示友好。得到许可之后，我温柔地把手从它身体底下抄过去，缓缓捞起这个肉墩墩的椭圆体。它可真是富态，摸起来好像充气了一样。在空气中它更显现出肥胖的本色了，在水里看来还略微苗条一些呢。金鱼一贯地表示顺从，只是在刚刚浮出水面之时由于温度的陡然变化而轻轻抽搐了一下，随后就羞怯地把脑袋钻进我的拇指与食指之间了。如此温顺贤良、无怨无悔，就好像我想象中把脑袋钻进阿姨的胸膛之间一样。不知何时，它的神情凭空多了一分妩媚温婉，任劳任怨，如同典型化的中国妇女。

客厅的电话铃响起来，充满金属质感的清脆声音使我骤然脚底发凉，从腰眼扩散出一个寒战，就像刚刚迎着寒风撒了一泡尿。我几乎将金鱼扔回到鱼缸里去，但是它用平和幽怨的眼神提醒我要处乱不惊。我紧缩肩胛骨，用尽力量稳住阵脚，静观其变。阿姨已经开始和一个不知远近的人对话，冷静轻柔、略带鼻音地告诉他，现在他不方便来，她顿了一顿，应该是在咽下一口唾液，又说，家里有别人在。几秒钟后她又回答说，也不是什么重要的人，一个小孩子。对方一定表示了坚持，他们你推我挡，僵持了片刻，阿姨用一种顺水推舟的口气说：那你来吧。电话被撂下的时候，我不得不把握着金鱼的手放到鱼缸口上，一有风吹草动，立刻纵其入水。

阿姨的拖鞋在地板上拖泥带水地踢踏了一番，声音从外面扬过来：

金鱼好玩么？

在这种偷鸡摸狗的境况下，金鱼与我同样紧张，甚至比我还不如，它的身体已经全面地瑟瑟发抖，那团肥肉一定波浪滚滚。我此时已经横心干将下去，一种舍得一身剐的豪情在我心中早已热烈澎湃，无法熄灭。我轻轻为它搔着痒，侧着头瓮声瓮气地回答她：

真——好——玩。

那个声音宽慰地笑了，像一摊温水一样舒展开来：

那就好好和它玩吧。

李小青勉强笑着评论道，你真是一个胆大妄为的狂徒。这种资质在我年方六岁的时候就已初见端倪。由此也不难推想，我为何敢于在月黑风高之夜翻过围墙，爬上她家的独院小楼，敲开她卧室的窗户跳进去。那一次不负责任的冲动之举来得如此突然，全无准备，搞得大家都比较慌乱，造成了两个恶果：一是她爷爷出来捉贼之时不慎失足，坐到院里的一盘仙人掌上，致使痔疮崩裂，形同血崩；二就是我在激情的驱动之下，居然忘记携带必要的工具，使她半个月以来对自己的身体疑神疑鬼，现在更是心神不宁，如临大祸。这姑娘越说越怒，情绪一转激昂。我心中愧疚，理屈词穷，赶紧顾左右而言他，打个哈哈，岔开她的话头，并匆忙继续讲述那天的事情，以防她愤恨难平，不依不饶，紧追不舍。

我不能确认阿姨正在干什么，更不能判断她会不会进来。时间已经全然凝成固态，甚至变成了琥珀一样的物品，将我困住。我被定在原地，四肢僵硬，动弹不得，在局势悬于一线之际，金鱼却不再害怕，表现出某种随遇而安的坦然心态，深切地鼓励了我。它已经克制住了颤抖，转为呼吸顺畅，体态舒缓。与此同时，我听见外面拖鞋重新响动，一扇门被拉开，木板扭捏呻吟两声，一阵窸窣，间有碰撞之后，松塌绵长的流水之声在一个封闭狭小的空间里瞬间溢满，涌了出来。现在我终于可以放心大胆、为所欲为了。我和金鱼曾经共渡难关，感到与它休戚相关，命运相连，我在接着做以后的事情时，依然带着与它患难与共的亲密情感。我舒活筋骨，全身放松以后把它举到眼前，与它首次在空气中对视，但是它离开水以后显然失去了挥洒自如的雍容风范，如今面带窘态，眼光呆滞，令我索然无味。我把这条满脸委屈的金鱼摊在手上，让它充分展现身体，然后用两根指头捏住它在水外形同虚设的鳃部，另一只手捡起一根绣花针，细致而准确地定位之后，缓缓地从它一只凸出在外的大眼泡中央扎进去，入手平滑，毫不颤抖。金鱼的眼睛被刺破以后，淌出一小摊透明的液体，这也许是它最后一次施展哭泣的功能。一只眼睛被刺穿之后，我继续前进，潜心深入，不偏不斜，从另一侧的眼睛里刺了出来。刺透眼睛的景象，使我日后在挑破脚面水泡的时候总会情不自禁地万分感慨。钢针无疑将是金鱼此生目睹得最为真切的事物，因为它已经深入它的眼中，金鱼由外至内，全身心地端详，尽情体验。它的嘴巴忘情地开合有致，尾巴惬意地上下摆动，两鳍挥舞得兴高采烈，使我手心柔嫩之处隐隐发痒。它的这般小动作逗得我心急气躁，没有心思凝神静气地往下细致操作，我看了看这条两眼之间横穿一支利器的金鱼，发现它的嘴一直惊愕地凭空张着，于是拔出钢针，以一种撒手不管的心情把它再插到那张嘴的深处。

金鱼被放回水中之后，浑然不顾身体里多出了一根脊椎，一心投入地游动，借以找回往昔舒畅自如的感觉。它一边游着，两眼之中隐约渗出两条浅淡的红线，分布两侧，虽然细若纤毫，但是绵长不绝，在水中凝固不散，随波舞动，挥洒不绝。我甚至认为它正在用它们进行书写或者绘画，而两条崎岖辗转，但大致并行的红线也确乎逐渐在鱼缸里织成了某种图案，萦绕水中，缓缓变化。金鱼一边在自己的作品中穿行，一边繁衍红线，使图形变得越发繁复，也越发神妙莫测。我长时间地观看着金鱼在水中创作，不觉心驰神往，超然忘俗，只恨自己才疏学浅，不能将这种图案破解，领会其中深意。

一直到屋外的水声戛然而止，我的注意力才离开这位水中的艺术家。阿姨的声音再次登场，与之结伴而来的还有淡淡幽香，她再次问我她隐藏到水中之前的问题：

金鱼好玩么？

我由衷地说：

真——好——玩。

她向里屋走来，把她身上的人体幽香催动得越来越稠，即将在我眼前焕然一新。但与此同时，外屋大门被石破天惊地敲响，阿姨被迫放弃突破我们视觉的最后一道屏障，急促转身，拖鞋噼里啪啦欢快鼓掌，跑去打开大门。我随即听到她喘息，但是实则冷静地说：

别，不能。

一个声调柔和、几乎童稚未消的男子声音和皮鞋一起唐突闯入：

谁家的小孩呀？

阿姨对他说：

你来。

转瞬之后，他们一起在我面前现身。阿姨穿着宽大的浅绿浴袍，乌云披散，身体露在外面的每一个地方，脸，脖子，通向我向往之处的过渡地段，以及支撑全身的两段白藕，全都在熠熠发亮，她正在充满疼爱、无限柔情地对我微笑；她的身体挡住了那位男子的大半身体，但我仍然怀有戒心地看清了他的脸，稍微发黄，但还算清秀，上面挂着轻巧戏谑的表情。

“这个小朋友，你是谁家的呀？”那个年轻男人越过阿姨的肩膀，掠过她的头发时沾染了潮湿的气味，我对此人缺乏好感，故而轻蔑视之，没有理他。

这个男人自我解嘲：“瞧这小孩。”然后转向阿姨：

“你这么喜欢小孩呀，是不是也想——”

他正想表示暧昧的亲密，阿姨却走过来，坐到床上，把我揽在怀里，我终于遂心所愿地贴住那块福地，同时听到那里面深处节奏鲜明地共振着：

“真对不起你，我没有告诉你：‘这是我的孩子。’”

我登时看见那个男人的表情无端碎裂了，轻率之气便成了一些透明玻璃碴子，叮当坠地，剥荔枝壳一样现出一脸嫩白，吹弹可破：

“你这是说什么？”

阿姨重申道：

“真对不起，我一直没有对你说，但是我的确有过一个孩子。”她侧过脸来摸摸我的耳朵，

“我以后必须和他一起过。孩子不能没有妈。”

我良心发现，很想过去扶住那个男子，看样子他马上就将颓然倒地，并且身体里面的零件完全散架，支离破碎，无法再次拼装起来。但是我贪恋阿姨的胸膛，所以犹豫不决。还好他没有像我构想的那样稀松易碎，还能站稳，甚至有能力捶胸顿足，每言必称欺骗。这样我对他的同情心也转瞬即逝了，接下来，我几乎是大快人心地看着他拂袖而去了。

我又可以和阿姨独自对视了。她坦荡地绽开笑容，对我说道：

“就是这样。”然后再次把我搂在怀里。

我对李小青说：“就是这样。”就在此时此刻，我的心里鲜明地升起无限辛酸。我不知道我刚才干了什么，也不知道现在正在干什么。我隐隐觉察到，自我出世以来，乃至现在，一切人、事物，都是一团迷雾，在此情况之下，我甚至不得不怀疑我的真实身份。我的父母究竟是何许人也，如今理所当然养育我管教我的一对男女是否真的与我血肉相连，这位阿姨是否才是我真正的母亲，而我又凭借什么能够确认。这是我有生以来面对的最大的恐慌，站在十五年后回想当初，我认为那个六岁男童即将触及到一个石破天惊的问题：“我到底是怎么一个东西？”这将是他进行的第一次本体论思考。不过当时我意识到的只是在这种情况下，我最需要做的实际上只有一件事，就是在阿姨让我心醉神迷的胸膛之间放声大哭，借以咏尽我

在片刻之间认识到的巨大悲伤。在奔向哭泣的过程中，只需要一个节点，我立刻付之行动了：双手撑住阿姨的臂膀，看也不看，右腿像抽筋一样腾空一踹，摆在柜子上的鱼缸应声坠地，身后必然一片水花飞溅，空气与水正式交融，金鱼在两者之间无所适从，扭扭捏捏地弹上弹下，终将精疲力竭。在阿姨一声短促、慌张的尖叫里，我把脸咬定青山地深埋谷底，两手不自量力地握住两个稳固的支柱，拼命摇晃，并且手脚并用，企图把全身都挤进去，在那与世隔绝之处感慨身世悲哀。这是我有生以来第一次需要全力以赴、身心俱灭地放声大哭，可能也是我最后一次具备这种能力了。我的哭声有如滔滔江水，从两山之间一去东流，令我整副心肝尽碎，一切人间之事灰飞烟灭，皆成泡影。我的大哭恐怕将阿姨吓坏了，她不停地摸我亲我，对我说，摔了就摔了，没有关系，并不知为何地向我连续道歉。但是我激励自己：抓紧时机，玩命地哭吧，以后再也不会有这样的机会了。

讲到此处，我的鼻子发酸。现在我和李小青趁她家没人，躺在她房里的乌木大床上，赤条条肆无忌惮地沐浴破窗而入的十月阳光。光线清晰，但是那位阿姨的面孔将永远模糊。也忘记我是如何重返父母身边的，我再见到他们时，他们已经气急败坏，咯咯乱叫，好像两只走错了门的鸡。倒是那个拥有谐谑笑容的男人我曾经再见过一次，时隔不久，他作为我父亲的同事与我们在林荫大道上相逢，他见到我之后，再现了那天的惊愕表情，然后蓦地蹲下来抱住我，把脸贴住我的肩膀说："小军，叔叔被骗了。"随即不顾我母亲的在场，破口大骂女人的奸邪狡诈，恶毒心肠。

我又点燃一根香烟，对李小青说，我第一次来到这个大院的情况，就是这样。李小青还在试图运用她的聪明才智，推断出这件事情的前因后果。她明言，你当年少不更事，而且处于半痴呆状态，一定被这个女人利用了。我打断她，向她指出，我所关心的并不是这到底是一件什么事，它表象之下实际是什么事，甚或那个女人到底是出于什么心态，我所追忆的，只不过是我生平唯一一次真正的放声大哭。我怅惘地坐起来，后背靠到墙上，对她说："比起那一次，我之后就再也没有算是真正地哭泣过了。"李小青同情地看着我，向我提议：

"你现在再来试一下吧。"

我说："算了。"

"就试一下吧。我帮你。"

我看到李小青跪起来，正面冲我，正在温情脉脉地怂恿。我迟疑片刻，便弯下身去，回忆着当年一丝一毫的情形，把脸埋在她的胸间，双手握住借以抒情的支柱，玩命地鼓足力量，摇晃着，并且忘情叫喊，等待着第一声忘情大哭能够如期迸发。不知多久，我早已精疲力竭，心里清清楚楚，往事不可重现，何必刻舟求剑，但于心不甘，更加使劲地连撕带咬，李小青可能被弄疼了，她在我上方尖叫起来，同时拧住我的耳朵，把我甩到一边：

"你干什么你。"

我看着她低头检查伤处，颓然靠到墙上，曲项向天，心里明白，再次大哭，这都是白费力气，我已经没有这种能力了。

营救麦克黄

1

与黄蔚妮的友谊，被颜小莉视为她来到北京之后最大的收获。

两人初见，是在一家广告公司的面试上。当时颜小莉大学毕业已经半年，因而失业的历史也长达半年。她揣着一张不高不低的文凭，仰着一副不美不丑的面孔，给二十家多单位投过不薄不厚的简历，也接受过七八次不咸不淡的约谈，但结果总是不声不响的拒绝。都没下文了。怎么过上一份不穷不富的日子就有这样难？仅仅因为这里是北京吗？她为什么又偏偏非得留在北京呢？记得上学的时候，颜小莉对这地方也没什么好感啊，总是嫌这儿人多、吵，空气浑浊一年中有一半的时间出门要戴口罩。如今倒好像一个和丈夫并不恩爱的女人即将被逐出家门，却突然焕发出要做贞洁烈女的热情了。

公司招聘的是“行政管理”。接到面试通知的时候，颜小莉的打算是，这次再不成功，那就回西北老家去。有个表亲开了家制作亚克力的小工厂，附近两三个县的餐馆招牌都是他那儿出品：正宗清真、百年老店、老王家老蒯家老魏家，此外还有肥硕得失真的牛和鸡。回去替亲戚管管账，也算学有所用，反正北京的房租是实在支撑不下去了，方便面更是吃得她每天胃里直泛酸水。所以颜小莉走进位于亮马河的那栋玻璃幕墙写字楼时，心情几乎是悲壮的，大义凛然的。

仅仅十几分钟后，这点儿气焰就被干净利索地扑灭了。人力资源部的主管通知面试者，职位要求做了临时调整，硕士起步，重点大学优先，关键是还要能说法语，因为将来要和法国总部过来的高层打交道。不符合这些条件的应聘者呢，也不是完全没有出路，前台刚刚空出一个岗位来，有兴趣的话可以去试试。

屋子里登时空了大半。行政管理变成前台，坐办公室的变成接客的，这何止是戏耍人，简直是存心侮辱人了。更何况，做前台还有一个无法逾越的条件限制，那就是性别。离开的大多是身穿廉价西服的男生，而颜小莉的身体刚刚抬起来两寸，却一转念，又落了下去。她朝人力总监举了举手，问前台的招聘在哪儿举行。一个是行政与前台的区别，一个是北京与陕西关中小县城的区别，两相权衡，当然是后一种区别的意义更加重大。别管干什么，留下就行。也许她们西北人还真是像北京人所评价的那样，有点儿“轴”。

五分钟之后，身穿格子衬衫和灰毛衣的颜小莉坐在了隔壁那群香气逼人的大长腿、黑丝袜和硅胶胸垫中间。姑娘们看着颜小莉，一律是非我族类的眼神，身边的两个人还特地把屁股往一旁欠了欠，仿佛土里土气也是会传染的。这时颜小莉才意识到，刚才的决定可能又是一次失误，将要引发的是另外一种层面上的受辱。她忽然又觉得有点儿好笑：一个月薪四千块钱的工作，犯得着那么争奇斗艳吗？

但再想走却为时已晚，面试已经开始。每人轮番上去自我介绍，同时包括全方位的立体展示：举止、形体、化妆水平、普通话与港台腔英文单词的完美融合……轮到颜小莉时，她脑袋里一片杂乱的懵懂，耳朵嗡嗡作响，一句临场发挥的话也说不出来，最后只得面无表情地把简历念了一遍。别人一定都在窃笑，只盼着她把这个过场赶紧走完吧？颜小莉也希望如此。于是她加快了语速，却忙中出错地打了两个磕巴。

黄蔚妮就在这个时候走了进来，她大概刚开完了一个什么会，便走到这间屋里随便遛遛。颜小莉只觉得身边一亮，一条斑斓的丝巾从她的余光里滑了过去，丝巾上方是一张精致得像件瓷制工艺品的脸。有人欠身让座，黄蔚妮摆摆手把问好压了下去，就坐在了颜小莉身边的空椅子上，仿佛饶有兴致地看着她。刚好念完了，颜小莉吁了口气，脖子上挂着层汗，痴愣愣地往那道磨砂玻璃门走去。

“你是经贸大学毕业的？”黄蔚妮在身后问她。

颜小莉定身回头，像没听懂对方的话。

“行了行了。”黄蔚妮笑了，“出去等着吧。”

本想出门之后就直接去买火车票的，但人家却让她“等着”，颜小莉只好和其他姑娘们一起坐到走廊里。从磨砂玻璃门的另一侧，传来高高低低的人声，黄蔚妮的略显沙哑的嗓音间或从几个男人的声音之中跳出来，说了什么却听不清楚。十几分钟过后，人力资源部的人就推门出来了。那人扫视一圈，眼睛落在颜小莉身上：

“你跟我来。”

颜小莉就这样获得了她的第一份工作。不要说是公司里的别人，就连她本人都觉得匪夷所思。很快她就听说，自己之所以能留下，与黄蔚妮的意见有着直接关系。人力资源部本来倾向于另外一个女孩，黄蔚妮却插了嘴，说颜小莉“不错”。别人发表异议，指出颜小莉的气质太拘谨了，不适合跟陌生人打交道，黄蔚妮却说拘谨的人都认真，将来不会出差错。别人又说颜小莉的长相不符合公司的形象，黄蔚妮反问，难道公司的形象就是锥子脸和硬挤出来的乳沟吗？又有人挑剔说，颜小莉的口音不是很标准，前后鼻音分不清楚，黄蔚妮就甩着一嘴京片子说，你们刚来北京的时候，有谁的嘴是利索的？总之争了几句。按说黄蔚妮这个销售部副总插手人事上的事儿，是有点儿越俎代庖的，但她手里正盯着几个大单子，又是外国老板跟前的红人儿，并且区区一个前台，也不是什么要紧的职位，众人也就哈哈一笑，随了她的意。

进而又有嘴碎的人补充，以前那个前台就是个积极进取的大胸锥子脸，居然敢跟前来拜访黄蔚妮的男人打情骂俏，所以她这次力挺颜小莉，也是一朝被蛇咬的结果。

不管怎么样，在北京的茫茫人海里，在几乎走投无路的困境中，能有一个陌生人向你伸出援手，这是足以令人感激涕零的。况且援助颜小莉的黄蔚妮又是那样漂亮、干练、受人瞩目，于是那份感激里便不由自主地加进了崇拜的成分。人要有良心，要滴水之恩当涌泉相报，这个道理颜小莉是懂得的，尽管她也知道，自己的涌泉难以比得上黄蔚妮洒下来的一滴水。她能够做的，只有在一些小事情上尽力让黄蔚妮高兴。

每天早上，远远地看到黄蔚妮从电梯间拐出来，颜小莉都会走出前台，亲手为她拉开大门，而这是总经理一级的人物才享有的待遇。公司规定上班时间是不能接快递的，因此别人的东西送来了，颜小莉都会照章办事地挡回去，但只有黄蔚妮的，她会认真替她签收，下班的时候默默地递给她。颜小莉还总结出了黄蔚妮每周会有两天熬夜加班，于是次日早上，她就从楼下的星巴克买一杯拿铁，专门留给她。黄蔚妮是喝不惯那种加了过多的糖和奶的“办公室咖啡”的。

颜小莉不仅是公司的前台，还是黄蔚妮一个人的前台。其他同事提起前台的颜小莉时，也会半开玩笑半刻薄地说：“不就是黄蔚妮的那个碎催嘛。”对于这个称号，颜小莉是坦然接受的。公司的重要人物中，有几个没有他们的“自己人”呢？总经理的自己人是办公室主任，财务总监的自己人是会计部的一个出纳，黄蔚妮的自己人就是她颜小莉。她甚至以此为荣。

更让颜小莉感动的是，黄蔚妮也有把她当成自己人的意思。最初是每天上下班碰面时，黄蔚妮会特地朝前台这边颔一下首，露出大而化之却又独具慧眼的微笑。渐渐地，当午饭没有应酬的时候，黄蔚妮就会招呼上颜小莉，一起到楼下的咖啡厅吃套餐，刷她的管理层福利卡。再后来，黄蔚妮周末还会叫颜小莉一起去逛街，带颜小莉见识了许多她敢看不敢试的大牌。

在交往中，颜小莉发现黄蔚妮也爱讲八卦、开无聊玩笑、看低智商的电影，而且尤其热衷于说前男友的坏话。“我第几个前任来着——”那些“可以公开的秘密”总是这样开头，然后就是罄竹难书的罪恶：小气，切牛排的动作像个木匠，号称“最爱阿什肯纳齐演绎的肖邦”，手机里装的却全是凤凰传奇，吃饭吧唧嘴……在黄蔚妮的率先垂范之下，颜小莉也只得声讨起了自己的唯一一个前男友，却没法儿告诉黄蔚妮，他们分手仅仅是因为那男孩儿找到的工作在南京，而他负担不起每周见面的高铁车票。

“你们到底为什么掰了？”

“他也吧唧嘴……”颜小莉像交差似的说。

黄蔚妮登时同仇敌忾地亢奋起来：“吧唧嘴太恶心了，谁都受不了，对不对？”

颜小莉跟着黄蔚妮大笑，好像她们能共同从吧唧嘴的臭男人那里虎口脱险，是一件惊险而值得庆幸的事情。有了这些琐碎的小愉悦，颜小莉也感到黄蔚妮这个人陡然真实了许多。黄蔚妮不仅是她的贵人，而且称得上是她的闺蜜了吧？假如颜小莉一定要高攀的话。

颜小莉还会不自觉地想：如果她也能活成黄蔚妮那样，该有多么美好啊。这个愿望，大概可以成为颜小莉留在北京之后的奋斗目标。

因此，当黄蔚妮突然找到颜小莉，动员她也来加入那支“救狗特攻队”时，颜小莉责无旁贷地答应了。

2

黄蔚妮的原话是这么说的：“明天敢不敢跟我去趟昌平？”

当时是周五下午，颜小莉正在整理本周的访客单，准备交到上司那里去备案，而黄蔚妮突然出现，把一条纤瘦的胳膊架在了前台桌面上。听到对方这样问，颜小莉的答复是条件反射的“没问题，蔚妮姐”，然后才生出一点疑惑来。黄蔚妮并不喜欢郊游踏青，她消磨周末的地方，基本上不是“丽都”就是三里屯，怎么突然想起要去昌平了？昌平本身倒没什么，也是北京不可分割的一部分嘛，颜小莉租住的房子还在大兴呢。但黄蔚妮干吗偏偏又要加上一个“敢不敢”呢？

再回想一下，这两天的黄蔚妮的确有点异样。她在公司里仍然衣着鲜亮、处事干练，风风火火地和各路人等打着交道，但只要一闲下来，却往往会不由自主地出神发呆，两眼盯着空气中某个抽象的点，也不知道在想些什么。黄蔚妮仿佛陷入了一种隐而不发的焦虑之中，别人没有发现，可颜小莉是看在眼里的。然而看在眼里却也不能主动关切，万一人家根本不打算跟她分享心事呢？那么说深了说浅了都不合适。在黄蔚妮和颜小莉的友谊中，主导权在谁手里是很明确的，被主导的那一方只有逢迎与配合的分儿。

而现在，既然黄蔚妮主动提出了邀请，颜小莉便可以追加一句了：“咱们到那儿去干吗？”

黄蔚妮哑着嗓子说：“麦克黄丢了，我得去救它。”

颜小莉像警报一样叫了出来：“这么大的事儿您怎么不早说？”

麦克黄是一条六岁大的拉布拉多犬，雄性，毛色黄白相间，身高六十公分，体重二十七公斤。一般的狗类就像明治时期以前的日本人，是只有名字而没有姓氏的，乡下的就叫大黑二黑，城里的就叫妞妞皮皮，但麦克黄不同，它有名也有姓。它的名字是麦克，姓氏则随了黄蔚妮，并且姓和名的排列顺序符合西方惯例。仅从这一点就可以看出，黄蔚妮对于这只狗养得有多么上心。在颜小莉的记忆中，黄蔚妮聊天时提起“她们家麦克黄”的频率，甚至超过了她的任何一位前男友：

“我们家麦克黄不认识玻璃，每天都会在阳台门口撞两次头。”

“我们家麦克黄饱受左邻右舍的母狗青睐，但至今还是一个守身如玉的处男。”

“我们家麦克黄曾经获得社区叼飞盘大赛亚军，奖品是一只挂着铃铛的红项圈。”

谈起前男友的黄蔚妮是刻薄的，甚至是有点儿狠毒的，但谈起麦克黄的黄蔚妮就像拉布拉多犬一样“傻傻的很可爱”。并且爱屋及乌，她一发对所有的犬科动物都焕发出了似水柔情。就算公司里的事情忙得不可开交，但黄蔚妮仍然参加了一个以爱狗为主题的公益协会，那些人通过网络联系，定期去宠物医院给小狗义务看病、洗澡，为动物救助站里的流浪狗捐款，还眼泪汪汪地包场观看《忠犬八公》《我和马利》之类的电影。

“你要知道，在这个世界上，大部分的狗狗都生活在水深火热之中呢。”在露天咖啡馆的遮阳伞下，黄蔚妮认真地对蹲在一旁仰望着她的麦克黄说。

“所以麦克黄，你要珍惜现在的幸福生活，不要再把皮沙发给抓破了。”颜小莉附和道。同时她想，在这个世界上，大部分的人还都生活在水深火热之中呢。比如她自己，倒是也想找只皮沙发来抓一抓呢，可是抓破了赔得起吗？

然而上个周末，过惯了幸福生活、连抓破皮沙发也不会受到责备的麦克黄，丢了。

丢失的过程也很简单，黄蔚妮正带着麦克黄在一楼阳台外的自家小院里玩儿，屋里的电话突然响了，她独自跑进去接，等到一个电话打完再出来，麦克黄就不见了。刚开始，黄蔚妮倒也不是很着急，因为类似的情况以前是发生过的，麦克黄很可能是被小区里孩子踢足球吸引，或者干脆看上了谁家母狗，就狗急跳墙地跃过了篱笆。而它在外面遛上一圈儿，很快又会准确无误地找到家门。要知道，拉布拉多虽然长相憨厚，却是狗里面智商最高的，就连当导盲犬都可以胜任。但这一次，黄蔚妮等了半个小时，一个小时，麦克黄却仍然不见踪影。她这才慌了，没换睡衣就跑出去寻找，保安、邻居、小区门口收废品的人都问过了，可却没人能够提供一点儿线索。麦克黄在黄蔚妮的眼皮子底下人间蒸发了。

可想而知，这几天的黄蔚妮该有多么伤感，多么魂不守舍，但她还不能在人前表现出来。公司的一个项目正进行到关键阶段，作为销售环节的主要负责人，如果因为一条狗而耽误了工作，那造成的影响可就太恶劣了。就这么有苦难言地隐忍着，张贴出去的寻狗启事无人回应，接到报案的派出所也明确表示这事儿不大可能认真去管——人丢了还找不过来呢，更孰论狗？黄蔚妮几乎要崩溃了。直到昨天，她才收获了一点儿希望。在爱狗协会里的一个朋友告诉她，刚刚得到“线报”，一批近期被盗的宠物犬正准备运往河北。据推测，麦克黄很可能就在其中。

“好好儿的待在小区里，怎么就丢了呢？而且任何人都没发现，明显是被狗贼喂了酒馒头，装进麻袋背出去了。那些家伙惯用这一招的。”那位朋友条理清晰地推断，“干这种勾当的人多数都有上线，就是收狗卖狗的狗贩子。我专门替你查过了，这些天里准备出货的狗贩子，只有老巢在昌平区的那一家。”

“如果是拉到宠物市场上去卖，那倒还好，假如狗贩子的下家是外地的狗肉馆呢？那可就……”另一位朋友不甘落后地分析道。

说得黄蔚妮一会儿心存侥幸，一会儿魂飞魄散。这时她就不是八面玲珑的销售部副总了，而是变回了一个六神无主的弱女子。最后，两位朋友一齐建议，发动协会的力量，大家一起到路上把运狗的卡车拦下来。劫法场，取生辰纲，营救麦克黄。

听到这里，颜小莉却有了疑问：“您那些朋友既然消息那么灵通，都弄清楚狗有可能在谁手里了，那为什么不直接联系一下狗贩子，把麦克黄要回来呢？大不了花钱买也行啊，反正对方偷狗不也为了挣钱吗？而钱对于你来说又是……”

“咳，你想得也太天真了，现在已经不是钱的事儿了。”黄蔚妮当初一定是问过类似问题的，这时却用朋友们那种无所不知的口气教育起颜小莉来了，“狗贩子是从来不敢把偷来的狗卖回给本主儿的，因为那样一来，不就等于承认了自己的偷窃行为了吗？要知道，几乎所有狗主丢了狗之后，都会去派出所报案，而几乎所有被盗狗的价值都远远超过了刑事立案标准。那些人贼得很，才不敢冒这种风险呢。”

“原来是这样……”颜小莉嘟囔了一句，眼睛往下垂了一垂。

黄蔚妮发现颜小莉目光游移，立刻不满地问道：“喂，你该不是怕了吧？我可是把你当朋友，才找你陪我的。”

说实话，此时颜小莉的确是有几分犹豫的。她在网上看见过类似的报道：北京的爱狗人士联合起来，截下运狗的卡车，强行将狗们放生，使它们免于遭受变成狗肉全席的命运。对于这种英勇行为，网民的评价分成两个极端，支持者热烈拥护，认为狗是人类的家庭成员，吃狗就相当于吃你的父母亲人；反对者嗤之以鼻，说这纯属穷极无聊发神经，你那么喜欢狗，干脆跟狗过日子去好啦，还要父母亲人有个屁用。也不知为何，两派都爱把狗和父母亲人扯上关系。而相关政府部门的口径，则是公事公办地奉劝爱狗人士保持理智，不要行为过激，并且警告说，危害道路交通是犯法的。颜小莉为黄蔚妮收快递买咖啡拎购物袋都没问题，反正她有的是时间和力气，但涉及“犯法”这两个字，她一个外地人就必须得掂量掂量了。黄蔚妮在北京有房子有高薪家里还有各种各样的社会关系，因此也就有了一股子对什么都“浑不吝”的劲头，仿佛捅出天大的篓子也兜得住。而颜小莉呢？她可是坐公交让人摸了大腿都不敢喊抓流氓的。

但黄蔚妮的要求，颜小莉又怎么能不答应呢？人家黄蔚妮都已经皓齿红唇地把她“当朋友”了啊。再说没有黄蔚妮，她能留在北京吗，能在外企前台的位置上站稳吗？

因此，颜小莉吁了一口气，模仿着黄蔚妮的北京人的腔调说：“瞧您说的，我怕谁啊？这么刺激的事儿，平时还碰不着呢。”

3

直到第二天早上出门，颜小莉心里仍然怦怦打鼓。因为睡不踏实，反而醒得早，连昨天晚上设好的闹钟都没用上。她不到七点就坐上了地铁四号线，换乘倒车，一个小时后到达了国贸附近黄蔚妮家楼下。又等了十来分钟，黄蔚妮便开着她那辆雷克萨斯从地库里上来了。她拉开车门，递给颜小莉一块用保鲜膜包好的金枪鱼三明治。

周六早上不堵车，四环路空荡得铺张浪费。一路上，黄蔚妮都没怎么说话，眼睛倒是空洞地撑大了一圈儿，连太阳穴上的青筋都绷出来了。按照颜小莉的经验，每当黄蔚妮紧张的时候，都会是这种神色。而她这个陪同者所能做的，也只能是不多说多问，埋头吃自己的三明治就好。没一会儿，车子开到城北的一条国道入口附近，黄蔚妮却放慢了速度，将车靠到路边的应急车道上。颜小莉恰好吞下了最后一口动物蛋白和谷物纤维的混合物，这才抬起头来，瞥见路边已经排着五六辆车了。

颜小莉以前从未见过黄蔚妮在单位圈子以外的熟人。因此，当她跟随黄蔚妮下车走向其他人的时候，心情还有那么一点儿小忐忑和小自豪。路边的车有丰田大众，也有宝马奥迪，高高矮矮赤橙黄绿，好像在少见的蓝天底下挂了一串彩色灯笼。开车的人大多站在路面上，有男有女，岁数都挺年轻，面相最老的也不过三十五六岁。他们三三两两地聊着天，看见黄蔚妮，纷纷扬手和她打招呼。

黄蔚妮对大家敷衍了几个微笑，径直走到一辆奥迪车旁，和靠在后备厢上抽烟的男人聊起来。那人长得高、壮且皮肤细嫩，头顶氤氲着腾腾热气，又穿着一件米黄色的条绒休闲西装，因而看起来很像一只刚烤出炉的大号金砖面包。听黄蔚妮介绍，他叫尹珂东，在一家“级别相当高”的日报社当社会新闻部主任，关于麦克黄的线索，正是他提供的。而尹珂东只对颜小莉略一点头，就把她像一篇通稿一样放了过去，然后两眼主题鲜明、立场坚定地继续锁住黄蔚妮。他还极具新闻敏感性地观察到黄蔚妮“这两天又没睡好”，看来“真是落下心病了”。继而笔锋一转：“你别担心，我已经让手下的记者打听清楚了，再过大约十五分钟，那辆卡车会从小汤山出发奔河北，咱们从这条路追过去，肯定能堵住他们……”

黄蔚妮打断他的喋喋不休：“徐耀斌怎么还没来啊？都这个点儿了。”

尹珂东有点儿不自在地顿了顿，就势使了个皮里阳秋的笔法：“人家是大忙人，这点儿小事未必放在心上。”

正说着，便有一辆橘红色的保时捷跑车轰鸣着，缓缓插进了车队中间，登时成了五彩灯笼之中最耀眼的那一枚。车窗摇下来，露出一个戴墨镜的黑瘦子，喊了一声：“蔚妮！”如果说尹珂东像刚烤出炉的面包，那么这人就像一根炸过头的油条了。

黄蔚妮娉婷地走过去，纤细的手指像弹钢琴似的敲击着保时捷车顶：“又换车了？”

“还没上牌儿就被你征用了。”那瘦子大概就是刚才说的徐耀斌了，他抬抬墨镜，向一旁的尹珂东打了个轻佻的招呼，又问黄蔚妮，“干脆坐我这辆吧？”

“你开车太猛，我怕得慌。”黄蔚妮指指颜小莉，“再说我的车也不能搁这儿啊，这位小朋友又不会开。”

颜小莉当真像小朋友一样吐了吐舌头，似乎是为连累了黄蔚妮不能乘坐保时捷而表示歉意。而这时，尹珂东已经露出了十二分的不耐烦："咱们是来救狗的，又不是来看车的，再不走就赶不上趟儿啦。"说完钻进他那辆奥迪，砰地关上车门。

车队齐整地出发，在路上都打着双闪，如果被路人看到，多半会以为谁家正在办婚事。领头的是尹珂东那辆奥迪，徐耀斌的保时捷则在其他车之间来回穿插，既显摆车，又显摆车技。他还屡屡蹿到黄蔚妮的车前，做出类似于牲口甩尾巴的动作，有两次因为车距太近，吓得颜小莉哇的一声。而一直紧绷着脸的黄蔚妮却终于有了些许笑意，她翘起嘴角，好像在纵容这男人胡闹。

片刻，黄蔚妮的电话响了，徐耀斌的声音传出来："尹珂东给我打电话了。"

"他跟你叨叨什么了？"

"让我安全驾驶，别瞎折腾。这人怎么跟个学校里的团委书记似的？"

"那你就开稳当点儿呗。人家说得对你就得听。"

徐耀斌切了一声："成，那我听你的。"

他挂了电话，保时捷却嗡的一声吼叫，声势浩大地从黄蔚妮的车旁超了过去，转眼开到了尹珂东的奥迪车旁，一打方向，别得奥迪车惊慌地往右一偏，看起来像打了个踉跄。接着，尹珂东气急败坏地连声按起了喇叭，而徐耀斌却又跑到了黄蔚妮的一侧，透过车窗做了个"v"字形的手势。

黄蔚妮故意不搭理他，但嘴角翘得更高了。这时候，就连颜小莉也看出了她和尹珂东、徐耀斌的关系，于是把话题引到了黄蔚妮爱听的路子上：

“蔚妮姐，你还是劝劝他们吧，别为了你真闹出车祸来。”

“我哪儿管得住他们啊。”黄蔚妮真真假假地叹口气，心情也终于舒展得能聊起前男友了，“就跟我不知第几个前任似的……有一次真跟人家打起来了。说起来都是三十多的人了，怎么那么幼稚。”

“这位徐……大哥是自己开公司的吧？”

“他？就一无业游民。”黄蔚妮说，“不过他们家是做房地产的，在北五环弄了个楼盘。”

正说着，黄蔚妮的电话又响了，这次是尹珂东。对于这个男人，黄蔚妮便拿出了安抚的语气：“别生小徐的气啦，他那点儿小孩儿脾气你还不知道？大家都是朋友，都是来给我帮忙的……”

“我才懒得跟他一般见识。”尹珂东鼻子里哼了一声，“我是想提醒你，刚才我们那儿的记者打电话了，那辆卡车马上就要从下一个入口开上来了。一会儿行动的时候，你在后面跟着好了，千万要保持车距，别往前赶，那太危险。”

“谢谢啦，还是你细心——”黄蔚妮的上半句还在润物细无声，下半句却变成了尖叫，“别说了别说了，是不是那辆车！”

果然，道路右侧的匝道上，正有一辆车斗上加装了巨大铁笼子的卡车缓缓驶入。在北京的郊区，人们经常能够看到这样的卡车，车上往往载着几头牛、十几头猪或者几百只鸡、鸭、鹅——如同上法场之前还要游一游街，只可惜动物们喊不出“若干年后又是一只好牛（猪鸡鸭鹅）”之类的豪言壮语。而这辆车的铁笼子里关着的全是狗。大大小小几十条，其中最多的是硕大的“金毛”和“哈士奇”，间或还有“古牧”和“牛头梗”这种少见的品种。狗们一律垂头丧气地耷拉着尾巴，还有的把脑袋伸出笼外，瞪着乌溜溜的眼睛，茫然地与后车的车灯对视。

颜小莉也情不自禁地喊起来：“快，快，截住它！”

话音未落，徐耀斌的保时捷已经伴随着更加浩大的轰鸣冲了出去。八气缸涡轮增压发动机可真不是吃素的，一眨眼的工夫，就蹿到了卡车正前方几米远的地方，接着一个急刹车，逼得卡车咯吱一声停下。铁笼里的狗们被惯性拉扯得东倒西歪，挤成一团，但没有一只张嘴叫出声来，好像集中营里的囚犯，早已被折磨得纯然麻木了。

卡车司机是个二十多岁的小伙子，鼓鼓的圆脸，又剃了一个厚厚的锅盖头，看起来倒像农村年画上的胖娃娃。然而因为风吹日晒的缘故，这个胖娃娃的颜色斑驳杂乱，脖子上更是黑一道白一道的，尽是被汗水冲刷的泥印子。他从车窗里探出半个身子，操着一副破锣嗓子喊：

“你怎么开车呢你？”

徐耀斌已经从保时捷里跳了出来，缓缓地走向卡车。很显然，他还陶醉于刚才那记干净漂亮的拦截，因而一举一动都像美国电影里的硬汉一样注重造型。这条一米六五的硬汉摘下墨镜，挥舞着芦柴棒一般的瘦胳膊宣告：“我们拦下你，为的是你车上那些狗。”

“狗招你惹你了？”胖小子问。

“这句话应该我问你才对：狗招你惹你了？”徐耀斌反问，“你们凭什么抓它们、卖它们、吃它们?”

“我又没抓没卖没吃，我就是个开车的。”

“开车也不行，拦的就是你这辆运狗的车。”

而两人对话之间，尹珂东已经率领随即跟上来的其他汽车摆好了阵势。他的奥迪和徐耀斌的保时捷并排，堵在了卡车的正前方；左右两侧各有一辆轿车和一辆 SUV 把守；黄蔚妮的雷克萨斯和一辆大众旅行车则紧紧贴在卡车的屁股后面，为的是防止卡车司机突然倒车逃跑。这个战术，想必是尹珂东事先交代好的。

接着，一辆轿车按起了喇叭，其他车辆立刻呼应。频率各异但一律高亢有力的鸣叫声在公路上空回荡，向茫然失措的胖小子施加压力。救狗别动队的成员们还纷纷摇下了车窗，呼喊起了口号：

“放了那些狗!”

“狗狗是人类的朋友，狗狗是人类的亲人!”

“虐待动物没人性!”

在车声和人声的交错之下，狗们也仿佛蓦然惊醒，争先恐后地哀号起来。大狗嘈嘈如急雨，小狗切切如私语，公狗要撒尿母狗也要撒尿，便有几股腥臊的黄水顺着卡车斗的凹痕和缝隙渗透出来了。

黄蔚妮一边拼命按着喇叭，一边招呼颜小莉：“你帮我看看，麦克黄到底在不在这辆车上?”

颜小莉便瞪大了眼睛，在铁笼子里搜寻起来。然而狗们堆积在一起乱挤乱撞，就连哪只爪子是谁的也分不清，看得眼睛都酸了，也看不出个所以然来。而这时，尹珂东和几个性急的男司机已经跳出车来，冲到卡车车斗下方，试图把那只铁笼子的栅栏门拽开来了。

尹珂东干得尤其积极，又高又壮的一具身子挂在拇指粗的钢筋上来回打摽悠。

胖小子急得连声喊：“讲不讲理呀？没跟你们说我就是个开车的吗？有什么话找我们老板说去。”

“没那工夫！谁知道这些狗被你们运到外地是死是活。”

也许是占了场面上的优势，救狗的人们便过于托大了。他们只顾着对付笼子，却没想到这么一个束手无策的胖小子被逼急了也会犯浑。卡车突然重新发动，一阵颤抖，屁股喷出了两股黑烟，紧接着就往斜刺里蹿了出去。这个情急之下的举动造成了两个后果，一是把试图攀上车斗的尹珂东甩了下来，一屁股坐在柏油地上，二是卡车车头把徐耀斌那辆保时捷的后视镜剐得粉碎。也怪尹珂东和徐耀斌停车时没把路堵死，给对方留出了两米多的空间，胖小子就开着车，咣咣当当地绝尘而去了。

两个男人同时大喊大叫，一个是屁股疼，一个是心疼。随之而来的，是巨大的愤怒：不止嘴硬，还敢逃跑？不止虐待狗，还敢伤人伤车？他知不知道到医院拍一张尾椎骨的核磁共振要花多少钱？知不知道保时捷换一块后视镜要花多少钱？关键是，这种顽抗到底铤而走险的态度实在令人无法忍受。必须得给他一个教训！尹珂东和徐耀斌不约而同地上了车，一脚油门踩到底，争先恐后地追了上去。

场面就此失控。以前看到电影里的飙车场面时，颜小莉只觉得那像一场游戏，此时被加速度紧紧地压在座椅靠背上，她才体会出现实和电影根本是两码事儿。黄蔚妮还不算是追赶得最奋不顾身的，她只是不远不近地跟着那辆卡车，但光看着前面的尹珂东和徐耀斌叫嚣隳突的架势，颜小莉的心脏就快要跳出来了。这两个男人简直像疯了一样，轮番奋不顾身地冲到卡车车头的前方，有两次几乎和卡车撞在一起，却怎么也无法把对方再次逼停。胖小子看来是横了心较上了劲，操纵着偌大一辆卡车东摇西晃，每每在围追堵截中夺路而出。而这可苦了后面那些狗，它们像碗里的豆子一样腾越着，滚动着，彼此撞击着，哀号声一阵高过一阵。

你追我赶了几公里，公路侧前方赫然出现一个岔口，卡车猛打了把方向盘，一头扎了出去。救狗别动队的大部分车都被甩掉了，紧随其后的只剩下尹珂东、徐耀斌和黄蔚妮。颜小莉别无选择地坐在黄蔚妮身边，紧紧抓住车厢里的把手，张大了嘴，却叫不出声来。

公路追逐转眼变成了山路追逐。这是一条在北京郊区常见的盘山道，路面颠簸而险峻，几乎仅容一辆车通过。不时有嶙峋突出的怪石在颜小莉眼前掠过，轮胎与地面之间的摩擦更是让她闻到了一股糊味儿。不知拐了几个弯，颜小莉就分不清东南西北了，她脑子里唯一清醒的念头，居然是勒令自己收紧括约肌，以免在黄蔚妮的雷克萨斯上尿了裤子。而随着身边黄蔚妮的一声“哎呀”，令颜小莉在此后的日子里追悔莫及的一幕发生了。

前方露出一个急而陡的转弯，卡车又刚刚被一块从山体里凸出的岩石挡住了视线，没来得及减速，眼看就要冲出路面，滑下山坡。幸亏那小胖子的驾驶技术还算过硬，他紧急踩了一脚刹车，让车身贴着一蓬半人高的蒿草转了个九十度的大弯，有惊无险地爬上了一段上坡路。这个激烈的驾驶动作也将狗们再次抛了起来，而铁笼子的栅栏门或许刚才就被尹珂东拽松了，因此有两只体形颇大的黄狗和三四条京巴、博美一类的小狗一齐破门而出，天女散花似的飞到山下去了。

黄蔚妮的惊叫正是为此而发的吧。但让颜小莉感到恐惧的，却是另一个状况。

她似乎看到，卡车在拐弯时，车斗的边角撞到了一个人。红衣服，个头不高，瘦瘦的，好像是个孩子。黄蔚妮的雷克萨斯飞快地跟过了那个转弯，而颜小莉扒着窗户回头再看时，路边却又空无一人了。

4

那场追逐到底是怎么结束的，颜小莉反而记不清楚了。好像是卡车翻过了山，慌里慌张地开上了一条正在施工的断路，这才不得不停了下来，束手就擒。尹珂东和徐耀斌围上来，自然又是一番大肆声讨，他们把开卡车的胖小子从驾驶室里拽下来，你一把我一把地推搡、拉扯着他，这时也不说狗是人类的亲人了，而是一个要去医院，一个要修车，钱都得由胖小子出。

胖小子全然不见了开车时的莽撞，他的脸煞白，结结巴巴地说："你们要是不追我，我也不会跑啊。"

"还敢信口雌黄！"尹珂东声音雄浑地喊道，一张大脸因为激动，更加膨胀了，"你先跑我们才追的。"

胖小子又指向徐耀斌："他要不把我截下来，我还不会跑呢。"

"我把你截下来是要跟你讲理的，你干吗撞我的车？"徐耀斌也吼道。他的长相和身材不如尹珂东有威慑力，因而特地踮着脚跳了两跳。

“我都说了我就是个开车的了，后面那些狗不是我的，你们还非要为难我……你们讲不讲理啊？”胖小子说着，连哭腔都带出来了。

“得了得了，甭废话了，反正也造成事故了。”尹珂东似乎冷静了一点，瞥了瞥变成“一只耳”的保时捷，“咱们还是叫警察来处理吧。我们截你的车，该扣分扣分，该罚款罚款，我们认了。可你在停车的状态下撞坏了人家的后视镜，故意损坏他人财物，这个责任也推卸不掉——咱们都把驾驶证拿出来吧。”

说着，尹珂东首先掏出了驾照。徐耀斌点头称是，也一边掏证件，一边拿出手机就要打报警电话。而这时候，胖小子的神色就更慌张了，他破口而出：

“不能报警。”

“为什么不能报警？”尹珂东冷笑着盯住对方。

胖小子不说话，额头上冒出了豆大的汗珠。

尹珂东一针见血地指出：“你没驾照，对不对？”

这话让胖小子突然崩溃了。他抱着脑袋，蹲到卡车轮子旁边，真的哭了起来，一边哭一边语无伦次地嘟囔：“我开车开得好好儿的，谁也没招谁也没惹，你们干吗非要拦我啊……就为了那些狗吗？狗要活命人也得吃饭呀。”

尹珂东趁势施展出谈判技巧，他叉着腿站在胖小子头顶，居高临下地说：“无照驾驶可是大事儿，又酿成了事故，起码够得上拘留的了——不过今天的情况确实有些特殊，我们看你又不容易，干脆这么着吧——警察我们不叫了，剐蹭的损失呢，也不让你赔了，但你车后面那些狗得归我们。你看怎么样？”

胖小子没接话，只是呜呜了两声。

尹珂东笑了：“没有异议就是同意。耀斌，你也没意见吧？”

徐耀斌不满意地插嘴：“我这可是新车……”

“将就将就吧。”尹珂东立刻打断他，“反正万把块钱的修车费用，对你来说也就是一顿饭钱。”

徐耀斌往黄蔚妮这边扫了一眼，只好大度地耸了耸肩膀，没再说话。

尹珂东的脸上堆起了一箭双雕的快意：既在黄蔚妮面前抢了头功，又顺带慷了徐耀斌之慨。这个成就让他忘掉了自家屁股上的隐隐作痛，一发跳上了卡车车斗，再度上演了徐耀斌没能演好的硬汉形象——迎风而立梗着脖子睥睨一切，掏出电话呼叫：

“动物保护中心吗？我们刚刚解救下来一批被盗的宠物狗，请求支援，请求支援！”

直到这时，颜小莉还坐在雷克萨斯的副驾驶上心惊肉跳，两只膝盖不停地哆嗦。而她旁边的黄蔚妮也脸色煞白，两手离开方向盘，撑在座椅上，十只鲜红的指甲恨不得掐进“阿尔卑斯头层小牛皮”里去。

颜小莉叫了她一声：“蔚妮姐……”

黄蔚妮如梦方醒地感慨：“刚才吓死我了，那么陡的路，那卡车司机还开得那么快，这不是混蛋吗？”

尹珂东却在极具英雄气概地招呼黄蔚妮了：“快来找麦克黄

啊——是不是吓掉魂儿了？我早就让你别跟着了，女人开车就是不行。”

俩人只好定了定神，一前一后跑到卡车旁边。黄蔚妮一边在铁笼里辨认，一边颤声呼唤道：“麦克黄，麦克黄！”尹珂东和徐耀斌也凑了过来，一人捡了一根树枝，帮助黄蔚妮把“金毛”和“古牧”轰开，露出藏在狗群里的拉布拉多，同时你一言我一语：

“是不是这只？”

“我觉得这只像，麦克黄的脑门上不是有一块白吗？”

几个人团团乱转，只有颜小莉的心思不在狗上。她绕着卡车车斗，像要证实什么似的，用手指轻轻触碰着锈迹斑斑的铁皮。在车尾右侧，果然粘着一小团暗红色的液体，明显是血，血里混着几根狗毛。那么这究竟是人血还是狗血呢？颜小莉的心再次狂跳起来，只觉得两腿发软，站都要站不住了。

而从车斗的另一侧，一阵轻轻的抽泣声传了过来。颜小莉的眼睛穿过几条狗腿，看到黄蔚妮正捂着脸，肩膀一耸一耸的。他们已经辨认了两遍，仍然没有发现麦克黄的踪迹。被迫接受这样的事实，无疑让她失望到了极点，也接近崩溃的边缘了。

两个男人却还在如火如荼地抢着风头，轮番软言软语地安慰黄蔚妮。尤其是尹珂东，他仗着胸怀够博大，还试图揽着黄蔚妮的肩膀，把她搂起来：“没事的，没事的，这次找不着还有下次。麦克黄会等着你，我们也绝不会抛弃它……”

黄蔚妮一把甩开尹珂东的手：“尹珂东，你提供的什么破情报！自己还没核实清楚就把我叫来，简直就像你们那家报纸一样不靠谱!”

尹珂东尴尬地搓起手来，徐耀斌倒快意地无声冷笑。至此，营救麦克黄的行动以失败告终。

那天晚上回到住处，颜小莉已经是人困马乏，累得连澡都没洗，就把自己拍在了床上。然而直到凌晨三点，连隔壁那对一到周末就熬夜上网的小情侣都没了声息，她仍然没有睡着。追车。急转弯。一个红色的瘦小身影。漫天乱飞的狗。车斗上的血迹。这些场景像一部剪辑极其混乱的电影，在她的脑子里无休无止地乱晃。

症结还是出在卡车那个惊险的九十度大转弯上。到底有没有撞到人？那一瞬间的镜头起码被颜小莉“重放”了几十次。在有一些镜头中，路边是空空荡荡的，只有一蓬在尘土里摇曳的蒿草，但在另一些镜头中，蒿草丛中却明明站着一个孩子——不辨年龄，不辨男女，只记得轮廓是瘦的，颜色是红的。是不是她眼花了，或者出现了幻觉？但她的幻觉为什么不能是一群鸟、一棵树，而偏偏是一个人呢？

基于迷乱、慌张、无法确定是真是假的记忆，颜小莉却开始进行理性分析了：没撞到人倒还罢了，假如真的撞了人，将会产生什么后果？那孩子会死吗？他家里人或者其他目击者会报案吗？警察会不会顺藤摸瓜地追查到卡车司机，进而再找到尹珂东、徐耀斌、黄蔚妮以及自己头上？那个脏兮兮的胖小子没有驾照，人又是他的车撞的，看似要负主要责任，但他有个道理讲得也没错：你们不追我，我会跑吗？这么一来，当时在路上追逐的所有人，就都和一桩人命案件扯上关系了。哪怕颜小莉没有开车，她也是涉案人之一，并且“间接促成了案件发生”。她在电视里的法制节目中听到过类似的台词。

人命啊，想到这个字眼，颜小莉浑身打起寒战来。她飞快地把自己的头蒙进被子里，又咬紧牙关才没叫出声来。

一夜几乎没睡，起床之后自然是昏昏沉沉的。这天正好是周日，这套位于大兴黄村的三居室里，除了颜小莉之外空无一人。与她合租的室友们大概是出去踏青了，大家平时都忙得要命，每个礼拜就指着周末透口气呢；而他们所住的这片城乡接合部还保留着一块半干半湿的河滩，带张桌布一篮子食物过去，不花钱也能消磨一天。窗外的天色有些阴沉，使得空旷的房间更显得静谧了，就连门外电梯的开门关门声和有人上下楼梯的脚步声都清晰可闻。这些声音又让颜小莉不由得心惊胆战。

窗外还有警车或者消防车驶过，当时颜小莉正坐在马桶上发呆，听见那尖利的鸣笛，她本来呆滞的思绪立刻产生了无数联想。颜小莉捂着脸把头扎进双腿之间，终于被自己吓出眼泪来了。

她老实了二十多年，从来没跟父母顶过嘴，从来没逃过学校里的一节课，从来没让男朋友把手伸进内衣底下过，怎么一摊上事儿，就有可能是天大的事儿呢？

中午泡了方便面但也没吃两口，颜小莉看着一只油腻的碗，坐在她那间十平米不到的朝北卧室里发呆。这时手机突然响了，是黄蔚妮。颜小莉迟疑了好一会儿，终于还是接听了。

“昨天累坏了也吓坏了吧？”黄蔚妮的口吻仿佛比往日更亲切。当然，是那种轻巧的，保持着俯视姿态的亲切。

“还好……”

“看你的脸色不好，还以为你晕车了呢。”

“我只是在挂念着——麦克黄。”

“我硬拉着你去，也是为难你了。我早就看出你这人……心眼儿很好，跟公司里那些两面三刀的家伙不一样。”黄蔚妮似乎叹了口气，又说，“不过拜托你，咱们去找狗的事儿，千万别告诉不相干的人，你知道，我手里的这个项目很重要，合作方也相当挑剔，公司的高层要求我全力以赴。这时候如果传出这种小插曲，谁知道又有什么人要站出来说怪话呢……”

“这个您放心。”颜小莉本想对黄蔚妮说，我也有件事儿想跟你谈一谈，但她咬了咬嘴唇，还是没说出口。

黄蔚妮却突然咯咯一笑，情绪转变之快，像被一只电灯开关操控着：“还有个小事儿，我倒想听听你的看法呢。”

“您说。”

“尹珂东和徐耀斌这两人怎么样？别深琢磨，只需要说你的第一感觉。”

“都挺好。”

“好在哪儿?”

“有钱……徐耀斌比尹珂东更有钱吧?”颜小莉的脑子里充满了嗡嗡响的杂音，连那两个男人到底谁是胖子谁是瘦子都记不清楚了。

“俗了，颜小莉你要这么想就俗了。”黄蔚妮嘴上奚落她，音调里却透出一股难以压抑的欢畅，“关于他们俩那点儿破事儿，我回头再跟你讲吧——昨天我没睡好，今天晚上还被总经理抓差，要去参加一个酒会，所以明天中午帮我买杯咖啡提提神吧，还是拿铁。”

黄蔚妮挂了电话，又把颜小莉抛回没着没落的空旷之中。看来黄蔚妮是没有看见卡车撞到人的，没有看见虽然并不意味着没有发生，但在自己也尚未确定事实的情况下，却足以降低撞到人那种可能性的概率。颜小莉像绕口令一样宽慰着自己。而且你看人家黄蔚妮是怎么活的，工作、狗、男人，三条战线同时作战却都处理得轻车熟路游刃有余。难怪人家是黄蔚妮，而你只配当个颜小莉。

但颜小莉终究不是黄蔚妮，羡慕也没用，学也学不来。到了晚上，她又开始失眠了，白天已经从脑子里赶走的镜头，再次颠三倒四地浮现了出来。简直像个主打午夜恐怖片的电视台，你越怕什么它越要播什么。这一次的心理负担更加沉重，颜小莉只觉得脑子里面有根锈迹斑斑的锯子在来回拉扯着，再锯就要断了，可却总也锯不断。

这件事必须得找人说说，哪怕是为了分担自己的压力也好。颜小莉做了这个决定，而她能找的人首先就是黄蔚妮。

5

第二天中午，颜小莉端着两杯咖啡，站在办公区等待黄蔚妮。已经过了午饭时间，黄蔚妮才从密闭的会议室里出来，画了淡妆的脸上带着一片愠色。她大概是又和设计部或者客服部的头头儿吵架了吧？这种事儿经常发生，但黄蔚妮有一项独门功夫，就是吵架挂相不挂心，转眼就能嘻嘻哈哈，嘻嘻哈哈完了马上又能接着吵。

果然，黄蔚妮从颜小莉手里接过咖啡，立刻眉开眼笑：“还是你贴心，咱们的售后要是能做到你的一半儿，也就不会天天被客户追着骂了。”

这话是说给客服部的经理说的，那男人气鼓鼓地哼了一声，扭着水桶腰走开了。

颜小莉问黄蔚妮：“您要不要吃点东西？现在咖啡厅还有咖喱饭。”

“不吃，让他们那些人气也气饱了，正好减肥。”

这也是黄蔚妮的独门功夫之一，越忙越不饿，越不吃精神头越旺盛。于是两人坐到休息区的沙发椅上，各自捧着塑料杯吮咖啡。

哪怕是给黄蔚妮添乱添堵，哪怕被黄蔚妮说成“脑子秀逗了”，昨天计划好的话该说还得说。毕竟，那有可能是人命关天的大事儿啊，凭什么憋在心里，由自己一个人承担。颜小莉这么鼓励、敦促着自己。

但说的时候又得讲究策略。一惊一乍地宣布“出人命了”，反而会让黄蔚妮觉得自己是在信口雌黄。于是还是从狗说起：

“那天救下来的狗，已经在动物保护中心了吧？”

“是啊。保护中心的车来的时候，你不是看见了吗？”黄蔚妮说。

“以后它们会被送到哪儿去？”

“能联系上主人的联系主人，联系不上的只好另找人家。”

“唉……可惜麦克黄不在车上。”颜小莉看了一眼黄蔚妮，略微加重了语气，“那些狗贩子也真可恶，偷了人家的狗还敢顽抗，还敢逃跑，而且居然还是无照驾驶——假如出了车祸可怎么办？”

黄蔚妮阴着脸没接话，看起来是又沉浸在对麦克黄的思念中了。

颜小莉又跟上一句："多险啊，万一要是车翻到了山下去，或者撞到了什么人……"

黄蔚妮拿眼睛挑了挑颜小莉："你别胡思乱想了——自己吓自己。早知道你这么胆儿小，那天就不该叫你去。"

"不是胡思乱想！"颜小莉脱口而出，但又顿了一顿，声音急剧地衰弱下去，"蔚妮姐……有件事儿我不知该不该讲。"

"讲吧。都拐弯抹角说到这分儿上了，不讲不把你憋坏了？"黄蔚妮终于以认真的姿态面对颜小莉了。

"我亲眼看见……可能真撞到人了。"颜小莉的嘴巴反倒不利索了，刻意矫正了几个月的前后鼻音不分又暴露了出来，"当然，不是咱们的车撞的，更有可能是我看错了……你知道，我的眼神儿一向不太好的，连现代和本田的商标都认不清……"

她终于把在脑海中反复萦绕的那一幕描述了出来，尽管语无伦次，但一五一十。讲完之后，颜小莉的心情果然轻松了许多，看来天塌下来，就是得找个高个儿来一起分担。她咕咚一声，咽了口已经变冷的咖啡，眼巴巴地望着黄蔚妮。

黄蔚妮的反应却是毫无表情，但眼睛瞪得更大了，又在太阳穴上绷出了两根淡青色的血管。她和颜小莉对视片刻，平静地开口："你一定是看错了。"

"可我明明看到卡车拐弯的时候，有一件红衣服……"

"你怎么确定那是红衣服而不是红布条、红油漆、红塑料袋呢？"黄蔚妮说，"你说过你眼神不好的。"

颜小莉立刻积极地点起了头："是啊，那些山上的农民就是喜欢乱扔垃圾的。”

“所以说你就是自己吓自己嘛。”黄蔚妮更加笃定地说，“当时我也坐在车里，从我的角度看过去，可什么都没有发生——什么都没有。”

那天和黄蔚妮谈完，颜小莉一度有了如释重负的感觉。黄蔚妮都没有看到嘛，没看到就是没发生。她反复在心里强化着这个想法，并且尽力使自己像黄蔚妮一样平静、干练、自信。这个世界上的确会有意料之外的惨剧发生，但发生的地点都是电视新闻里那些正在打仗或者暴乱的动荡地区，或者是突然遭受地震和海啸的灾区，再或者就是像颜小莉老家那种贫困荒凉之地——她记得，以前邻居家有个孩子，父母都出去打工了，爷爷奶奶又管不住，就任由他满世界地瞎跑瞎转，结果有一天从附近厂矿的煤堆上滚下来，被活活埋在里面了。而如今颜小莉已经留在了北京，在东三环最繁华的地区上班，接触的尽是如同从时尚杂志上剪下来的人物，身处在这种环境中，她的生活理应变得光鲜明丽、稳固安宁，不是吗？

因此下班的时候，她的脚步重新变得轻快而有弹性，脸也仰了起来，璀璨地迎向地铁站外那片聚积了新一轮雾霾的灰蒙蒙的天空。回到三居室里的小北房，她还特地给自己叫了一份大号的红烧鸡腿饭，坐在电脑前一边看综艺节目，一边响亮地吧唧着嘴，犒劳自己因为茶饭不思而受了委屈的胃。跟黄蔚妮吃饭的时候，她是从来不敢吧唧嘴的，并且把吧唧嘴的罪恶转嫁到了前男友的身上，但黄蔚妮又怎么能了解，吃饭吧唧嘴其实是多么畅快，多么尽兴啊。

然而这样的好状态仅仅持续了几个小时。“那一幕”从清醒的状态中被驱逐了出去，却从梦里钻了出来。刚刚入睡不久，颜小莉就梦到自己回到了营救麦克黄的那天上午：刹车、转弯、摇晃的蒿草、漫天纷飞的狗、被车斗撞下山坡的一团红色。而这一次，她还清晰地看到那团红色就是一件化纤运动服，半新不旧，松松垮垮，衣领上方是一张充满惊惧的孩子的脸。

颜小莉噌地从床上坐起来，满身是汗，大口喘气，如同刚和什么人进行过一番殊死搏斗。黄蔚妮说没看见，就能等同于没发生吗？要知道，虽然当时两人都坐在车子的前排，但驾驶席和副驾驶席的视野不尽相同。再说黄蔚妮正在紧张地开车，因为山路的陡峭而自顾不暇，她凭什么那么斩钉截铁地替颜小莉的眼睛和记忆做主？

而一旦惊醒，就再也睡不着了。假如说麦克黄的丢失是黄蔚妮的心病，那么山上的那一幕就成了颜小莉的心病，并且她病得比黄蔚妮要深重得多。要想除去这块心病，光跟别人商量是不够的，颜小莉必须亲自做点儿什么。

第二天，颜小莉破天荒地请假了。她捏着鼻子给后勤部门的主管打了电话，谎称自己患上了严重的感冒。前台虽然是最微不足道的职位，但却是实打实的一个萝卜一个坑，上司自然满腔不乐意。于是颜小莉又抬出了黄蔚妮，说是没穿外衣就去替“蔚妮姐”买咖啡才受了风寒。好说歹说，总算磨出了一天的假期，颜小莉出门坐上了一辆 9 字头的长途公交，再次去了昌平。

那天拦截卡车的路线倒还记得清楚，只是开到国道入口，公交车就要往另一个方向去了，附近又在找不着其他站牌，颜小莉只好一咬牙，花一百块钱雇了辆咣咣乱响的黑车。沿着国道一路向北行驶，她把头靠在车窗上，两眼死命辨认着每一条岔路，认错了一次又掉了两回头，这才终于拐上了卡车司机曾经夺路而逃的那条盘山道。

但还没往上开出多远，已经满嘴唠叨的黑车司机却停下了车，死活不肯再走了。他指指坑坑洼洼的山路，说路况太差，他那辆夏利本来就很旧了，硬开上去没准儿会散架。司机又说，这条路以前是从山里往外运石料的，现在早已废弃不用，一个小姑娘非要往这里去做什么。颜小莉只好付钱下车，徒步往山上走去。

那天坐车风驰电掣了几分钟，如今换成两只脚，却足足走了一个多小时。山景本身是称得上俊秀的：嶙峋瘦骨，长满了苍翠的松柏，不时有飞鸟和松鼠一类的动物在林间戚簇地惊起，花岗岩被日晒雨淋成了近乎橙黄的颜色……但因为揣着一个噩梦，颜小莉也没心思驻足观望。她气喘吁吁地爬到一处突兀的弧形弯道，望见了路边的那一蓬蒿草。

没错，就是这里。颜小莉再次确认了一遍之后告诉自己。她壮着胆子走到道路外侧，看见下面是几米深的一道山沟。身边的蒿草中，有几株断了头，只剩下风干了汁液的草秆。该不会是有人落下去时情急之下拽断的吧？这个念头让颜小莉的心狂跳起来。而几秒钟之后，另一个发现更是让她眼前一黑。

那是一只白色的运动鞋，歪斜着躺在山沟深处的两块碎石之间。这么说来，除了那天追车的当事人之外，这地方的确是有过其他人出没的。在“一定要把事实弄清楚”的冲动下，颜小莉鼓足了气力，弯下腰，扒住岩石突出的棱角，一步一试探地往山坡底下爬过去。

这样的举动对于电视里的攀岩运动员来说算不了什么，但对于习惯了在前台后面一坐一整天的颜小莉而言，就是充满危险的挑战了。爬到一半，她忽然岔了气，肋骨下面一阵生疼，然后手一滑，像只掉下桌面的猫一样四肢乱挠着坠落在泥土地上。幸亏就势打了个滚，并没有听到咔嚓的骨头断裂声，但再挣扎着爬起来时，身上的衣服已经没有一处干净的了。

她顾不得许多，跑过去捡起那只鞋。国产品牌“361度”，30码，橡胶鞋底的花纹磨损严重。颜小莉记得自己八九岁的时候，也穿这个尺码的鞋，并且也是底儿都快磨破了家里才给买新的。为了早点儿换一双新鞋，她还在上学下学的路上故意用脚底摩擦地面，她妈发现了，就揪着她的辫子狠狠地掐她的脸。那么手里这只鞋的主人身上，究竟发生过什么呢？颜小莉抬头看了看头顶的公路，把自己的记忆加了进来，试图糅合成一幕完整的坠山过程，却只觉得慌乱不堪，整个儿心思都是空的。

就这么发了许久的呆，她才被一股回旋的山风吹醒。两人多高的土坡，是不可能再爬上去了，好在坡底还有一条弯弯曲曲的小径，通向刚才走过的那段公路。颜小莉忍着周身的酸疼，在杂草丛中缓缓行走着。她想的是顺着公路找到山里的村镇，最好有个派出所什么的，那样就可以打听到最近有没有孩子受了伤。

但假如真有，而且恰恰是被车撞下来的呢？她敢承认自己也是事故的当事人之一吗？对于这个问题，颜小莉是不敢触及的。

回到公路上，拐过那个大弯，又往上走了十来分钟之后，颜小莉终于碰到了一个人。那是个三十多岁的农妇，黑而糙的脸，像被烟熏过的腊肉，背上背个竹筐，框里半满不满地装了些酸枣。来的路上，颜小莉见过有人在路边摆摊卖这东西。

两人照面，似乎都是一惊。颜小莉随即意识到，那只旅游鞋还拿在自己的手上，而对面的女人正直勾勾地盯着它。

女人向她开了口，说的却是一嘴河南话："你做啥呢你?"

"什么也没做。"

"我问你拿俺家娃的鞋做啥?"

颜小莉脑袋里轰隆一声，痴了一般，把鞋递过去："捡的。"

女人接了鞋，往背后的框里一扔，掉头往山上就走。颜小莉鼓了一口气，追上去："这鞋是你家孩子的?"

"对。"

"你家远吗……我刚才摔下去了，想洗洗手，最好能再给我口水喝。"

女人没说话，继续爬坡。颜小莉像吃了一瘪，脚步不由得畏缩地停下来。但还没落后多远，她便看见那女人转过身来：

"跟着。"

盘山道一路向上，不多久，又分了一个岔。往左走，就是那天卡车逃窜的方向，颜小莉知道那里是断路，而女人却背着筐走向了右边。复再前行两里，一圈低矮的院墙从路边的树丛里露了出来，院子里是两间红砖瓦房，看起来摇摇欲倒，房顶上盖着一块斑秃似的塑料布。

跟着女人进去，颜小莉见到了那个名叫郁彩彩的九岁女孩。

女孩躺在窝棚般的偏屋里，身下是一张砖头和木板垫成的床。她瘦小的身体上到处是伤：额头上扎着一圈纱布，一边一块农村红的脸蛋上涂着大团的紫药水，右手虎口缝了几针，手指头上尽是凝结的血痂；最严重的是左腿，裹着厚厚的一层石膏，跷起来，挂在从房梁垂下来的布带上。虽然屋里光线昏暗，但颜小莉还是看清了女孩身上穿着一件暗红色的运动服，以及女孩有一双大而明亮的眼睛。

正不知所措，农妇已经端了一盆水来，放在小院当中。颜小莉蹲下去，用力地搓洗自己的脸，仿佛如此就能遮住煞白的脸色。洗完了，一只搪瓷缸子便递了过来。她小口抿着热水，尽量不让嗓音打战，装作随意地和对方聊起来：

“孩子怎么受伤了？”

“让车撞了，滚到沟里了。”

“哪天的事？”

“上礼拜六。小人儿在家待不住，非要到山底下的学校参加课外活动，走到一半就碰上了车。那路平常是没车的，山那头修了隧道。摔下去腿就折了，动不了，号到晚上，才被赶羊的人听见了。”

“骨折了也没住院？”

“花不起那钱。外地人，又没单位，在北京没医保。”

“腿没大事儿吧？”

“打了钢钉接上了。但说膝盖也伤着了，有块小骨头碎了，得换个零件。一个羊拐子似的铁疙瘩，说是进口合金的，大概要三万块钱。我们哪有这钱？她爸以前是采石场的工人，给老板放炮炸山，后来政府把厂子封了，只能再找活计。上半年被一个山西的矿上雇了，说过去先干一段，等稳下来再接我们。”那女人的脸一直木讷着，但一说到自家的事情，就浮现出了苦楚的神色。她的每句话都很短，句子与句子之间留有很大的空隙，颜小莉每每以为她要说完了，下一句话却又突兀地蹦了出来。进而又说到了女孩的父亲干活儿辛苦而且危险，有两次碰上了哑炮，正想过去查看，突然就响了，幸亏人离得远才没有送命；还说到女孩在学校念书不怎么样，跟不上北京的课程，学校警告她说要取消她的借读资格；又说今年野酸枣倒是不少挂果，拿到国道边上卖给郊游的城里人，一斤可以赚上七八块钱，可这生意只有周末能做。

颜小莉又把话头转回女孩的腿上：“如果那三万块钱的零件不换……会怎么样？”

“腿吃不住劲，就变成拐子了。”女人简洁地答道。

两人说话时，女孩就躺在门后静默地听着，不言不语。

颜小莉终于问出了那个最让她提心吊胆的问题：“被车撞的时候，有没有看见车牌号什么的？”

“车开得太快，根本没看见。也报了警，可警察就说让等信儿。”

女人说完，院子里忽然安静下来。颜小莉本来觉得可以松一口气的，但她的心却反而悬了起来，同时感到一阵难以忍耐的酸楚。她下意识地将手伸到口袋里，上上下下地摸，最后只掏出两百来块现钱，一把塞进女人的手里：“拿着给孩子买点儿吃的吧。”

“你这是干吗？”女人的声音高扬起来，“咱们又非亲非故……”

“我是孩子学校的老师。”颜小莉扯谎，“就是山下的，镇上那所……”

女人念叨了几句，总算把钱接了，又抹了两把眼角。而这时，女孩的嗓音却清晰地传了出来：“您是老师，我怎么从来没见过您？您教几年级？”

“我刚分配过来，也没见过你呢。”颜小莉答道，接着问了女孩的名字。

女人又进屋拎出暖壶来续水，颜小莉却已经趁着这个空当，恍恍惚惚地出了小院，顺着原路往国道的方向走回去。天已正午，阳光普照，松柏与杂草都闪耀着油脂一般的绿光，但这景象在颜小莉看来，却是苍凉而凄楚的。以前在历史课本上学过，北京北部的山区自古以来就是战场，只要越过这道屏障，少数民族就可以畅通无阻地跃马中原，因而几次著名的惨烈鏖战都发生于此。现在，颜小莉的心里也打起了一场战争。

6

既然事实已经很清楚了，那么现在，纠结在颜小莉心里的问题也一目了然：那个“间接与她有关的责任”，负还是不负？不负当然可以，女孩和她的家人至今不知道撞人的汽车是哪儿来的、谁开的，因此她和所有参与追逐的人都是安全的。况且就算要负责任，她颜小莉负得起吗？工作不满一年，工资仅高于保安和清洁工，每月除去租房子和吃饭、坐车的花销，能省下几百块钱都是万幸。想想存折里那个上下波动却长期没有质的飞跃的四位数字，她所要考虑的就不只是趋利避害，还有量力而为了。

然而理智地想要“把这事儿翻过篇去”，颜小莉却发现自己根本做不到。新的场景又开始在她的脑海中反复回旋起来，这时就不是撞人的那一幕了，而是那女孩闪烁着一双大眼，挂着沉重的石膏，躺在阴暗的小平房里的样子。她叫郁彩彩，九岁，在山下的某所小学借读，上五年级，来北京已经三年，从没去过天安门和王府井，最爱吃麦当劳的薯条但迄今只吃过两次，一次是跟她妈去昌平城区卖柴鸡蛋的时候，另一次是她爸出车带回来一包。这些信息都是她妈拉拉杂杂地告诉颜小莉的。一旦对某个人建立起了琐碎而生动的印象，你就没法觉得这人与自己无关。通过郁彩彩，颜小莉还一发不可收拾地回忆起了自己小时候。在八九岁的年纪，她们是一样的瘦，一样脸上挂着农村红，一样怯生生地沉默寡言。谁又知道十几年后的郁彩彩会不会变成另一个颜小莉呢？但她的腿如果真的拐了怎么办？颜小莉还听郁彩彩她妈提过一句，要给膝盖安装那个合金零件，是有时间期限的。如果两个月后损伤定了形，就算花多少钱也补救不回来了。一个拐子，就算上了大学又能干什么？站在前台，人家还会以为台面歪了呢。

颜小莉不仅失眠，还开始了头疼。疼痛来无影去无踪，疼起来连气都喘不上来，同时眼前一片一片地冒金星，简直像在放礼花。好几次正在前台端坐着，她突然就弯下腰去，用指关节死死地顶住太阳穴，嘴里呜咽出来。路过的同事问她怎么了，她还得立刻挤出一脸笑，说自己在捡东西。

在这种情况下，颜小莉第一次深切地后悔起来。她想，如果那天没去参加营救麦克黄就好了。说起来，她还和狗有仇呢。家乡那种小地方的狗和北京的狗可不一样，基本上都是其貌不扬的土狗，既脏又野，而且因为食物匮乏，往往焕发了狼的天性。记得上初中的时候，一天颜小莉骑自行车上学，突然从巷子里冲出一条黑狗，照着她的小腿就是一口，血淋淋地扯下一块肉来。虽然被同学第一时间背到医院去打了针上了药，但伤口至今蜿蜒在她腿上，令她夏天也不敢光着腿穿裙子。既然如此，她为什么还要答应黄蔚妮？她知恩图报得还不够多吗？干吗这种事儿也要上赶着掺和？

颜小莉，你贱啊你。

而所有的前思后想，又归结为一个决定：这件事情还得找黄蔚妮谈一谈。在北京，她只认识黄蔚妮一个人，对于颜小莉来说难如登天的事儿，对于黄蔚妮就变成了小菜一碟。她想起黄蔚妮向她展示过一块卡蒂亚“蓝气球”手表，光那东西就不止三万块钱呢。

但恰好在这个时期，颜小莉发现，黄蔚妮对自己的态度变了。数一数，她已经几天没和黄蔚妮说上话了？自从上次谈话之后，黄蔚妮上下班经过前台，就不再和颜小莉笑着打招呼了，而是径自昂首快步经过。她也不再找颜小莉一起吃饭，周末更不会打电话叫颜小莉出门了。就在今天，颜小莉买了黄蔚妮加班之后照常要喝的咖啡，等在销售部办公室门前想要送给她，黄蔚妮却朝外面瞥一眼，立刻就转身回去，再也没出来了。

黄蔚妮烦她了？不把她当朋友了？还是因为她贸然说了有可能撞到人的事情，把黄蔚妮吓到了？颜小莉只觉得心里一寒。然而她终究无法像黄蔚妮对她视若无睹一样，对郁彩彩的那条左腿视若无睹。于是这天下班之后，颜小莉特地没走，像尊泥像似的站在前台后面，等候黄蔚妮。

管理层还在开会，已经过了八点钟。其间有人出来抽烟透气，还有外卖公司的人把十几份日式“定食”送进去。颜小莉饭也没吃，怕的是出去一趟再回来，黄蔚妮已经走了。就这么一直耗到了九点，门里的会议室终于轰然一响，总经理和几个高层人物簇拥着一个外国老头儿走了出来。颜小莉立刻溜了进去，远远地就看到黄蔚妮一边和人谈笑，一边吩咐销售部的人把做演示的电子投影系统关掉。

一歪头，黄蔚妮看见了颜小莉，但仍然没跟她说话，扭身往卫生间走去。颜小莉咬了咬嘴唇，埋头追上去，一边追，一边朝那个窈窕的背影喊道：

“蔚妮姐，蔚妮姐。”

几乎要追进卫生间，黄蔚妮才蓦然回过头来，脸上冷冷的：“有事吗？”

“那天的事，我还想再和你说一下。”

“什么事？”

“救狗那天，卡车的确撞到人了。我还去过被撞的孩子家里，她叫郁彩彩，才九岁。如果您不相信我，我可以带您也去看……”

“你别来烦了我好不好？”黄蔚妮的眉毛突然挑起来，声音尖利地上扬，“什么狗啊狗的，你知不知道我现在在忙什么？知不知道这个项目对公司有多重要？知不知道我现在的每一分钟每一秒钟值多少钱？我有工夫管你那些破事儿吗？”

颜小莉哑口无言。这时，后勤部门的负责人恰好从卫生间出来，立刻甩着一双湿手赶过来，呵斥颜小莉："你怎么回事儿？说闲话也得有时有晌，知不知道现在是特殊时期？"

然后堆了笑安慰黄蔚妮："蔚妮，你别生气，回去好好休息，明天还有个会呢。"

"管好你手底下的人。"黄蔚妮撇下这句话，连卫生间也没上就走了。

上司又把颜小莉揪到办公室里好一通骂，说得她的眼泪没忍住，汩汩流了出来。公司的业务部门拿后勤的人发邪火，这是再常见也没有的事情了，销售副总指摘一个前台，更是天经地义。以前还有别人对颜小莉做过更鄙夷、更欺负人的事情呢，她也都忍辱负重地扛了下来。但这次不一样，和她翻脸的是黄蔚妮啊。颜小莉只觉得心里堵得慌，一团愤懑像包在纸里的火一样燃烧、膨胀。她再也按捺不住，和上司拍了桌子：

"你不了解情况就别乱说好不好！"

上司愕然，随后暴跳起来："你还想不想干了？"

颜小莉却耸着肩膀，像只斗架的公鸡一样走了出去。次日上班的时候，她只等着上司来通知她收拾东西走人。事实上，她已经为自己的失态而后怕、后悔了。新一轮的大学毕业季行将结束，今年的就业形势更加惨烈，听说就连海归都不好找工作了。如果失业的话，她一个被炒了鱿鱼的前台又能干什么去？她那点儿积蓄又够坐吃山空几个月的？

但一整天却都风平浪静。没人多看她一眼，大家继续把她等同于摆在公司门口的那几株盆栽——还不是富贵妖娆的蝴蝶兰，而是其貌不扬的巴西木。又过了两天，颜小莉才听说，自己能够躲过这一劫，仍旧是多亏了黄蔚妮帮忙。上司本来是卖乖献好，向黄蔚妮表示，绝不让颜小莉留到下个月初的，没想到黄蔚妮淡淡地回了一句："人家小孩儿不是干得挺好的吗？比你以前挑的那几块料强多了。"还专门叮嘱，千万别拿那天晚上的事情小题大做，毕竟大家都在精神紧张的状态，都有责任。

这么说，黄蔚妮还是念及交情的。照理颜小莉应该感动，甚至应该再洒下两滴涌泉相报的热泪。但这次也不知是怎么回事，她只觉得心里怪怪的。异样的感觉如芒在背，如鲠在喉，如九岁女孩郁彩彩膝盖里的暗伤，看不见，却抹不掉。

心里的战争还在硝烟弥漫，颜小莉又想到了那天见到的两个男人，尹珂东和徐耀斌。

追击运狗的卡车时，除了黄蔚妮和她自己，在场的就是这两个人了。况且他们还是表现得最积极、最疯狂的，尤其在山路上，恨不得要把对手挤下悬崖方能后快。如果不是他们穷追不舍，卡车司机也就不会被迫以那么快的速度转弯，不会留意不到路边有人了吧？假如要负责任，尹珂东和徐耀斌比黄蔚妮还要难辞其咎。如此一想，颜小莉便再次燃起了希望，她掏出屏幕都磨花了的国产手机，划拉起电话本里的人名来。

只找到了尹珂东的。那天从昌平回到城里吃饭时，只有尹珂东还算活泛，并且和颜小莉互留了电话。而徐耀斌压根儿没理她，那副脸色，恨不得把她当成黄蔚妮家的小保姆了。趁着公司里的人都在忙，颜小莉躲进卫生间里，拉上隔扇，谨慎地按下了拨号键。

响了几声没通，片刻变成了“您所拨打的电话无人接听”，颜小莉只好挂了电话往外走。但才走到走廊，电话就响了起来，正是尹珂东的回拨。颜小莉赶紧冲回卫生间，重新把自己封闭在几张木板之间，像秘密接头一样喂了一声。

“小颜吧？有事儿吗？还是蔚妮有事儿找我？”尹珂东居然记得她。当然，这要拜智能手机发送名片的功能所赐。

颜小莉称对方为“尹主任”，首先为自己的冒昧道歉，然后又拿出了那天和黄蔚妮喝咖啡时的策略，试图从狗的事儿迂回到人的事儿上。她倒是好意，怕对方一时接受不了事实真相。

尹珂东却打断她：“我刚开完一个会，又有几篇稿子要审，你还是有事儿说事儿吧。是不是狗找到了，要不就是狗死了？”

“跟狗没关系。”颜小莉吁了口气，尽量平静而郑重地把撞人的事情说了出来。

尹珂东果然沉默了，半晌才说：“真的假的？我怎么没看见？”

“也许您正忙着开车，就没往路边瞧吧。但的确是真的，我还去了那女孩她们家……”

“你还去她们家了？”尹珂东低声叫了起来，“那你说什么了没有？”

“没有……”

“那还好。”尹珂东喘了口粗气，沉吟半晌，“这事儿是有点儿棘手。”

“所以我才来问您啊。”

“恐怕还得实地调查一下再说。”

尹珂东没有像黄蔚妮一样矢口否认并且置之不理，这就是一个好迹象。颜小莉立刻请他确定“实地调查”的时间。

当天又是周五，两人便约好了周六早上见。第二天，颜小莉乘上地铁四号线，在宣武门换乘二号线前往崇文门外的幸福大街。北京几家有名的报社都在这一带。刚从地铁站出来，就在约定的路口看见了尹珂东的奥迪车。上车之后，尹珂东阴沉着脸，像是一只放冷了的金砖面包，嘴却不停不歇，反复询问着颜小莉所目睹的一切，就连她自己曾经坐的那辆黑车的司机是本地人还是外地人这样的细节都没有放过。这大概是新闻记者的职业习惯吧，颜小莉这样认为。

而半个多小时以后，当车越来越接近那天拐上山去的岔路口时，尹珂东就突然闭了嘴。他往前伸着脖子，歪着脑袋，朝道路的斜上方一个劲儿地打量。颜小莉提醒他，路口开过了，尹珂东却不搭腔，掉头向南再掉头向北，又是那么伸着脖子歪着脑袋，把两公里长的一段国道巡视了一遍，才终于驶出主路，往山上驶去。这次上山，他就把车开得极其小心了，简直是走走停停，奥迪车在陡峭的山路上反复“坡起”，发动机发出嗡嗡的吼叫。

接近出事的弯道时，颜小莉说：“就是那里。”

尹珂东却停下了车，揉了揉因为一直保持着鹅的姿态而酸痛的脖子说：“不用看了。”

“被撞的那个女孩家就在上面不远……”

“我说不用看了。”尹珂东嗓音浑厚地说，“我已经确认过了。”

“您确认什么了？”颜小莉狐疑地扭过头去。

“从岔路口到山上，一路都没有摄像头。”尹珂东说，“也就是说，没人知道我们曾经追车追到这里，更没人看到那天的事故——假如你说的是实话。”

原来尹珂东所说的“实地调查”，指的是这个。那么他做得可真够缜密，真够专业的。颜小莉豁然睁大眼睛，惊诧地盯住了对面那张白白嫩嫩的胖脸：“我说的当然是实话。”

“这可就不好说了。”

颜小莉的口气有了一丝恼怒：“您的意思是我在骗您？我为什么要骗您？”

尹珂东却和蔼地笑了，他把一只胳膊搭在奥迪车的门框上，换了个更加舒服的坐姿，然后用一种循循善诱的口气对颜小莉讲解起来：“小颜你别激动，我当然不是说你在骗我。我的意思是：一件事情到底有没有发生过，那是要由证据来决定的。警察办案得讲证据吧？没有证据不能乱抓人；对于我们做新闻的，证据就更重要，没影儿的消息胡乱发出去，惹出的乱子更大。我们甚至可以说，一件事如果没有确凿的证据支持，那么就相当于没发生过。你所说的那场车祸，其实就是这种情况。你硬说那天撞了人，但我怎么没看见啊？还有黄蔚妮和徐耀斌，他们怎么也没看见啊？可见主观证据本身就不够充分，更重要的是，客观的证据也不具备，那就是我刚才说的摄像头……”

“可那孩子断了一条腿呀，我亲眼见的，我亲耳听的……没钱治，孩子就残废了。”颜小莉打断他说。

听了这话，尹珂东似乎顿了一顿，能言善辩的嘴打起了磕巴。但他仍然像要把一篇发言稿念完似的，继续说道：“小颜……你年纪还太小，社会经验不丰富，好多事儿你根本不懂。首先，有路就有车，这条路虽然偏僻一点儿，但来来往往的车恐怕也不止我们那几辆吧？天知道你说的那孩子是被哪一拨儿过路车撞到的。其次，就算跟我们有关，但直接撞到人的并不是我们之中的任何一辆车，而是那辆卡车，卡车司机才是第一责任人，可他现在人呢？没准儿早跑了！他才不会蠢到故地重游自投罗网的地步。再者，如果我们承认了跟那起事故有关系，给那孩子出了治腿的钱，谁知道那家人会不会接着再要损失费、补偿金，那可就不是几万块钱的事儿了，而是十几万，没准几十万，这不就把咱们讹上了吗？我是做新闻的，这种事儿我听得太多了……”

颜小莉的心凉了下去，比原先听到黄蔚妮的矢口否认还要心凉。她再次打断他：“你别说了。”然后拉开奥迪车的车门，跳下了车。

尹珂东往她这一侧探过来：“你要干吗去？”

“你自己走吧，我不想坐你的车。”

“你别太幼稚了好不好……”尹珂东的胖脸涨红了，眼神仍然躲着颜小莉，“你让我来不就是问我该怎么办的吗？现在问题已经解决了，你还有什么不满意的？”

颜小莉犯倔似的梗着脖子，侧过脸去不看他：“把徐耀斌电话给我。”

“你要找他？行行，跟他说去也好，省得再来麻烦我……反正他有钱，高兴了随手就能甩给你几万。”尹珂东气哼哼地拉开汽车储物箱，拿出一张名片来，揉成一团扔过了窗户。

颜小莉弯腰捡起那团纸时，尹珂东的车子已经轰鸣一声，掉头往山下开去，扬起的尘土呛得她直咳嗽。她面无表情地展开名片，拿出手机，缓慢地拨了上面的号码。说实话，对于徐耀斌，她已经不再抱有什么指望了。那人给她的印象还不如尹珂东，更不如黄蔚妮，并且，谁知道他还记不记得自己这个人。

“谁啊？”徐耀斌的声音懒洋洋地传出来，周围还有嘈杂的音乐和喇叭鸣叫声。他大概在车里。

“徐先生，我们见过的。”颜小莉想了想，索性免去了自我介绍，径直问道，“一个多星期……确切地说是这个月的十号，星期六，您那辆保时捷的后视镜是不是被撞坏了？”

徐耀斌的声音警觉起来：“你什么意思？”

“我想告诉您的是，那天因为你们追车，还造成了另一起交通事故，有个小女孩被撞伤了，骨折，现在需要做手术……”

颜小莉像小学生背书一样，急切地交代着情况，但还没说到一半，就听见徐耀斌咯咯、咯咯地笑起来。她只好停下来，想等徐耀斌笑完。

徐耀斌却兴致勃勃地问：“知道我想对你说什么吗？”

“什么？”

“去你妈的，滚你妈的，操你妈的。”那男人欢快地、尖声尖气地说出曾经在网络上风行一时的“三妈体”，随后咕咚一声，连电话都懒得挂断，就把手机扔到了一边。

他的车里有人问：“怎么回事？”

“现在的骗子真够敬业的，编瞎话都编得有鼻子有眼。”徐耀斌的声音模模糊糊地传出来，“连我什么时候撞过车都知道。”

“那肯定跟是汽修厂的人串通好了的。”旁边那人说，“你开的是保时捷，对于骗子来说也是优质信息。”

“操，以后不去那家修车了。”

“操。”

保时捷里的音乐声被陡然调高，震得电话另一头的颜小莉耳朵都疼了。她茫然地听了好一会儿那个名叫 Fifty Cents 的黑人满嘴脏话的说唱，才茫然地挂了电话，抬头望着远方空旷、苍凉的山景。

7

颜小莉沿着山体踽踽攀登。来了第三趟，路早已走熟了，心里想着哪里该有块岩石，哪里果然有块岩石，哪里该有丛酸枣树，哪里果然有丛酸枣树。至于那个急而陡，下面就是几米深的山沟的拐弯，更是还没望见就在心里估算出了距离。过了拐弯走上一条岔路，就是郁彩彩家孤零零的小院了。

走到院门口，颜小莉的心又揪了起来。她害怕看到女孩闪着一双大眼躺在小黑屋里的景象。然而来都来了，她无法过门不入。院子里还是那么寂静，郁彩彩她妈蹲在墙根的空地上，规整着一小堆蜂窝煤，背影像一只正在挖洞筑窝的穴居动物。煤大概是从山下的镇上买来的，这两年，北京的农村也推行了煤改气，但山上散落的人家仍是顾及不到的。颜小莉叫了一声“郁婶儿”，女人回过头来，绽开了一脸的笑：

“老师又来啦。”

“正好路过，顺便来看看。”

“您太费心，又没教我们家孩子那个班……”

颜小莉瞥见门口的水缸盖上，放着一堆吃食：苹果橘子，两箱牛奶，还有巴掌宽的一条五花肉。她便问：“孩子她爸回来了？”

“哪有，还在山西呢。”郁彩彩她妈说，“来的是过去采石场的同事，说是跟着她爸干过两天。不过我也没见过。”

正说着，就从屋后走出一个人来。矮胖的身材，两手沾满了黑乎乎的煤渣，锅盖头下顶着一张被晒得斑驳陆离的娃娃脸。颜小莉一眼认出，是那天开运狗卡车的那个司机。

胖小子迎面撞见颜小莉，也怔住了。两人紧张地对视，像一对心怀鬼胎的人正在用眼神互相试探。

郁彩彩她妈的心情却比那天见时爽朗了许多，她打了盆水来吆喝胖小子洗脸，又沏了一碗碎末状的花茶请颜小莉喝。他们懵懵懂懂地被这女人摆弄到屋里坐下，一个攥着毛巾，一个端着茶碗，连讪笑也挤不出来。

等到郁彩彩她妈又出去忙活了，颜小莉才对胖小子开口：“你怎么来了？”

“你怎么来了？”对方反问她。

颜小莉又问：“孩子的腿……你知道了？”

胖小子仍是反问：“你也知道了？”

“那天就看到了。”

“……我也是。”

屋里复归沉默。郁彩彩她妈洗了几个苹果送进来，又往外走去，说中午要给他们做饭，烙葱花饼：“家里半年也不来客，今天一气儿来了俩，我还占着手不能陪你们……你们聊，你们聊。”看着她去院外的一畦菜地里拔葱了，颜小莉才重新和那胖小子说起话来。她问对方叫什么。

“姓于，于刚，你就叫我小于得了。你呢？”胖小子说。

恐怕不是真名，颜小莉想。哪个无照驾驶的肇事司机会向目击者坦白姓名呢？但她又想起了尹珂东的分析：哪个肇事司机会蠢到自投罗网的分儿上呢？而这胖小子偏偏来了——只不过像她颜小莉一样隐瞒了身份罢了。

“我叫黄……莉。”颜小莉迟疑了一下，给了对方三分之一的真名。

两人互相点了点头，仿佛知道了对方的称谓，心里就能踏实一些。然后不知是谁提议，他们一起站起来，走到偏房外，隔着一道半掩的木门看郁彩彩。女孩睡着了，头发披散在脸上，更衬得面无血色，嘴唇发紫。一条断腿还挂在从房梁垂下的布条上，随着呼吸的颤动吱吱呀呀地打晃。她睡得倒踏实，但看的人却越发心思凌乱：膝盖损伤，合金零件，三万块钱，拐腿……颜小莉仿佛再次看到了小时候的自己，一个处境更惨、运气更差的自己。她的心里忽然有什么东西豁然开裂，扯着那个自称于刚的胖小子回到院里，四下张望两眼，压低了声音问：

“我折子上还有六千，你有多少？”

于刚木然地回答她：“我没了。”

“真没了？你别骗人。”

“真没了。我骗你干吗，要有钱我早给他们了。”于刚像受了污辱似的，气呼呼地说，“上次丢了客户的狗，老板扣了我两个月的工资……就算没扣也没用，离三万差远了。”

这句该是实话吧。颜小莉懊丧地用鞋底蹭着地面。除了懊丧，她心底还涌出一股厌恶的情绪，厌恶自己只是个前台，厌恶对面这个连驾照都没有的卡车司机，厌恶女孩郁彩彩必须得走几里山路才能到学校去。归根结底，她在厌恶他们共同的特点，那就是穷。而有了一个穷字打底，所有的纯良的、善意的、温情脉脉的东西都变成了自欺欺人。塞给女孩家人的那两百块钱是自欺欺人，摆在门口的肉和水果是自欺欺人，就连颜小莉和这个自称于刚的胖小子在此处不期而遇，也是自欺欺人。

这时，于刚却带着三分宣泄七分自怜，对颜小莉打开了话匣子。他说自己是赤峰人，两年前职高毕了业，就跟着堂叔出来跑长途，从内蒙古往秦皇岛拉煤。那活儿很苦，堂叔开夜车时爱犯困，一犯困就拿烟头烫自己的胳膊。为了能有个人替手，他教会了于刚开车，路上碰到警察检查，两人就赶紧把座位换过来。然而从今年年初开始，拉煤的生意突然不好做了，煤矿减产，连窑主都有破产上吊的，于刚的堂叔便把车一卖，回家开了个小卖部，却把于刚推荐到北京的一个朋友那儿，在一个物流公司当装卸工。没过多久，物流公司的老板发现于刚车开得不错，便开始在司机人手短缺的时候给他派活儿。当然，因为他没有驾照，跑的都是“安全系数相对高”的短途。这么干了几趟，本来平安无事，可终于还是在替一个狗贩子送货时惹出了事端。

“早就想考个本儿的，可工资都没发下来，也没钱上驾校……你们把我拦住，我怕招来警察就慌了，慌了就只想赶紧跑，跑就不知怎么跑上了那条路……转弯的时候，我从后视镜里看见撞上了人，但更不敢停车……后来的几天，天天晚上做噩梦。今天壮着胆子来了一趟，找人一问，才知道真撞了，还是个孩子……可我眼睁睁地看着她那条腿，就是不敢承认自己就是那个混账司机，有几次话都冲到嘴边了，愣给硬生生地咽了回去……我是不是没用啊？”

于刚说着，伸出一双与娃娃脸好不相称的长满了茧子的大手，攥住颜小莉的肩膀摇晃起来。一边摇晃，他一边重复着，鼻涕先于眼泪流了出来：

“你说我是不是他妈的没用啊？”

颜小莉却一发狠，霍地挣脱了于刚的手，还推了他一个踉跄。然后她像负气一样，掉头就往外走。走出院门，正碰上郁彩彩他妈攥着一把小葱儿条黄瓜进来，问：“老师去哪儿？”她也不理，迎着无缘无故飞扬起来的尘土，直往山的更高处攀爬上去。她的步履飞快，喘着粗气，使得余光中的山石树木日光云朵颠倒着混淆成了一团，像小时候在邻居家看过的万花筒。这时她心里的念头只剩下了逃跑：既然没有财力应付那三万块钱的手术费，也没有心力面对郁彩彩的那条残腿，不逃还能怎么样呢？还在人家家里假惺惺地赖着干吗啊？

人家黄蔚妮、尹珂东和徐耀斌能够高度理智意志坚强，她颜小莉为什么不能？她之所以留在北京，不就是打定了主意想要变成他们那样的人吗？

而太阳透过一棵树投下的光影一晃，她才发现自己想逃却逃错了方向。本来应该往山下去的，怎么倒走了上坡路？真是昏了头了。颜小莉揉了一把脸，有些疲倦地转过身来，却看见了于刚胖乎乎的身影。他一直不吭声地跟在颜小莉后面，这时才抬起胳膊，扬手向她打了个招呼。

于刚的脸色是尴尬的，或许还有一丝古怪的笑意夹在其中。他这么穷追不舍的，想要和颜小莉说些什么？是继续渲染自己的难处，求她千万不要把撞人的实情透露出去吗？或者干脆会威胁她，恐吓她，甚至于在这荒无人烟之处把她灭了口？

无论是报纸上的法制新闻还是电视上的警匪片，都有过这种熟悉的情节。颜小莉不禁心惊胆战起来，身上也发起了冷。真是一步错步步错，人要是昏了头，那就只能自认倒霉。

没想到，于刚的手臂挥动了几个来回，忽然指向了颜小莉身后，脸上的表情变得比颜小莉还要紧张："当心——"

颜小莉一凛，下意识地回过头去，看到一团毛茸茸的东西朝自己疾奔过来。那是一条狗，硕大而强壮，浑身的毛脏兮兮地打着绺。小时候被狗咬过的记忆立刻浮现了出来，颜小莉本能地尖叫了一声，但随即却发现那狗分外眼熟：一只成年拉布拉多，黄白相间，目光友善，脖子上挂着一条红项圈。那是社区叼飞盘比赛亚军的奖品。

"麦克黄！"颜小莉叫道。

麦克黄一跃半人多高，亲热地伸出舌头，在颜小莉的手上舔了起来。

8

那个计划在颜小莉的脑海中迅速成形，但她犹豫着，没有立即付诸行动。

那天他们还是回到小院儿，在树荫下吃了葱花饼。于刚毕竟是个小伙子，人又胖，所以尽管愁眉苦脸，却不影响饭量。他一人吃了脸盆大的一张饼，仍然眼馋似的盯着桌上所剩无几的两盘菜。郁彩彩她妈见状，忙叨着到鸡窝里去掏蛋，又把放凉了的饼端到饼铛子上去贴一贴。趁着这个空当，颜小莉用筷子敲了一下于刚面前缺了口的大海碗，指指在空地上奔跑撒欢的麦克黄，小声问：

“那天你把狗装上车的时候，有没有见过这一只?”

“狗都长一个样，我怎么记得清楚。”于刚摇头，但定睛看了两眼又说，“不过这只红项圈好像是见过的。老板还说这种狗一看就娇生惯养，如果不赶紧卖出去，没准儿会得病。”

那么麦克黄来历大概是弄清楚了，它还真是像尹珂东所说的，被狗贩子抓走，装上了于刚的那辆卡车。颜小莉记得卡车拐弯的时候，曾经把几只狗凌乱地甩出铁笼，落到了山坡底下去，麦克黄必定正是其中之一。而它不仅没有摔断脖子和腿，还能在山野里流浪了几天之后恰好出现在颜小莉面前，这不能不说是一个小小的奇迹。也许正如黄蔚妮所夸耀过的，拉布拉多就是聪明，无论是求生能力还是认人能力都比一般的狗强很多。

“你们就是为了它才拦我的车吗?”于刚突然又有点儿气呼呼的了，瞪了一眼麦克黄。

麦克黄对他也没有好声气，前腿伏地，低吼了两声。

颜小莉小口喝着水，嗯了一声没再说话。

这时，女孩郁彩彩也睡醒了。她一眼看到麦克黄，喜欢得不得了，虽然下不了地，但还是一个劲儿地逗它，还把葱花饼掰成小块儿丢出门外。颜小莉记得，以前麦克黄是除了某个牌子的进口狗粮之外什么都不吃的，但如今尝过了挨饿的滋味，别说是油汪汪的烙饼了，就是馊了的残羹剩饭估计也吃得下去。它使出了空中接飞盘的技巧，上下雀跃着，每次都能将食物稳稳接住。

郁彩彩她妈端着盘子出来，说了一声“糟践粮食”，又伤感起来：“孩子跟着我们住在这个偏僻的地方，也没个玩伴，闷坏了，才会一大早往山下的学校跑……”

“那就把它在这儿留两天吧，反正是捡来的。”颜小莉说。

郁彩彩惊喜地问：“真的？我能给它起个名字吗？”

“我都起好了，就叫麦克黄。”

“干吗叫这个？我本来想管它叫红脖子呢。”

“一看就是城里的狗，得起个洋气点的名字……我又姓黄。”

“那行，就跟老师的姓。”郁彩彩咯咯笑了，低头叫，“麦克黄。”

麦克黄熟练地汪汪答应了两声。

颜小莉却突然放下筷子，站起来起身告辞。于刚正往一张饼里卷着鸡蛋，看到她要走，也只好声称自己也还有事。郁彩彩她妈将他们送出好远，感激地叮嘱了几句“再来啊”，才慢慢地走回家去。留下两人愣神回望着，倒好像客人反过来要送主人似的。

于刚突然闷声问：“狗你们不要了？”

“反正也不是我的狗。”

“那……咱们还来看孩子吗？”

“来，当然得来。”颜小莉回过神，不假思索地说。然后示意于刚掏出手机来，要和他交换电话号码。

于刚紧张起来：“你该不是要向警察举报我吧……我知道我错了，不该无照驾驶更不该逃跑，可我不能坐牢……我爹岁数大了，我娘身体不好，他们还指望着我供养呢。要不我赔钱吧，现在赔不起将来赔，找着工作以后每个月的工资先给郁彩彩寄一半……”

“你就算说到做到，可也远水解不了近渴，到时候孩子已经残废了。”颜小莉呵斥了他一声，随后声音却和缓了下来，“看来你还真是不懂法——你跑不也是因为我们追你吗？算起来大家都有责任，谁都不是清白的。把你举报了我也得跟着缴罚款，而且还得丢工作，我为什么要举报你？”

“那你要我的电话干吗？”

“有事想让你帮忙，不过现在还不能告诉你。”颜小莉说完，抬头望了望连绵起伏的远山。她想，她应该和黄蔚妮再谈一次。

又是一轮工作日。头两天，颜小莉没有见到黄蔚妮。公司的项目进入了冲刺阶段，国外的大老板亲自督战，相关人员都被关进了郊区的一家酒店。到了第三天，听说合同签了，百十号人一齐松了口气。等到做项目的人回来，开香槟的开香槟，摆花的摆花，比过节还要热闹。颜小莉站在前台，不住地往办公区里面打量。

令颜小莉意外的是，她还没找去黄蔚妮，黄蔚妮倒先来找她了。中午公司包了家“金钱豹”举办庆功宴，颜小莉正端了盘子在角落里默默地吃，就看见黄蔚妮一边接受着同事们或真心或酸溜溜的祝贺，一边迈着相当招摇的步子朝她走了过来。两人对视了一眼，颜小莉固然有些尴尬，毕竟已经有日子没见过黄蔚妮的笑脸了。黄蔚妮却春风满面，不由分说地坐在颜小莉的对面，以闺蜜的口吻娇嗔地抱怨：

“这两天累死了。”

“您应该多休息……”

“就是个劳碌命。”黄蔚妮耸了耸肩，突然朝颜小莉凑近了两寸，“你找过尹珂东了？”

黄蔚妮的态度竟然来了个一百八十度的转变，主动谈起那件事了。颜小莉惊奇地迎着对方的目光，点了点头。

黄蔚妮继续问：“你还带他去了山上？”

“蔚妮姐，我不是成心要捣乱……”

“这个我相信。可你有没有想过，你那么做给我带来了多大的麻烦？麦克黄丢了，我心里本来就已经很难过了，公司的那个项目又忙得焦头烂额的。你倒好，不给我解忧，反而还尽给我添乱。”黄蔚妮既撒娇又责怪地嘟起了嘴，“颜小莉，咱们不是朋友吗？我对你也还算不错啊。”

“这个我明白……”

“但你表现得可不像个明白人啊。”黄蔚妮轻叹了口气，忽然握住了颜小莉的手，声音是动情而且娇滴滴的，“算人家请你帮个忙，那件事儿就这么过去了行么？我不希望它影响咱们俩的关系，也不希望它影响到你的我的还有别人的生活。”

颜小莉和黄蔚妮对视着。黄蔚妮的眼睛清澈活泼，眸子明亮，眼角没有鱼尾纹，今天戴了蓝色的美瞳，配合着富有立体感的脸形，呈现出异域美女的风情。她有多大岁数了？对于这个问题，公司里流传着各种说法，有人说都快“奔四”了，有人说才二十五六。而黄蔚妮最让人佩服的本事，就是能用她那明星级别的保养和演技来掩饰年龄。在颜小莉看来，她有时干练冷酷得像个饱经沧桑的成人，有时又天真烂漫得像个未经世事的孩子，并且该干练冷酷的时候干练冷酷，该天真烂漫的时候天真烂漫，分寸时机拿捏得炉火纯青，分毫不差。这就叫“人精儿”，快成了精的人。

而现在的黄蔚妮处于哪一种状态呢？大概是两者之间的过渡环节吧。或者说，她想用天真烂漫来掩饰自己的干练冷酷。

但颜小莉却不能任由这场对话再被黄蔚妮主导了。时间有限，机会难得，她一定要把该说的都说清楚，否则黄蔚妮长袖善舞完了，心里受折磨的还是自己。

于是她突然问：“到现在，您还确信自己什么都没看见吗？”

“看见什么？”

“就是救狗那天，在山路拐弯的地方……”

黄蔚妮却笑了，随即打起了机锋：“这跟相信不相信没关系，也跟看见没看见没关系。”

“怎么可能没关系……就算你没看见，我可看见了！”负气的感觉又在颜小莉的心里翻涌起来，她平放在桌上的两手不自觉地攥成了拳头，几乎无法在这人来人往的环境中压抑住自己的声音，“不仅看见了，而且全都证实了！那可是一个活生生的孩子，才九岁，因为车祸，她的腿很可能会落下残疾……你们对狗都可以饱含深情，为什么对人却能漠不关心？蔚妮姐，这可就是良知的问题了。”

说出最后一句话的时候，颜小莉为自己的态度而心惊，但居然也有几分豪壮的快意。那么黄蔚妮会做何表示呢？她是会拍案而起，还是会以嘲弄的态度反唇相讥？在公司里，黄蔚妮的那张嘴可是从来没吃过亏的。但这一次，黄蔚妮却半天也没开口。她只是静默地看着颜小莉，忽然浮现出一丝苦笑来。接着，她站起来，对颜小莉说：

“到外面去吧……既然挑明了，那就索性说清楚。”

说完起身就走，步履飞快。颜小莉的膝盖像条件反射，将身体弹了起来，跟随黄蔚妮走出了餐馆大厅。两人穿过曲折的走廊，来到一片空无一人的天台上。十层楼上的回旋气流立刻将她们裹挟了进去，耳边呼呼尽是风声。

黄蔚妮一直走到水泥护栏边上，才突然转过身来，拢了拢凌乱的头发，对颜小莉重新开口：“那天卡车撞人，我也看见了。”

颜小莉如同挨了一锤，脑袋里浩大地轰鸣一声。黄蔚妮看见了撞人这件事，她以前也有过隐隐的猜测，但无法确认，更没想到对方会毫不遮掩地对自己坦白了出来——语调还是如此平静。

这反而令颜小莉措手不及了：“既然看见了，那您为什么要装成什么事儿也没发生……哪怕和我再到山上去一趟也好啊。”

“去干吗？承认我们就是那起事故的罪魁祸首？你对我倒够大义凛然的。”黄蔚妮从鼻子里冷冷地哼了一声，“可听尹珂东说，你自己不也没承认吗？”

“那是因为我……没钱。但那些医疗费对你来说根本不是大数目，你一个包儿不都要两万多吗？”

黄蔚妮却像刚认识颜小莉一样，又仔细盯了她一眼：“颜小莉，你是真傻还是假傻啊？”

“我不懂您的意思……”

“不懂没关系，我可以告诉你。你刚才不是提到了那个什么——良知吗？那好，咱们就说说良知。”黄蔚妮的脸完全阴了下来，彻底变成了那个干练冷酷的黄蔚妮，“颜小莉你得知道，良知这玩意儿也是有价码的，而且对于每个人来说，标价都不一样。对于你来说无非是几万块钱的事儿，但对于我来说，良知的价码就要高得多，已经不是区区一点儿医药费和赔偿金的问题了。我在外企干了十多年，换了几个公司，为了工作连婚都没结，一步步地从小业务员干到了副总监，完成这个项目之后马上就要升总监成为合伙人了——那么好，假如我如你所愿，在这个节骨眼站出来把这事儿扛了，而那家人又知道了我的背景我的身份，他们会不会要求我负担更多的责任？他们会不会到法院起诉我危险驾驶，到公安局举报我肇事逃逸，再到网上去诉苦，煽动一群好事之徒来人肉我？而你也知道，咱们这种外资公司，从来是看重社会形象的，如果真闹到那一步，我的事业不就完了吗？这么高的价码我也负担不起啊。”

颜小莉无言以对。道理从黄蔚妮的嘴里讲出来，的确是情有可原、无可争议。不仅对于她，对于尹珂东和徐耀斌也是如此——假如那两个男人也看到了车祸的一幕的话。都说光脚的不怕穿鞋的，但人一旦穿上了鞋，从此最怕的就是打赤脚了。颜小莉不得不承认，自己并不比黄蔚妮他们“有良知”到哪里去，她只是还没得到什么也就无法失去什么，因此尚未具备人家的深思熟虑与高度理性罢了。

那么，她打算理解黄蔚妮、体谅黄蔚妮了吗？但黄蔚妮再有苦衷，比起马上就要落下永久残疾的郁彩彩来说，又算得了什么呢？黄蔚妮身上没有皮肉之苦，郁彩彩受的却是骨髓之痛。尽管没有黄蔚妮的话，颜小莉就得不到眼下这份工作，尽管黄蔚妮是颜小莉留在北京后交上的唯一一个朋友，但在黄蔚妮和郁彩彩之间，颜小莉只能选择后者。

她似乎无法控制自己。

于是颜小莉对黄蔚妮摇了摇头：“蔚妮姐，再大的理也大不过天理，再重的事也重不过人命啊。”

黄蔚妮脸上的温度已经降到了冰点：“颜小莉，你这人也太轴了。”

“不是我轴，是我实在看不下去……”

“看不下去的事儿多了，但你还是先想想你自己吧。”黄蔚妮强挤出一丝笑来，“顺便再跟你透个底，这次项目做下来之后，公司的业务会发生很大变化，以前的总监将要派驻上海，销售部会由我来具体负责，并且还要补充新鲜血液——趁这个机会，我可以把你招进来……”

从前台变成销售，这可谓是一步登天。如果是在几天之前听到这个消息，颜小莉一定会感恩戴德得恨不得把自己的心肝儿都掏出来，热气腾腾地捧给黄蔚妮。但现在，她看着对面那张漂亮得像假人似的脸，却读出了另一种意味。黄蔚妮的笑容似乎是诚恳的，但同时又是胸有成竹的，她仿佛看穿了颜小莉：你想要的不就是这个吗？你装腔作势满嘴良知之类的大词儿，不就是等着我开出一个价码来吗？

颜小莉的嘴唇发抖："你收买我？"

"也可以这么理解。"黄蔚妮毫不避讳。

颜小莉脑袋发晕，一股饱受侮辱的悲愤涌了上来，转化成表情却是充满挑衅的鄙夷："黄蔚妮，我看不起你。"

也正是这句话，让黄蔚妮彻底丧失了冷静。她的整张脸都扭曲了，右手扬了起来，像风中干枯的树杈一样挥舞，仿佛随时会一巴掌抽在颜小莉脸上。但她最终没有打下来，只是用手指指着颜小莉的鼻子说："看不起我？你有什么资格看不起我？别忘了，你的工作相当于是我给的，没有我，谁知道你在哪儿混着呢，没准儿都到燕莎桥底下站街去了！亏我还把你当朋友，你这时候倒跟我摆起谱儿来了！我算是看透了你们这种人了，就是蹬着鼻子上脸，要钱没钱要地位没地位还特迷恋于站在道德的制高点上俯视别人——颜小莉你装什么大尾巴狼啊你？你配吗你？"

黄蔚妮的话音清脆急促，在颜小莉听来，犹如成串儿的玻璃器皿噼里啪啦地坠落、碎裂。至此，她终于和她感激的、崇拜的、想要变成对方那种人的黄蔚妮翻了脸，恩断义绝。但颜小莉却并不为此痛心，她只是忽然发现了一个事实：在黄蔚妮的眼里，"我们这种人"和"你们这种人"从来都是分得很清楚的，就像北京的昆玉河与她们家那条饱受污染的臭水沟一样，永远不可能合流。那么黄蔚妮当初帮助自己，除了培养一个听话的小跟班之外，或许也是为了通过施舍来满足她那高高在上的优越感吧？

“我不配……但我知道人要为自己的行为负责。”颜小莉犟嘴似的回答。

“那你自己去负责吧，你高尚你伟大行了吧？”黄蔚妮甩下颜小莉，回身就走，走了两步突然又转过头来，“但别以为你的话就是有用的。尹珂东已经保证路上没有摄像头了，所以即便你把事情全都抖出来，我们也不会承认那天追过卡车更不会承认卡车撞到了人！徐耀斌家开的那个度假村会给我们作证，说我们那天上午去他们那儿烧烤了，动物保护中心的人也是尹珂东的朋友，他们不会告诉警察那车狗的信息是我们提供的——你想一个人跟我们所有人作对吗？先掂量掂量自己的斤两吧。”

敢情人家早就串通过了，而且做好了应付“最坏情况”的打算。另外，虽然黄蔚妮没说，颜小莉这份前台的工作恐怕也干不了几天了吧。到了月底，那个本来就得罪过的上司一定会趾高气扬地来通知她走人。颜小莉听着黄蔚妮的高跟鞋声咯噔咯噔地消失在天台尽头，惨然笑了一声。这可是你们逼我的，蔚妮姐，颜小莉想，你们把所有的路都堵死了，除了执行那个计划，我再也拿不出别的办法来了。

颜小莉又回忆起了女孩郁彩彩那张苍白的脸。她希望以此为激励，让自己把事情做得更绝一点儿，更理直气壮一点儿。

9

先看到那段视频的并不是黄蔚妮，而是她手下一个姓齐的销售代表。那人四十多岁，前两年刚在北京买了房，又被房贷压得透不过气来，头顶上的毛发都剩不下几根了。人一旦压力过大，就会染上一些令人费解的癖好。老齐不抽烟不喝酒，专爱在网上看一些重口味的、暴力的内容，尤其以虐待动物的为主。什么“大皮鞋踩小白兔”“微波炉烤猫”“活剥水獭”，类似的东西塞满了老齐的网页收藏夹，只要手头没事，就会打开来偷偷看上两眼。

这种人当然遭受了以黄蔚妮为代表的动物保护主义者的集体排斥，但老齐却也振振有词：“那些事儿又不是我干的，我就是批判地看看，这也不行吗？”而这天中午吃完饭，销售部的人都围在新任总监黄蔚妮的身边聊天，只有老齐偷偷溜到办公桌前，打开了电脑，点开了一个链接。嗷嗷乱叫的声音立刻传了出来。

“你再看这些玩意儿的时候别出声行不行？”一个女孩抗议道，“午饭都快吐出来了。”

老齐倚老卖老地哼了一声，不情愿地插上耳机。然而没过一会儿，他嘀咕了一声：“怎么看着那么眼熟啊？”

因为戴了耳机，他的声音格外大。便有一个胆子大点儿的女孩好奇地凑了过去：“你又看什么恶心东西呢？”

她在电脑前扫了一眼，立刻哇地大叫一声，然后转过头来：“麦克黄……蔚妮姐，麦克黄！”

黄蔚妮跑到老齐的电脑前，脸色随即变得煞白。进而，她的两腿开始发抖，一屁股坐在了旁边的转椅上。

屏幕上是一只拉布拉多，浑身上下这儿一块儿那一块儿的污痕，只有脖子上的那条红项圈还算鲜亮。它的四条腿都被绑得结结实实，嘴上戴着专用的口罩，一只粗壮的、生满老茧的手从镜头外伸了进来，扯起一条狗腿，按在一张木板上，另一只手拿出一根又细又长的钉子，对准狗爪子。

所有人胆战心惊地屏住了呼吸。一个女孩说："别……别！"

当然没人听她的，几秒钟之后，一只锤子抡了下来。钉子穿透了狗爪子，钉进木板。

然后，又是第二根钉子，还是那只爪子。老齐也不知出于什么心态，这时突然拽下了耳机，于是麦克黄的哀鸣充满了整个儿办公室。黄蔚妮半张着嘴，急促地喘息起来。

屏幕上的酷刑仍在继续，开始钉另一只爪子了。看来那个没有露脸的、手臂粗壮的男人是想把它牢牢地钉在木板上，做成一只会叫会动，只是不会走的活标本。被钉了两根钉子的爪子果然紧贴着木板无法离开，脚趾缝里流出了殷红的血。

随着黄蔚妮一声抽泣，有人赶紧抓过鼠标关了视频。大家看见，这段视频名叫"令人发指！这样对待流浪狗惨无人道！"仿佛加上一个义正词严的标题，网站就可以放心大胆地用这种内容博取点击率了。

那天下午，黄蔚妮声称身体不舒服，连一个重要会议都没开就请假回家了。隔了一天，她才脸色憔悴地出现在公司，而同事们虽然围过来嘘寒问暖，但都带着一副讳莫如深的表情。尤其是那个老齐，讪讪地躲着黄蔚妮的眼神，但又好像有什么话不得不说。

等到黄蔚妮打开电脑，就瞒也瞒不住了。新的一条虐狗视频登上了她常用的那个邮箱网站的首页，题目是："活拔狗牙，人性何在?”

这段视频的主角还是麦克黄。它的四只爪子已经被钉死在了木板上，浑身的关节中只剩下脖子可以扭动。仍然是那双粗壮的、长满老茧的手，夹着它的脑袋，硬掰开它的嘴，把一只锈迹斑斑的老虎钳子伸了进去。一扭两扭，伴随着咔吧一声脆响，一颗弯钩状的犬牙便淌着鲜血，活生生地拔出来了。

麦克黄的眼泪，从它那小姑娘一般纯良的大眼睛里滚了出来，黄蔚妮的咖啡杯随之落在了地上。

接着，她猛地弯下腰，对着废纸篓声势浩大地干呕了两声。当黄蔚妮抬起头来，精致的脸上已经挂满了眼泪以及其他别的什么汁液，她掏出手机，拨了个号码，当着办公室所有人吼叫起来：

“尹珂东吗？你他妈的一定要把那段视频的罪魁祸首找出来，我要把他千刀万剐！你再告诉徐耀斌，这件事儿你们俩谁办成了，我就陪谁睡觉！你们一天到晚死皮赖脸地跟我这儿起腻，为的不就是这个吗?”

然后身体像没了骨头，缓缓地顺着办公椅滑了下去，嘴里已经开始胡言乱语了：“麦克黄，妈妈来救你了……妈妈又自私又没用，所以才会把你丢了落到坏人手里……”

见黄蔚妮简直要有精神失常的迹象，公司的人赶紧冲进她的办公室，掐人中的掐人中，灌凉水的灌凉水，又有人给大楼里的医务室打电话。直折腾了一个上午，连隔壁办公室的外国人也惊动了。本着人道主义精神和狗道主义精神，老板当场给黄蔚妮放了长假，允许她“什么时候解决了自己的问题，什么时候再来上班”。

这相当于刚升了职就自动“靠边站”了。围绕着黄蔚妮那十几张殷殷关切的面孔底下，谁知道藏着多少庆幸以及蠢蠢欲动的心思。

而正是这一天，公司里还有一个不显眼的小人物提出了辞职，那就是颜小莉。

那两段令黄蔚妮魂飞魄散的虐狗视频当然和她有关，而且还是她和于刚两人亲手拍摄，再上传到一个重口味论坛上的。麦克黄的哀鸣至今还在她的耳边回荡呢。把辞职信递到上司办公桌上时，颜小莉紧张得像被人掐紧了脖子，连气都喘不上来了。她生怕别人看出自己那双死鱼一般的眼睛里流露出的心虚和恐惧。然而没人在意她。颜小莉和黄蔚妮闹僵了的事实，身边的人都看得一清二楚，没有了唯一的靠山，谁都知道她待不长。自己走还算识相的，要是等到被撵走，那就丢人丢大了。

要收拾的东西不多，凌乱地塞进一只帆布书包，就算把位置腾了出来。走出公司坐电梯下楼的一路上，也没人跟她打招呼，甚至没人多看她一眼。颜小莉站在玻璃外墙大厦的门口，远远地看着黄蔚妮被人护送上了一个同事的车，这才走向大街，隐没在公交站牌底下南来北往熙熙攘攘的人群中。

她没回大兴的住处，而是换了两趟车，过了中午才赶到山上的小院儿。进了门，颜小莉把专门在路上买的一包吃食放在地上，和女孩的妈聊了两句，便进屋来看郁彩彩。郁彩彩仍然下不了地，但前两天刚被于刚背到医院做了复查，腿上的石膏换了层新的。她静静地躺在床上，脸上浮现出与年龄不相称的忧愁神色。

颜小莉捧起床头的课本，本想尽一尽“老师”的义务，女孩却突然问："麦克黄还好吧？"

"还好……"颜小莉把脸藏在书里，"上次领它走的时候，不是告诉过你，已经找到它的主人了吗？"

"北京那么大，怎么找到的？"

"上网啊。丢了狗的人肯定着急，我们在网上把消息一发布，人家自己就联系过来了。"

"可惜它吃不上我妈烙的葱花饼了。"

"人家那种狗，都是吃进口罐头的。"颜小莉不自然地笑了笑，"放心吧，它的日子过得可滋润了。"

女孩果然欣慰地点了点头，突然又问："我的腿会瘸吧？"

"你别听人瞎说。"

"医生说的。检查的时候，我听见他在催我妈，说再不做手术就耽误了。"

"你妈说什么？"

"我妈什么也没说。"

颜小莉摸了摸孩子的脸："耽误不了。一个小手术，一点儿也不疼。"

小屋门外的天空里，大团流云正被南风催赶着，朝山的另一边涌去。

这天回城的路上，被颜小莉调到最大音量的手机终于响了一声。是于刚发来的短信。出于谨慎，自从开始执行那个"计划"，她就要求对方只用短信跟自己联系了。于刚待的地方人多眼杂，他又是个响亮的破锣嗓子，保不准哪句话就泄露了行踪。

第一条短信的内容简介：他们找上我了。

颜小莉回信：怎么说的？

随后这条就要详细一些：刚开始威胁要报警，我说那你们就等着给狗收尸吧；然后他们主动提出要把狗赎回去，问怎么联系我，还问要多少钱。

颜小莉回道：把我给你买的那个新手机的号码告诉他们，别在网上聊了。

公交车绕着四环路，开到大兴，才一进门，短信就又响了。仍然是于刚：打电话了。

你没被听出来吧？颜小莉回信问道。

没有，我捏着鼻子说话的。于刚说。

跟你说话的是那个女的吗？

是个男的，大粗嗓子。

果然是尹珂东。颜小莉的心沉了一沉：要是徐耀斌的话，或许更容易对付一点。但事到如今也顾不得许多了，她给于刚发短信：怎么说的？

没怎么说，就是谈价钱。我按照你交代的，要三万。他说贵，我说那就算了，我们杀狗。他说要再商量商量。

让他们商量去。颜小莉回道，他们肯定会答应。

发完这条短信，颜小莉出门买了份快餐，细嚼慢咽地吃了，等到室友把卫生间空出来，又进去仔细洗了个澡。一切忙活完，已经晚上九点多了。平常的这个点儿，她大都会歪在床上看看杂志，或者到客厅和大家一起追两期综艺节目。但今天，这些娱乐都无心进行了，她打开自己那台嗡嗡乱响的老款笔记本电脑，点开了最近一条虐狗的视频。

视频底下，已经跟了上千条留言，网民们的言辞何止是谴责，简直把做那种事的人的祖宗八代都骂遍了。还有人信誓旦旦地宣布，如果虐狗者被他们抓住，就要以其人之道还治其人之身，也施以钉手、拔牙等酷刑。进而又有人分析，这起虐狗事件的实施者一定是比前些日子虐猫、虐兔子的那几个女人更加心理阴暗而变态，因为他们甚至不敢在网上露出真面目，这说明其目的不是为了宣泄情绪，而是折磨公众的神经。

这就有点儿过度阐释了，颜小莉针对的并不是什么虚无缥缈的“公众”，仅仅是黄蔚妮一个人而已。至于不露面，也是因为根本没那个必要——黄蔚妮或者尹珂东只要在网上查找出最先发布那两段视频的论坛以及登录账号，就可以和守候在城市中某个网吧里的于刚取得联系。随后的事态进展，果然和她所料想的一样，威胁、谈判、互相试探，并将最终以颜小莉这一方一口咬定绝不让步的那个价码成交。

手机上的时钟跳到了十一点，于刚又发来了短信：他们答应了，说明天就要见面，一手交钱，一手交狗。

颜小莉回他：让他们中午十二点到亮马桥东北角那幢写字楼的停车场地下三楼。

那地方离于刚所在的位置不远。黄蔚妮大概绞尽脑汁也猜想不到，麦克黄就关在她公司斜对面那幢老旧住宅楼的地下室里。而颜小莉之所以这样安排，是为了避免于刚带着狗上街赶路，碰巧被看过那段视频的人认出来。

二十分钟后，于刚发来了最后一条短信：你确定要这么干？

颜小莉回他：开弓没有回头箭。

然后她和衣躺在床上，枕戈待旦。那个计划虽然早在脑海中有过一闪念，但真走到这一步，还是让颜小莉有了不可思议的感觉。她甚至觉得生活是神奇的、疯狂的——短短的几天之中，她经历了“速度与激情”式的飙车，拒绝了一个让人眼馋的职位，眼下又摇身一变成了一个变态虐狗狂，一个勒索犯了——而且还是那种“有组织、有预谋”的犯罪分子。

这还得感谢麦克黄。如果不是它在恰好的时间出现在了恰好的地方，颜小莉实在不知道事情该怎么了局。假装什么都没发生过吗？她明白自己做不到。如果郁彩彩的腿就此残了，也许颜小莉一辈子剩下的时间都要伴随着噩梦度过。她还年轻，不想也不敢背负与一个孩子一生相关的心理包袱。那么豁出去了，向警察自首并举报那天救狗行动的所有参与者呢？假如那些人真像黄蔚妮所说的那样集体串供、矢口否认，那么在拖延和扯皮的过程中，背负责任的只剩下了于刚这个身无分文的傻小子。把一个走投无路的人再往绝境里推一把，这种事儿颜小莉也做不出来。

但现在，颜小莉找到了一条在夹缝中突围的小径。虽然事情的面目变得邪恶而惨烈，并且闹到了满城风雨的地步，但她也只能走一步算一步。

那夜因为失眠，睡得很晚，第二天一睁眼，已经九点多钟了。颜小莉爬起来，草草吃了几口面包，在十一点之前到达了公司大楼。

她进门之后拐进了安全出口，沿着逼仄、潮湿的楼梯连下三层，来到了那片处于大厦最底层的停车场。因为消防设施不达标，这里自打建成以来就没有投入过使用，而接近正午时分，头顶的两层也不会有什么人停车或者开车出去，地点和时间都有利于悄无声息地完成她的计划。

颜小莉到了一会儿，于刚才背着一只塑料绳编织而成的大号麻袋出现了。他得趁着大厦保安们去吃饭时绕过门岗，把麦克黄搬运进来。麻袋鼓胀胀的，不时耸动一下，可见是活物儿，但因为把嘴困住了，叫不出声响来。麦克黄，你受委屈了。颜小莉无声地拍了拍它。

于刚从怀里掏出两只滑雪帽，分给颜小莉一只。两人带上，看着对方蒙住了整张脸只露出两只眼睛的模样，扑哧笑了。

“怎么跟电影里的银行劫匪似的……”

“也像绑架分子。”颜小莉说，“干什么事儿就得有什么样。”

然后，两个有模有样的反面角色一起抬起麻袋，将它搬到停车场拐角的一根水泥柱子后面。从那里，可以大致看清整个儿停车场的概貌，同时不容易被别处的人发现。然后他们背靠着柱子坐下来，谁也不再说话。

长得像一个星期似的一个小时慢慢流逝。还差几分钟就要到十二点的时候，脚步声在停车场里回荡起来。颜小莉侧头窥探一眼，看见一个高而胖的男人走在空空荡荡的水泥地上，一边走，一边掏出打火机点了根烟。火光照亮了尹珂东白白嫩嫩的脸，他的手上还拿着一只超市的购物塑料袋。

颜小莉捅捅于刚，后者从滑雪帽下发出深重的喘气声，霍地站了起来，从水泥柱后面绕了出去。

两个男人在阴暗的光线里逐渐接近，相隔不到两米时几乎一齐站住，相视而立。许多警匪片的结尾都是在这样俗套的环境俗套的氛围中上演的，但正因为是俗套，紧张的情绪才在各自的心中得到了加倍的渲染。尹珂东与于刚像头一次见面一样互相打量着，刺探着对方的眼神。

过了半晌，尹珂东才开口了："帽子这么厚，热不热啊？下次换丝袜吧。"

为了不暴露声音，于刚必须掐出一副假嗓子，这使他无法像对方一样通过废话来缓解情绪、增强气势："钱呢？"

尹珂东扬了扬手里的塑料袋："狗呢？"

"先看钱。"

尹珂东嗤笑一声，敞开袋口，露出方方正正的几叠百元大钞，复又紧紧攥住："把狗带过来吧。狗要是死了，你们一分钱也拿不到。"

于刚没再说话，转身走回水泥柱子后面。他朝颜小莉点了点头，单手拎起犹在无声耸动的麻袋，肩膀向右倾斜，颇为吃力地走回尹珂东所在的方位。

终于走到最后一步了。只要交接完成，即可万事大吉。

停车场里忽然响彻一声哀鸣，是狗叫，凄凉而悲惨。难道口罩绑得不够紧，被麦克黄挣脱了吗？

随即，一个女人尖厉的声音传了出来："麦克黄！"

伴随着一人一狗的两声惨叫，颜小莉听到了更加浩大的声音：奔跑声、咒骂声、棍棒与地面的摩擦声……几条黑影从停车场的楼梯间蜂拥而出。领头的是徐耀斌，他挥舞着孱弱的瘦胳膊，在两名剃板寸带金链子的壮硕男人的簇拥下勇猛无比，两眼放光地朝于刚扑过来。

颜小莉从水泥柱子后面跳出来，大喊："快跑！快跑！"

为时已晚。对方人多，又早早堵死了唯一通向地面的出口，跑是跑不掉的。先引蛇出洞再一网打尽，这样的战术也是尹珂东与徐耀斌他们早就有所计划的吧？颜小莉不得不绝望地承认，自始至终，她都身处在一个不对等的游戏之中。虽然她自以为戳到了对方的痛点，但不论是在财力、智力、人力还是意志力方面，她和于刚"这种人"都处于绝对的下风。

场面混乱但又毫无悬念，于刚慌里慌张地东逃西窜了几个来回，轻易地被按倒在地。紧接着就是一顿气势汹汹的、充满了正义性的群殴。徐耀斌等人把他的脑袋牢牢地按在水泥地上，胳膊反剪到背后，令其动弹不得，同时用拳头捣他的肋骨，用皮鞋踢他的大腿，还用木棍对他施以杖刑。一边打，一边像喊劳动号子一样宣誓：

"虐待动物，天理不容！"

"没有人性，不配做人！"

"打死偷狗贼，打死勒索犯！"

"狗狗是人类的好朋友，是人类的亲人！"

颜小莉闭上眼，不忍再看像沙袋一样闷声不响的于刚。然后，她只觉得肩头一紧，两脚悬空，就那么蜷缩着，被人像捉小鸡一样从角落里拎了出来。

再睁开眼时，四周都是人腿。她歪在地上，看着一双纤细的、踩着高跟鞋的女人的脚从远处缓缓而来，步履轻盈，姿态优雅。不管是女侠、女王还是女神，都要选择最恰当的时刻登场，从而保证她的光芒童叟无欺地照耀每一个人。

人们给黄蔚妮让开了路，她低着头，面无表情地盯着头戴滑雪帽的颜小莉。一侧的于刚又挨了两脚，终于吭吭叽叽地哭出声来。

“这时候装起可怜来了，你想过被你们虐待的狗有多可怜吗？”徐耀斌作势又要抬腿。

“别打了。”黄蔚妮说。

“我就是气不过……麦克黄都被他们折磨成什么样了。”

“打人也解决不了问题。”黄蔚妮似乎有点烦躁地呵斥道。她的冷静让其他的人叹服：以暴制暴，这不就把我们这些爱狗人士的档次降低到和虐狗的人一样了吗？这就是情怀这就是素养这就是境界。

“那这事儿怎么办？把他们送公安局？”徐耀斌问。

一直在旁边深沉地冷笑的尹珂东突然开了口：“公安局当然是要送的。不过我想，在报警之前，我们还有一件事要做，就是用手机把这两个人的真面目拍下来，也上传到网上去。我们得让网民都知道，麦克黄被我们营救出来了，而且残害它的罪魁祸首也被绳之以法了……”

他的提议立刻得到了赞同，有几个人已经掏出了手机：“对于这种人，就应该把他们曝光，让他们遗臭万年。”

于刚挣扎着扯住脸上的滑雪帽，哭得更响亮了。颜小莉却呆滞地昂着头，长久地与黄蔚妮对视着。她突然从黄蔚妮的眼里发现了某种极其复杂的、一言难尽的况味：愤怒、嘲讽、迷惑、伤感、心如死灰……

一只手抓住了她头上的滑雪帽，哗啦一声，真相大白。参加过第一次营救麦克黄的人全都愣住了。

黄蔚妮却丝毫没有惊讶的神色，她慢慢地蹲下来，一寸一寸地贴近颜小莉的脸，直到两人都可以清晰地看到对方眼珠中自己的投影，然后才说："我早就知道是你。"

颜小莉咬了咬牙，沉默不语。

黄蔚妮继续说："你辞职的时候我就猜到了。在公司楼下，你根本不敢看我的眼睛。也只有你才会挑选这样一个地方来让我们交钱。"

颜小莉仍不说话。

黄蔚妮的声音却突然嘶哑了，眼角几乎开裂，想要迸出血来。她一把攥住颜小莉的衣领，猛烈地摇晃着她叫道："你为什么要这么干？你只要直接告诉我麦克黄在你手上不就行了吗？不就是想要钱吗？我会给你的，要多少给多少！你干吗要虐待它？想通过这种事儿来折磨我吗？那我告诉你，颜小莉，你的目的达到了，现在你可以满意了吧！但麦克黄有什么错？它招谁惹谁了？它比你比我比所有的人都要善良得多，你不也标榜过善良标榜过爱心吗？现在瞧瞧你干的事儿，简直不是人，是魔鬼！"

黄蔚妮的表现把所有人都惊呆了，他们看着这个突然之间情绪失控不能自已的女人，居然比看到那两段虐狗录像的时候还要心惊胆战，手足无措。他们也不知道应该上来安慰她，还是和她一起同仇敌忾地指责颜小莉。然而颜小莉的表情却越来越平静，越来越安宁，嘴角甚至滑出一抹近似于笑的表情来。

“她他妈的还挺得意……”不知是尹珂东还是徐耀斌嘟囔了一句，因为声音太低，连粗嗓子和细嗓子都难以辨别了。

颜小莉握住了攥在她领口上的黄蔚妮的手，轻轻一拉，那双手就松开了。她慢慢地站了起来，动作优雅，仪态端庄，像极了当初毫无预料地走到她身边的黄蔚妮。颜小莉想，黄蔚妮说得没错，如果只是想要钱，那么只要发两张麦克黄的普通照片给她就能实现，那两段骇人听闻的虐狗视频的确是多此一举。她为什么要那么做呢？黄蔚妮感到无法理喻但在颜小莉这里却不难理解，那就是：她突然涌起了强烈的惩罚欲望。她想要惩罚黄蔚妮，她认为自己有资格惩罚黄蔚妮，她感到通过惩罚黄蔚妮，就能够对女孩郁彩彩做出钱以外的、某种道德意义上的补偿。

但她的预想实现了吗？现在的颜小莉却感到了茫然。或者说，她有什么权力决定该惩罚谁，该怎么惩罚？

好在事情已经接近收场了。

颜小莉走近刚才被于刚丢下的那只麻袋，蹲下来，有条不紊地解开了扎口的绳索。麻袋里的耸动更激烈了，像蛋里的新生命正要破壳而出，并伴随着一声比一声响亮的哀鸣。然后，绳索与麻袋一齐褪去，麦克黄露了出来。它陡然看见了光，仿佛有点不能适应，然后紧张地打量着围拢过来盯着它审视的那些认识的不认识的人。

最后，它看到了黄蔚妮，欢呼一声扑了上去，一头扎进她的怀里，摇头晃脑地嗅着她身上久别重逢的香味。

不仅是黄蔚妮，在场的所有人都看到，麦克黄毫发无损，全须全尾。

10

颜小莉沿着山路往下走。刚下过了一场小雨，但脚下的土路并不泥泞，身边的树木却被冲刷得格外嫩绿，有些矮树的枝头还开出了一团一团无名的花。到这山上来了几次，颜小莉才第一次有心情看景色。

刚过去的那件事还在她心头回荡。她想起上午去看望郁彩彩的时候，女孩还专门问起了麦克黄："它现在好吗？"

"很好，好得不能再好。"颜小莉说。

"它回家以后会想我吗？"

"当然会。你也是它的朋友嘛。"

"但我们也只能把它送回去，对不对？"郁彩彩似乎有点忧郁，又问，"它的主人见到它，是不是很高兴？"

"感动得都快哭了……人家还说谢谢你。"

郁彩彩欣慰地笑了。而此时的颜小莉想起黄蔚妮，竟不知是一种什么样的感触了。就像黄蔚妮在地下三层停车场看着颜小莉时，同样百感交集。

视频里那条狗当然是麦克黄，只不过它的爪子是被用双面胶粘在了木板上，钉子是从趾头缝之间钉进去的；从狗嘴里拔出来的当然也不是狗牙，而是颜小莉拆了自己的一串动物牙齿造型的塑料项链。这两个伎俩结合拍摄角度的变化，再搭配用番茄酱调成的鲜血，在电脑屏幕里就足以乱真了。而麦克黄的哀鸣也很配合——哪只狗被人摆弄来摆弄去，都会呜呜大叫。

别人仍要把颜小莉他们扭送到公安局去。虐狗是假，勒索是真，一样罪责难逃。

颜小莉垂头看着脚下，一副听凭发落的样子。

但她却听见黄蔚妮低沉地说："算了。"

"干吗算了？对这种吃里爬外的人就不能同情!"尹珂东插嘴，"再说我们好不容易才……"

黄蔚妮像没听见他的聒噪，继续对颜小莉说："你走吧，以后咱们谁也不认识谁。"

于刚已经捂着肚子爬起来，趁机拽了颜小莉一把。旁边的人反复被黄蔚妮这反常的神色举止慑住了，也痴痴愣愣地让出一条路来。

颜小莉和于刚往外没走多远，背后的黄蔚妮忽然又说了一句："这个拿着。"

颜小莉回头，一只塑料袋抛了过来，里面装的是那五万块钱。

这些钱，她在看望郁彩彩的时候，偷偷塞在女孩床头的小书桌抽屉里了。

走到那天出事的拐弯，于刚在那里等她。两人也没再唏嘘，径直往山下走去。一会儿到了国道旁，颜小莉才问："你去哪儿?"

"回内蒙古。亲戚又帮我在锡林郭勒找了个工作，说是当司机，还能送我去考驾照。"于刚说，"你呢?"

"还在北京。明天有个招聘会。"

两人互相点了点头，就此各奔东西。颜小莉横穿过国道，很快就拦到一辆出租车，上车后一回头，马路对面的于刚也不见了。车子轻快地行驶了几分钟，道路便拥堵了起来，再往前蹭一段，便发现是一辆卡车占据了内侧车道，开得又慢，挡住了后车。出租司机嘟囔了一句“怎么碰上这么一面瓜”，然后也像别人那样小心翼翼地并线，从卡车的一侧超过去。

颜小莉清楚地看到，那辆卡车的车斗也被改造成了铁笼，笼子里面装的都是狗。那是一些毫无品种可言的菜狗，一个个蔫头耷脑的，却也不声不响，仿佛对即将到来的命运毫无怨色。这种狗就算被送到狗肉馆里去，八成也不会有人来救它们吧。

颜小莉凝神与其中一只黄白相间的狗遥相对望，竟感到那狗有些许言语想对她说。

寻三哥而来

那男人不是个一般人，起初孟琳琅竟没看出来。下午，她骑着电动车进小区，就觉得背后有人跟她。心里一虚，停车回望，干道空无一人，岗亭里的保安在刷手机。琳琅再想上车，一个膝盖火辣辣的疼，手也扶不住把似的。

好在家也不远了，她索性推车挪了一段，从车把上摘下菜来。

进屋先洗菜，开火，做的是海带炖排骨、茄子熬鲇鱼；此外切了一盆面。然后才到一楼厅里乱翻，总算找出两个创可贴，随便粘在伤处。这时就听有人敲门。小区装有对讲，但外面那人只是敲，不疾不徐。琳琅心里便又一虚，跑到二楼，蹑脚上了露台，隔着两盆半死的花木往下张望。就见门前站了个男人，穿身工装，已然脏得看不出是灰是蓝，胯上斜吊着一只单肩包。身量不高，也就一米六出头。看侧脸约莫有三十多岁，额前半秃，仅剩的短发形成一个锋利的尖儿。他不像快递，并且琳琅也没叫快递。

然而琳琅还是下楼开了门。一是因为男人敲得很有耐性，咚咚，咚咚，周而复始，仿佛与屋里的人角力；更重要的是她听见男人叫了两声，河南口音，口称三哥。这几年管三哥叫三哥的人不多，而琳琅知道，三哥的旧相识才叫他三哥。三哥也让琳琅叫他三哥。那么琳琅想，来找三哥的应该不是那种她所害怕的人。

但等开了门，还是反应过来有点冒失。三哥就批评过琳琅：你那脑子转到一半儿，事儿就做到脑子前面去了，这不好。三哥还说：幸亏是个妇女，要是男的就会吃大亏。所以琳琅心里再一虚，没看门口的男人，而是掠过男人耳侧，望向他身后。小路，花坛，树木，远处是个湖。物业的人正在除草，邻居一如既往地不见踪影。将目光收回时，才发现男人的耳朵与别人不同：个儿小，轮廓扭曲，像被揉搓成了一团。那是一只不甚惨烈的残耳。琳琅这时又诧异男人是怎么进来的，不过转念一想，也许门岗把他当成哪户邻居家的工人了吧。这个别墅区入住寥寥，断续有人装修。

她嘴上问：找谁？

男人重复：找三哥。尉三。

这三哥果然是那三哥。琳琅又问：那你是谁？

男人说：我是郑六啊。

六比三小，要称哥。但琳琅说：三哥不在家。说完又后悔——她的意思就是，这里也是三哥的一个家。同时她还诧异，这男人是怎么找到的三哥这个家，不过转念又一想，大概是三哥老家的人口口相传，而三哥也只在这些日子以来行事谨慎，以往对村里亲戚全不提防的。这倒是三哥的大意之处了，琳琅想，有机会也要批评一下三哥。

叫郑六的男人看似远道而来，却没露出失望。又问：什么时候回?

琳琅说:说不好。他忙,到处跑,到处有家。

郑六又问:你是三嫂?

琳琅不知该不该接这称谓,反问:那你看我像保姆吗?

郑六如同吃了一瘪,不语。这时琳琅才细看他的正脸,小眼阔嘴,胡子拉碴。郑六却又低头,看向琳琅膝盖上的创可贴。琳琅穿得满身精致,但他偏偏盯着伤处。又片刻,两人互相把眼挪开。琳琅再问:找三哥什么事?

郑六说:也没大事,回头再说吧。

说完转身,沿小路走出去。也没说去哪儿,也没说还来不来。

琳琅怔了一怔,没叫他,径自回屋。心里却有些悬着,更加后悔刚才开了门。好在呆坐片刻,屋外再没动静,她又出去转了一圈,别墅区里一如既往地寂寥。玉兰没有树叶,花瓣碎了一地。等转回来,煤气灶上的两样炖菜也好了,砂锅里飘出黏腻的香。又换锅开火,做了一盆同样气味浓郁的面,而后将吃食统统装进一个硕大的分层保温桶,出门骑上电动车,重新往小区外面驶去。几年前,她还蹬着自行车满城跑,现在却对两个轮子的交通工具难以驾驭,一摇三晃,差点儿又把自己甩下来。

等琳琅骑着电动车回来,天色渐黑,她又见到了那男人。这次是在小区侧面。一堵两人高的砖墙,墙上拉了铁丝网还竖着碎玻璃,以狰狞捍卫着静谧。郑六端坐在路边一块废弃的水泥板上,一侧放了个包裹,大约是捆扎起来的被子。城乡接合部风尘仆仆,不时驰过的大卡车震得地面微微颤抖。墙影里,面色模糊,身形如钟。

他在这儿待了多久？是不是等了一天甚至更早就来了？而琳琅下午出门没发现他，是因为前往菜市场走的是另一个方向。琳琅忍不住捏了把刹车，硕大的保温桶敲击车头，令男人猝然抬脸。

她尖着嗓子说：我说了，三哥不在。出门了。

郑六的声音仍然又低又哑：出门也有回来的时候。

琳琅便叹一口气，指指那团被子：你就打算睡这儿？

郑六不语。琳琅又说：跟我走吧，天气预报说晚上有雨。

郑六还没琳琅高，在暗处站直的身影却如同耸起一座小山，山上还晃悠着个包袱。片刻，两人行进在马路上。行进的方式也让琳琅略犯了一下难：如果骑车带着郑六，无论从技术还是别的方面来说都不妥，但推车步行她又腿疼。膝盖仍像着了火似的，不仅外皮发烫，里面也承受着炙烤。她一迟疑，却见郑六在身后挥了下手，短粗的胳膊仿佛没关节，直上直下。那意思是你走你的。琳琅只好上车，低速行驶。从后视镜里，就见郑六背着包袱跟在身后，并未奔跑，步子迈得稳当，却始终不曾落后。琳琅有些试探，也有些挑衅地拧了拧油门，电动车跑快了些，耳边嗖嗖有了风，郑六却仍不疾不徐，与她之间的距离像被无形的绳索固定。这男人御风而行，速度与姿态不成正比。

未几绕小区半圈，望见大门却不进去，而是拐上大马路岔出去的一条小马路。这里是镇上的商业街，因为附近建起几个小区而繁华了许多，饭馆排档鳞次栉比，连网吧都有好几家。琳琅将车停在不大不小一家旅馆门口，下车等待须臾而至的男人。郑六到了，头上没汗，只是微微喘气，呼吸均匀。

又不等他说话，琳琅已经进去开好了一个房间。她这才对郑六道：有熟人求到门上，三哥都给安排安排。三哥不在规矩还在，你也不用客气。

郑六看似懂了琳琅的话，但又愣神瞪着服务员，仿佛搞不明白登记身份证这道手续。该是没住过宾馆吧。琳琅又提醒，只有本人出示证件才能入住，这是规定。郑六便掏兜，掏出来的不是钱包而是一张牛皮纸，像他的耳朵一样皱巴巴的。展开，露出证件和一沓钱，也都是皱巴巴的散碎票子，两毛五毛都有。

这就让琳琅心里一酸。她想起自己刚来北京的日子，不认识三哥的日子。接着就将保温桶递了出去：没吃饭呢吧？

郑六装看不见，半晌咕哝一声：不饿。

琳琅懂得，那是从怯懦里滋生出来的傲慢。不只眼前这男人，自己那些七大姑八大姨也常摆出这副嘴脸。只不过自家亲戚的怯懦与傲慢里还藏有一丝鄙夷，倒像琳琅欠了他们似的；相形之下，郑六的装腔作势就简单多了。她嗤笑，将保温桶墩在旅馆前台上：东西没人动过——你是三哥的客，不让你吃剩的。

这说的倒是实情。只可惜面条泡了许久，已经软了。而每个礼拜有两天拎着一桶吃食出去，再拎着一桶吃食回来，是琳琅一段日子以来的例行公事。不等郑六再说什么，她掏出手机来交了旅馆押金。房间订了两天。然后才转向郑六，口气里有了一丝同情：来一趟没见着人，也帮不上你什么忙，请体谅三哥。我替三哥跟你道个歉。也别白来，北京好歹转一转，这里离城里远，不过坐车也方便。

又说：我还有事，就不能顾着你了。

又说：想走就走你的，不用再打招呼。见了三哥，我就说你来过。

她还真像个三嫂。交代完一通，这个插曲就结束了吧。处理得有里有面，三哥知道了也不会怪她。对于那些找上门来的旧相识，尤其是从老家来的人，过去三哥的手面还要阔绰许多。有的给介绍工作，安插在自己或上下家的队伍里，有的甚而活儿都不用干，好酒好肉供养半年，走时还给封个大红包。只可惜现在不是过去了，怪只怪这男人运气不好。这么想着，琳琅不容置疑地出门，将郑六抛在身后。无疑，背后的郑六正在目送她，也不知那目光是感激还是不满。总之与自己没关系了。琳琅轻松下来，但没走两步，膝盖一软，差点儿单膝跪下。好容易站稳，心下就是黯然的了。

然而只过了一天，琳琅便第三次见到了那个名叫郑六的男人。这次是在早上，她刚起床，还没弄早饭，就听见敲门声响了。咚咚，咚咚，不疾不徐。

琳琅立刻知道是谁，心里沉了沉，嘴上也没有好声气：等等。

然后开始女人那一套：各种洗，各种抹，各种修。膝盖还疼，昨晚涂了红花油，但不见效果，上下楼梯时都快前腿拖着后腿了。再想，昨天是怎么摔的？还不是觉得身后有人，心里就慌了。所以这笔账就记到了郑六头上。不仅洗抹修，她还坐到餐台前吃了半顿早饭。然而琳琅毕竟不是那么沉得住气，也不是那么端得住架势的人，一杯牛奶下肚，到底坐不住，又到窗口张望一眼，而后悻悻开了门。

开门劈头道：你怎么又来了？不是说了嘛……

郑六抬起短粗的胳膊，仿佛没有关节：走也得把东西还了呀。

琳琅低头，看见保温桶。昨天只想打发他，倒把这个忘了。接过掀开，两菜一碗面已经不见踪影，不锈钢盆刷得没有一丝油花。琳琅反而有些不好意思，脸也不是僵着的了。吃饭还帮刷碗，这在三哥的客人里从未有过。而听他的意思，这就要走了？她扭身将保温桶放上厨房餐台，然而又一回身，却见郑六也进了屋，在客厅里不疾不徐地逡巡。

琳琅立刻又悬起了心。别说三哥交代过，家里不能来外人，仅说她一个女人住在这里，蓦然闯进脏兮兮的一条汉子，那也……别墅区又是那么偏远，那么空旷。她想制止这男人，却不知说什么，话哽在嗓子眼儿。

郑六却保持着探查的目光，突然又宣布：这房子，缺点儿手艺。

琳琅的目光跟着郑六的目光，沿客厅天花板溜了半圈。昨夜果然下了雨，导致墙壁上方的接角处又有几大团洇湿，泛出浅绿色的霉斑。这个毛病琳琅也知道，前两天还叫物业来修过，不过物业的人客气倒是客气，干活儿就不行了，忙叨了半天，该漏还漏。琳琅还想起刚搬过来时三哥的评价，也是这么一句，缺点儿手艺。那时琳琅不懂，看不出富丽堂皇的欧式装修手艺缺在哪儿了。三哥还说过，要不是人家非拿这房子抵债，他才不想要呢。

也许是想起了三哥的话，当郑六有了进一步行动时，琳琅竟未阻挡。门外檐下就摆着工具和梯子，还有半口袋腻子，是上次物业的人落下的；郑六转身搭了梯子，扛着东西三步两步上了屋顶。屋顶倾斜，垒着层叠的灰瓦，他行走其上却如履平地，两脚好像扎了根。弯腰探查片刻，又对来在院子里的琳琅道：打些水来。

琳琅如同得了命令，上二楼取了个塑料盆，从露台递给郑六。大半盆水在她手上颤颤巍巍，郑六只需单手一端就接了过去。同时对她解释：屋顶返潮，一定是防水做得不到位，而这种房子又有一层保温材料，里面是中空通着的，哪儿漏补哪儿，当然没有效果，还得找到源头上的漏点才行。嘴上说着，手上不停，将瓦片一块一块掀开细看。又没一会儿，几处漏点暴露无遗，现调腻子封上。郑六干活儿利索，而利索的某种境界仍是不疾不徐。雨后的太阳升上来，照得焦黄的一张脸泼出光亮。

琳琅就在露台上看他干活儿，她现在也没事做。

再没一会儿，郑六起身，顺梯子从房上下去。琳琅这才想到，还没给人口水喝，赶紧进屋，从二楼下来，到一楼冰箱去拿饮料。下楼梯时一震，膝盖又疼起来，前腿拖着后腿。来在面前，郑六并不接她的饮料，而是蹲下身去，一双铁钳般的手从前后两个方向握住她的膝盖，隔着裤子摸索几下，猛然一发力。琳琅只听见咔吧一响，声音直贯头顶，一阵剧痛让她惨叫起来，半个身子像过电般一抖。再看自己的腿，当然没断，不过裤子上多了几道污痕。郑六从琳琅手里摘下冰镇可乐，按在膝盖后面，说了声，夹着。

他搀扶琳琅，在台阶上坐下。琳琅觉得膝盖虽然还疼，但只剩下了外面的疼，里面陡然松快了。一上午的功夫，这男人修好了房顶，也猝不及防地修好了她的腿。当铁罐的冰凉沁入皮肤，她心里的扑通乱跳也缓和下来。郑六这才解释：你的腿扭了关节，到医院也得正骨。不能拖，否则以后阴天会疼。

琳琅打断他：你还会这个？

郑六说：小时候调皮，磕了扭了是常事，村里老人教的。

琳琅又看他的残耳，只觉得形状瘆人，又想起三哥跟她说过，他们老家一带有养大牲口和练武的传统。牲口就不说了，单讲过练武的门道，也都是些趣闻。譬如铁布衫是真的，不过就是增加抗打击力，用大棍子揍出来的；还有水上漂，看上去是踩着水面腾跃，其实就是靠脚快，滞空期间踢出几个水花造成的视觉效果。琳琅也问三哥，那你也练过？三哥扑哧一笑，说，老一辈习武之人，五三年枪毙一拨，八三年抓走一拨，剩下的也没几个了；年轻人早就不兴这个，屁用没有，还尽给人当牲口使。

而这男人大约是练过的吧，怪不得。但琳琅再对郑六开口，便不觉带出了和三哥相类似的嘲讽，当然这嘲讽也有了亲近的成分：哟，看不出你还是个人物。

郑六却恭敬道：早年跟着三哥，学的才是吃饭的本事。

琳琅又问：你们搭伴干过活儿？

郑六道：何止搭伴，一起拉出来的队伍，在县里装修宾馆，给市里翻新影剧院，也算闯出了一点儿名号。

琳琅又问：那后来呢，你怎么没跟他一起来北京？

郑六讪讪道：我没出息，回家伺候老娘了。当年三哥还不让走，是我辜负了三哥。如今三哥已经是大老板，要不是家里拉了亏空，我也不好意思求到门上……

说来说去，眼瞅着又绕回到了那点儿事上。从老家来找三哥的人，无非也就为了那点儿事。不过琳琅的确听三哥说过早年发迹的过程，县宾馆和影剧院都确有其事。这个郑六倒让她有点儿做难了：听来还真与三哥有交情，因而不好随意打发，但眼下这个状况，想帮忙恐怕也不现实。脑子里转了一转，她就问：

所以你来，是非要见着三哥，否则就不走喽？

郑六局促，看向正门一角的餐台，餐台上放着保温桶：今天真是送东西……

琳琅一笑：我看你挺老实，不是那种张嘴就要钱的人。来这一趟，其实还是想找个活儿干吧？那这么着，三哥不在，我倒有事麻烦你，等完事，我给你钱。

郑六沉吟，更加讪讪：话也不是这么说的，还是想看看三哥……

琳琅再次截断他：这儿是三哥的家，帮了我的忙就是帮了三哥的忙。三哥领了你的情，等将来再有什么也好说。

郑六半晌不语。琳琅道：也就半天工夫，工钱你说个数。

郑六还不语。琳琅道：那我定了啊，反正不让你吃亏。

又说了句等着，吩咐的口吻，意味着雇佣关系已经达成。然后琳琅进屋，开始了新一轮的洗抹修，换了套见人的衣裳，明艳地开门亮相。这时雨后的太阳高悬，郑六坐在阴影里，背后就是车库，里面停着一辆黝黑的奔驰轿车，车牌不是北京的，然而号码好，连着几个8。这车也有日子没动过了，那同样来自三哥的叮嘱。琳琅却抬手指指台阶下的电动车，晃了晃钥匙。郑六不以为怪，接过钥匙拧上去，弯腰拔了充电插头。琳琅斜坐在电动车的后座上，一手抱紧一只皮包，一手抓住郑六的工装后摆。女人骑牲口的姿势，电视剧里看过。

车子出门，琳琅一边保持着平衡，一边发布指令：左，右，我不说话就直行。

转眼出了小区，继续发布指令：左，右，我不说话就直行。

两人在烈日下飞驰。路线是早就规划好了的，先去邮局。这年头来此处办业务的人很少了，都是不会叫快递的老头老太太，大厅空空荡荡。琳琅径直取了张单子，填汇款。她一笔一画地写，地址是三哥老家。郑六就站在一旁，眯眼瞅着汇款单，如同不认识字。然后排了不一会儿队，窗口里的办事员貌似对琳琅也熟了，并不提醒谨防诈骗之类，只等琳琅从皮包里掏出一方钱递进去。转眼办好，琳琅仍然抱紧皮包，对郑六说，下一个地方。

下一个地方就远了许多，幸亏头天晚上给车充满了电，否则还真跑不下来。太阳愈发炽烈，琳琅从皮包侧兜掏出阳伞撑上，仿佛在车后绽开一顶小小的华盖。前面的郑六被晒得发烫，附着在那件工装上的空气都在蒸腾，产生了折射的视觉现象，但他连领口都不曾松开。他们出来的地方已在城外，又往更外的地方开出许久，这时就从荒地里露出一片楼来。其实都是水泥框架，还只盖了一半，如同地里钻出的灰色的笋。四下却又没有工地的喧闹，连塔吊都不见踪影，只见到几条土狗在铁皮围墙外踱来踱去。

琳琅说声停车，下来却不率先迈步，而是瞪眼等着郑六。三哥说让她来个地方，没想到是这么个地方，不免有些打鼓。郑六仍不动声色，锁了车，不疾不徐跟在琳琅身侧。两人便从铁皮围墙的豁口进入工地。狗们起先龇牙咧嘴，坚定地捍卫地盘，但突然又往外跑开很远，聚拢到一片垃圾堆上才敢发出吠叫。对于它们，郑六就像身上有刺一般。琳琅却只是掏出纸巾捂着嘴，高跟鞋谨慎地在土路上试探着下脚，像鹭过水塘。迎面碰见个看门老头，说找经理，又说是三哥叫来的。老头掏出手机打电话，不多时，工地侧面一排铁皮屋子开了扇门，一个胖大汉子冒出来，满身油汗，闪闪发亮。

胖子一边披上工装，迎到琳琅面前：三哥多久没个消息了，兄弟们还以为——

琳琅冷冷道：别人有可能，三哥不至于。你跟着三哥又不是一天两天了。

胖子道：那是。我也这么跟他们说的，可他们不信。

琳琅跟那胖子走向铁皮屋子，先探了一眼，又打量打量左近的其他窗口，而后仍然犹豫着，并不往里迈步。郑六却将身子横在门前，又把胯上那只单肩包往前拽了拽。这人看着楞，却一眼看穿了琳琅的担忧。而这也是琳琅叫他来的缘由了。门外有了保镖，虽然只有一个，琳琅方敢随着胖子进屋。也不多说，拉开皮包，从里面抓出几方钱来。反复几次，在桌上散乱堆着，倒让人诧异皮包那么能装。

而胖子笑道：三哥尽玩儿幺蛾子，这年头还有谁用现金。

又略一估算：不过数目还差着呢。

琳琅正色，说出三哥教给她的一句话：知道不够，你多担待着。三哥的意思是，咱们挑头的吃点儿亏不算什么，先把兄弟们的工钱结了，好歹稳住队伍。眼下都难，等缓过来，人在就有盼头。别的不多说了，希望你能再信三哥一次。

又补充说：三哥把车都抵出去了，收的是现钱，就为在别人那儿瞒过这笔账。

还说：你也别玩儿幺蛾子，前两次的克扣，三哥是看破不说破。

胖子听了似乎一凛，看向门外的郑六，目光在他的残耳上停留片刻，转眼又笑了：我信三哥。以前大水漫灌，现在形势不好，当然不是一个玩儿法。

琳琅点头，看胖子写了收条，揣进皮包。皮包已经外鼓中空，一按四下漏气。胖子又说，替兄弟们谢谢三嫂，琳琅不应。出门，快步离开工地，穿过铁皮墙的豁口站在马路旁，这才揉着膝盖舒了口气。郑六开着电动车，无声地跟上来。

琳琅不看郑六，说了一句：要不是看在那些钱的分儿上，他们能活撕了我。

郑六瞥了眼后座：还去哪儿？

两人再去的地方，却又往城里折了回去。离开一条大路，四下不再风尘仆仆，一条林荫道直通几幢庞然的建筑。进到院子里，连标牌也都变成了英文的，别说郑六不懂，琳琅也看不明白。好在来过几趟，知道大概方向。紧赶慢赶，总算赶上了学校的家长开放日，停车场上已经满满当当的了。琳琅让郑六把车停在两辆丰田保姆车中间，自己走向不远处的教学楼。走不几步，回头一望，看见郑六立在电动车旁，双手捂裆，好像在和旁边两个穿衬衫戴手套的司机比谁站得直。她咯咯一笑，示意郑六到树荫下歇着。

学校里的事情倒也简便，家长会听了个尾巴，取了考试成绩单，揣进皮包里出来。停车场里，车辆纷纷启动，杂乱地往外挪着，好像一款名叫华容道的益智游戏。开车的有司机也有家长，互不相让，乱成一团。这时又从某幢建筑里走出一队女孩，都是十三四岁的模样，穿着百褶裙与长筒袜，上身是短小的西装外套，也不知是cosplay还是国际学校的校服。女孩们看见父母家人，纷纷雀跃着打招呼，加剧了停车场门口的拥堵。偏有一个染了头紫发的女孩低头含胸，躲着众人闪开。

又有别的女孩对她喊：尉梓桐，你妈换车了，连司机都换了。

说时指着停车场门口的琳琅、郑六和电动车。女孩们叽喳而笑，脸上的浓妆遮掩不住一派天真的刻毒。叫尉梓桐的紫发女孩从脖子上拿起一个酷似哨子的小物件，放在嘴里吮了一口，吐出一片白色烟雾，朗声道：

我还换妈了呢，这是我爸的三儿。

那一脸的坦然和冷酷，令其他女孩受惊似的闭嘴，粉的绿的蓝的瞳孔却聚焦在琳琅身上。琳琅也是一脸的坦然和冷酷，远远喊向尉梓桐：你又好几门不及格，等我告诉你爸，下个月停了你的信用卡，看你拿什么买化妆品，买手办。

尉梓桐停住脚，又吐出一口白雾，同时吐出的还有两个字：骚×。

琳琅不动声色，两人遥遥擦肩而过。上了郑六的车，琳琅眯着眼，远望林荫道上的百褶裙和女孩们纤细的背影，嘴角上翘，神往地笑了。

也不等郑六再问，她拽拽工装后摆：回去。

但等回去，两人仍没散。琳琅说跑了一天了，让郑六陪她吃点儿东西。他们就坐在马路旁的一个排档上，此处的特色是黄泥烤鸽子。鸽子没吃两口，琳琅倒灌了不少啤酒，又支使郑六去给她买了包烟。她一手端着酒杯，一手夹着烟，以老家妇女的惯用姿态盘腿坐在长凳上，脸上洗抹修的成果全乱成了一团糟。她不看郑六，也不让郑六走，每当郑六局促地或呆滞地将眼神挪开，她就说：你听我说呀。

说的是三哥：真他妈背，好不容易傍上一个，还是个手里没剩几个钱的。原来据说还是可以的，几百个人的队伍呢，都是从老家拉出来的，后来就不行了，到处都在拖欠工程款，老本儿投进去也回不来。生意难做就难做呗，人家也难，可他又跟别人不同，爱充大个儿的，供着村里一伙儿孩子上学，自己垫着底下人的工资。说不为别的，就为人家叫声三哥。三哥三哥，叫得轻巧，难处还是让他担着——尽是他妈的你这种货色。

还说：他老婆比我精，早跟他离了，几套房子分到手，剩下个闺女不认他，倒让我来管。那小婊子还以为一辈子不愁钱花呢，将来没准儿像我一样，也到夜店去陪酒。等人家管她叫骚×，看她想不想得起我来。

还说：要不我再给你唱个歌吧，我原来特会唱王菲。

说时招手，叫过一个卖唱的残疾人，点了一首，朗声唱道：谁说爱上一个不回家的人，唯一结局就是无止境的等，是不是不管爱上什么人，也要天长地久求一个安稳。噢，噢，难道真没有别的剧本，怪不得能动不动就说到永恒——

郑六不语，稳重地吃喝，将鸽子一一肢解，撕成条状送进嘴里。

片刻琳琅哇了一声，他抄起一个空盆，恰到好处地送到琳琅嘴边。琳琅专心吐完，收敛了神色，那一瞬间显出一分庄严。她打开皮包，从里面掏出一叠票子，揣到郑六手里，说别嫌少。郑六不接，琳琅说，跑了半天，你应得的。郑六还不接，琳琅将钱甩在桌上，说我跟三哥一样，不拖欠人家的。而后又说，回吧，见不见三哥都一样了。

她将郑六扔在桌旁，起身去开电动车。到底是混过夜场的，吐完霎时清醒了许多，再加上刻意小心，一路上骑得出奇的稳当。路上灯火辉煌，恍惚间竟觉得白天的太阳又回来了。没一会儿进了别墅区，四下才复归静谧，只剩几点流火，随着夜风掠向脑后。琳琅迎风流泪，到家门口抹了一把脸才进去，倒像家里有人等着她似的。

然而家里果然有人。她将客厅的灯开得大亮，踢踢踏踏去二楼上了个卫生间。膝盖是比原来好多了，肿起的地方也都消了下去。又想起明天的任务，便折下楼来，去看冰箱里剩了什么菜，如果不够，早上还得跑趟菜市场。可刚走下楼梯，就见一楼全都黑着，她正在纳闷刚才是否忘了开灯，就有硬东西顶在腰上，男人的声音从暗处响起：别出声。琳琅只感到手腕一紧，胳膊也被人往后撅过去。当然不敢出声，任由人家将她捆了，嘴上贴块胶布。对方动作麻利，尽管这种经历从未有过，琳琅也认为来的应该是老手。她最怕的还是来了。而又一晃，灯重新亮起，却不是吊顶水晶灯，而是墙边的小射灯。这就看见了三个男人，两高一矮，两胖一瘦，都一袭黑衣，戴着黑头套。

琳琅配合地保持安静，被两胖男人架到沙发上坐好。瘦男人靠近过来，面罩底下嗡然响起：姓尉的什么时候回来？

琳琅摇头，也不知是表示否定，还是表示不知道。但她料想，这些男人摸上门来，必是认定三哥住在这里，既然破门而入还设了埋伏，也是不见着人不罢休的意思了。她还回想起三哥在这间客厅里与人打电话的情景，肢体的影子像树枝摆动，或哀求，或咒骂，或说些琳琅不懂的暗语。也不知是哪个电话招来了这伙人。

只可怜自己被饶了进去。幸亏刚才上过厕所，否则没准儿要尿一沙发。

而瘦男人大概只想认一认琳琅的脸，并不觉得有审讯她的必要，因而对一个胖男人哼了一声，射灯倏然而灭。继续守株待兔，不过多了一个琳琅。客厅里恢复了黑暗，甚而恢复了空旷。不知过了多久，人声唯一一度再次响起，是另一个胖男人按亮手机刷了两下，估摸着是犯了网瘾的习惯动作。瘦男人便哑着嗓子说：你能不能专业一点？

偏在这时，门就被敲响了，咚咚，咚咚，不疾不徐。琳琅一怔，刚想扭动身体，被那硬东西顶到了脖子上，立刻又软了。她瞪大眼，借着窗子纱帘里透进来的月光，看着两个胖男人从两侧夹住门框，一个拨了下门锁。

门霍然拉开，风吹得琳琅一阵清凉，却没人进来。门里门外屏着呼吸。一个胖男人看向瘦男人，瘦男人刚刚摇手示意别动，另一个胖男人却探出头去。他的脑袋刚进入门框范围之内，硕大的头颅就一颤，脖子咔吧响了一声，面朝下扑倒在门口。剩下的胖男人刚要扑出去，被门外的人用肩头扛住，打着踉跄跌进屋里来。来人欠身，迎面两拳，脚下使了个绊儿，胖男人轰然而倒。挣扎再起，被人用膝盖照肋上一磕，又倒，只剩下哼哼了。

琳琅想叫郑六，说你他妈瞎了你没看人拿刀顶着我呢？然而也只能哼哼。这时却感到脖子上一松，硬东西挪开，借着月光瞥了一眼，原来不是刀，而是一根铁棍，一尺来长，通体白亮。刚才吓蒙了，尖的粗的都分辨不出来。而挟持着她的瘦男人也哼哼了一声，对两胖男人表示无奈与失望，接着站起身来，瓮声瓮气道：

兄弟，我不伤人，你别报警，可以不可以？

郑六的身影浸泡在月光里，一团黑：兄弟，这办法公道。

瘦男人朝门口走去，手上短棍挽了个花。郑六空着手，反将单肩包往后拽了拽，吊在屁股上。瘦男人又道：你是个脑袋清楚的人。

郑六道：我还有事，你替人干活，大家留个退路。

瘦男人点头，将短棍反别在腰上。琳琅看到两个男人在门口对视，月光泼了一身。然后动手，也就是手脚并用地乱打，但撞击肉体的声音砰然作响，仿佛劈进骨头里去。瘦男人高，动作大开大合，郑六矮，出手短促。未几郑六失去重心，被瘦男人按倒在地，然而郑六原地打转，又将瘦男人带到地上。两人滚了一滚，分开。瘦男人单腿跪地，按着一边肩头，咔吧一按，给自己接上。但左臂已然垂着，软塌塌的像条蛇。

借着月光，他盯了盯郑六的残耳：跤耳……刚才大意了。

我这是野路子，站着施展不出来，郑六道，兄弟，你可惜了。

瘦男人脑袋一歪，头套下面似乎透出惭愧。然后站起身来，依次踹踹地上的两个胖男人。栽了，走人。胖男人还要嘟囔，瘦男人踢得更狠了。郑六靠近琳琅，扯下她嘴上的胶布，背后拽了两拽，绳子就开了。琳琅猛喘了几口气，蹬着腿瘫软片刻，似乎又听见瘦男人说：告诉姓尉的，他捅的娄子太大，回头还会有人找他。躲是躲不掉的。

琳琅支起身子，扒着沙发背往门口看，已然空了大半，只剩下郑六。郑六道：来时就盯上他们了，领头那人一看就干过警察，做事知道方寸，料他不会用刀子，所以我才敢进来。但他说的应该不假，你也躲躲吧。

说时往门外走去，单肩包在屁股上一拍一拍。琳琅脱口道：三哥没躲。

郑六没停，琳琅又道：想见三哥，明天中午一起去。

郑六身形一慢，也哼哼一声，兀自走了。琳琅这时才有点儿后悔，想自己是不是又把事做到脑袋前面去了。然而也罢，该睡觉睡觉。生死都经过了，还怕睡觉？门锁形同虚设，但一点儿不慌，和衣躺在沙发上。次日睁眼，已经大亮，昨夜的一地月光如同潮水，将搏斗的痕迹统统带走，连家具的位置都未曾挪动过。

琳琅从冰箱里取菜，开火，做了海带炖排骨，茄子熬鲇鱼，又下了碗面。都是三哥的口味。开门骑了电动车，来到小区门口，正看见郑六。郑六被拦在岗亭外，保安仿佛没见过他，正在粗声粗气地盘问。琳琅上前招呼一声，换了郑六坐在后座，起步时又是一摇三晃，郑六腿短，伸出两脚乱踢，妄想帮她找回平衡，再加上背上扣的包裹，如同一只笨拙的龟。好在路是再熟不过的，每个礼拜跑两趟，监护室也只在这两天的下午允许探视。

没人知道三哥躺在这家医院里。既不是三甲也不是私立，门诊后面只有小小的一栋住院楼。来这儿住院的都是从大医院转出来的康复病人，拄着拐或坐着轮椅，看着精神倒好。他们进门时，正碰上男护工在逗一个老头：是不是又想抽烟了？

还拿烟凑到老头鼻子上：虫虫飞——

老头两眼亮晶晶的，前襟上都是哈喇子，婴儿一样雀跃。琳琅对郑六晃晃保温桶，有些得意地说：这也是跟人家学的法子，指望他闻着味儿会有反应。

说时登了记，领着郑六进入走廊尽头的一间病房。床上躺着一人，也三十来岁，身量魁伟，鼻子上和胳膊上都插着管子，一条腿打着石膏。他闭着眼，一动不动，脸面倒收拾得干净，头发也刚剪过，显得挺利落。

琳琅以为郑六会叫三哥，然而郑六无动于衷，只是无声关了房门。

琳琅将保温桶打开，几只小钢盆依次放到床头柜上，屋里充满黏腻的香味。一边忙活，一边介绍：有两个多月了。那天夜里说出门见个人，也没开车，刚出小区就被车撞了。司机没跑，让保安给我打了电话。我到的时候，三哥人还清楚，把撞他的人放走了，只让他别声张，又让我把他送医院，还交代千万别让人知道他伤了，别让人知道他住这儿。也让我到外地躲一阵，我不干，说你可别想趁机甩了我。他拿我没辙，反又托付了几件事让我做，你也都看到了。但送进来的第二天，人就昏迷了，死活没反应。医生说是颅内伤，十天半个月也是它，十年八年也是它，让我做好准备。

说到这里，琳琅一顿，又扑哧一笑：我老怀疑他是装的。你不知道三哥这人多鬼。

郑六仍无表情，比床上的三哥更加平静：听你说的，倒不像仇家干的。

琳琅道：该是碰巧吧，恰好让他撞上了，恰好又在这个节骨眼上。有时我也想，倒不如落到仇家手里算了，那就算怨，也知道怨谁……

但说到这儿，她就见郑六把单肩包往前一拽，从里面掏出刀来。刀比匕首略大，造型古朴，手柄磨得乌亮。拆下皮套，鱼肚子似的流着光。郑六也没让琳琅别出声，然而琳琅果然不再出声。仿佛经了昨夜的事，她练就了在胁迫中保持冷静的能力。

她猛然明白，原来郑六是仇家。兜了一圈儿，到底中了仇家的套，而这仇家是她领来的。当然也不能全怪她，郑六装得还挺像，并且不知道几分是装，几分是真。反正小区多半是翻墙进去的，还有住旅馆的身份证，也不知到底是不是他的。除了郑六这个称谓，甚而不知这人叫什么。但对方敢在医院动手，就说明全不顾忌后果，是以死相拼，这仇大了。因而无论怎么拦怎么叫都是没用的。

琳琅瞪着郑六，郑六瞪着三哥，都像不知怎么办才好似的。

又过了片刻，郑六开腔说话，像与睡熟了的三哥聊天：咱们两个的事情，本来也可以算了。当初两支队伍抢标，都是带着兄弟们讨口饭吃，我伤了你的人，你报官，这我认了，可又何必把别的案子也扣到我头上，是怕我牢底坐不穿吗？多坐几年倒也没什么，主要是你还不给我挑个好名目，强奸犯是那么好当的？老娘到死也不肯见我一面。有心尽孝，没脸回家，这就是我必须找你的缘由了。

琳琅听懂了大概。她又听见郑六说：三哥，咱们都是要脸的人哪。

说时扬起刀来，指向三哥头颅。这就是要动真格的了，琳琅终于尖叫出来。声音在走廊划过，片刻有护士跑进来，问：怎么了？

护士看向床上，三哥仍闭着眼。郑六两手捂裆，肃然站着，胳膊压着单肩包。琳琅轻托三哥的脑袋，将底下的枕头取出来。枕头漏出荞麦皮，洒了半床。护士笑道：我还以为醒了呢——再给你取个新的来吧。

琳琅谢过护士，却不敢看郑六。但她懂了郑六的意思，颤声说：我替三哥谢谢你。

郑六道：三哥应该谢谢你。

说完飘然而去。后来琳琅只记得自己坐在床头，补那个枕头。一共三刀，刀刀刺了个对穿，并且排列整齐，如同用尺子比过。她还记得三哥的手动了动，像是在掐床单。然而三哥后来坚称，他是第二天才醒过来的，对那天的事一无所知。

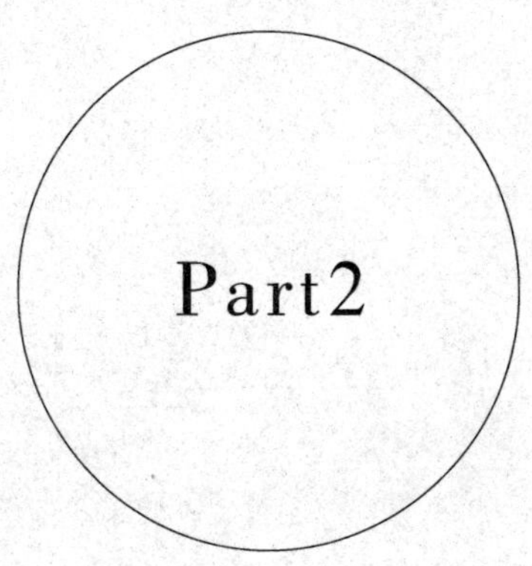
Part2

评

论

顽主的幽灵
——石一枫论

刘 涛

我和石一枫认识不久，但早已久仰大名。在上海的时候，就有一些朋友提到过他，之后我到北京工作，周围提到过一枫的人更多，几乎众口一词说这个人如何好玩，如何聪明云云。前阵子，云雷举办了一次青年论坛，会后聚餐时，我和一枫坐在一起。我们简单地聊过一次，开始时我问，一枫答，后来则是别人与一枫相互问答，我默默地听。一下子，我对这个言谈不甚禁忌的一枫改变了看法。一枫貌似痞子，其实却无比认真；一枫貌似玩世不恭，其实心中充满着理想；一枫貌似庸俗，其实充满着精英意识。只是一枫反其道行之，他的认真通过不认真传达，理想通过不谈理想表达，精英意识通过庸俗表现。

石一枫出生于1979年，1979年是一个颇为尴尬的年份，似乎既不属于70后，也不属于80后。好在“七零后作家研究”这个专栏强调所谓年龄，其实只是意在看看已过或者即将进入四十岁的这一拨作家现在的状态，估测一下他们将来的潜力，并非要以年龄来论断作家。因此，我也顺势将一枫归为70后作家。好在一枫自己也说过："在出示身份证的情况下，没法冒充80后。太老了。"

一枫已经是一位老作家了，他十六岁那年（1996年）就在《北京文学》上发表处女作《上学》，其时他不过是高一的学生。《上学》这篇小说尽管显得稚嫩，但作为优秀小说家的素质已经显示了出来。一枫抓住升学这一元素去写世相，展现了家长与学校之间的交易，展现了学校内部校长与书记之间的微妙关系。1998年，一枫又在《北京文学》发表小说《流血事件》，这部小说较之两年前的《上学》显得更为成熟老到。《流血事件》情节很简单，马小军、谢秋容、尹志国陷入三角恋，马小军一怒之下拿刀捅了人，发生了校园"流血事件"。这部小说已经有了一枫体的诸多特征：小痞子、小伙伴、拍婆子、斗殴、成长经历等。其后一枫常用的元素皆已具备。

一枫十六岁那年，应是其生命中极为重要的一年。在那一年，一枫完成了他的身份认同与自我定位，他的认同是如此固执、坚定，以至于到今天似乎还陷在其中。一枫曾自述道："1996年前后，我们这些穿着红校服的高中生排着队，到复兴路对面的国防大学礼堂集体欣赏了姜文的《阳光灿烂的日子》。这电影居然是学校组织观看的，后来想实在是一件荒唐事。看的时候，大家自然特兴奋，尤其好多外景，不少人惊呼：这不就是谁谁谁他们家吗？电影的气氛给我们带来的感觉，是既熟悉又陌生的。对于任何一个人，甭管他是哪儿的，看到几十年前故乡的旧照片，恐怕都是熟悉而陌生的。因为熟悉，你会毫无理由地断定它是'真'的——尽管那时候你也没出生没资格判定真假。因为陌生，你会审视自己的生活，重新给自己做一个'角色定位'。也就是这部电影，让我的朋友们越来越多地以'大院子弟'自居。当时我们都觉得电影里的人太'顽'了、太'有范儿'了，太像自己了，严格地说，应该是希望自己像他们。再说句学术界爱说的话，'认同'就是这么建立的。我们那个年代的大院子弟，确实也保留了一些电影里强调的人物关系：从小都在一块儿，因为父母没时间管或懒得管而终日厮混，崇尚哥们儿义气和个人英雄主义……几乎所有人都将《阳光灿烂的日子》列为自己最爱的电影，姜文成了大家公认的偶像。我们以此为武器，和那些热衷于港台明星的同龄人划清界限。”① 十六岁恰可当“十五志于学”之象，这一年一枫也志于学。十六岁翩翩一少年，主动认同王朔与姜文，将他们和他们塑造的人物视为榜样，因此他们几乎处在了同龄人中的高端，他瞧不上“热衷于港台明星的同龄人”非常自然，一枫的骄傲或许就来源于此。

《阳光灿烂的日子》改编自王朔的小说《动物凶猛》。《阳光灿烂的日子》胜于《动物凶猛》，一个标题“阳光灿烂的日子”即能点出王朔五零后这一代大院子弟的精神状态。那时，他们不过十来岁，这段日子父亲缺席，于他们真是“阳光灿烂”，如鱼得水。王朔长于北京军队大院，1976 年参军，1980 年退伍。王朔从 1978 年开始创作，他的小说与其时代氛围吻合，趁着这股潮流，王朔迅速蹿红，之后又涉足电影、电视剧，介入其时最为流行的媒介，这使得王朔红遍了大江南北。祝东力先生曾对“后红卫兵”一代的精神做过一个概括，见解极高：“1971 年，林彪跑了，这是当代中国的一个历史拐点。此后，‘文化大革命’的意识形态仍然在叫嚣，其内容却迅速空洞化；维系人心的革命逻辑已经疲惫，但革命机器依旧强大。这是一个内容与形式迅速脱节的时代。五六十年代出生的‘后红卫兵’一代，正处在自我意识和社会意识的萌芽期、成长期，正值人格形成的少年，面临这样的政治大变局，于是形成了一种讽刺、调侃、解构的人生态度和语言风格。‘后红卫兵’一代的这种情形，在北京这样的政治文化中心，尤其显著。其实，说到底，这仍旧是‘文革’造反精神在扭曲中的延续、变异。其最终目标所指，同几年前的造

① 石一枫：《我眼中的“大院文化”》，《艺术评论》2010 年第 12 期。

反运动一样，也仍旧是官僚主义，只不过采用的手段从大字报、大辩论的谠言高论，萎缩、异化成了私人小圈子里的插科打诨，特点是阴、损、坏，形式是揶揄、挖苦、嘲讽，即变身为一种特殊的'语言艺术'。"[①] 这段话基本可以将王朔定位，可以将王朔的小说定位。王朔乘势、乘时而兴，但是久之对于王朔不停地 balabala，就会反感，此风一过，此时一变，王朔也就过去了；一枫缺乏王朔之天时，只是在"后王朔时代"固执地 balabala 下去，写新一代顽主们的"后传"，其小说影响不如王朔之广泛必也。

一枫在《阳光灿烂的日子》中看到了自己，此后他即以"顽主"自居，将调侃、讽刺、解构、揶揄、挖苦的能力和技巧推向了新高，因此很多人说，一枫的小说真是"好看"啊。《阳光灿烂的日子》中的马小军在一枫的小说中再度复出了，而且长时间阴魂不散。一枫写于 1998 年的《流血事件》，主人公就叫马小军。小说开篇，十八岁的一枫还"装模作样"地模拟《动物凶猛》中的腔调，发挥了一通——"对于这件事，我只能算一个旁观者，很多细节都源于道听途说。这使得我的小说的真实性大打折扣，但是小说毕竟不是纪实文学，对于我不甚明了的细节，我可以本着'高于生活'的原则尽情杜撰。"[②] 2006 年，一枫发表过一个中篇小说《不准眨眼睛》(《西湖》2006 年第 3 期)，写三个男人等一个海归女的戏剧性场面，通篇几乎全是对话（顽主们真是语言的巨人啊），在对话中传达出三男一女的信息，经济男、学术男、性男、处心积虑女，也传达出时代的信息，出国、傍大教授、市场经济、性等等。在这篇小说中，一枫保持了"顽主"的品格，一如既往地调侃、讽刺、挖苦。"不准眨眼睛"是一个极好的意象，可用来概括时代精神，可惜其时一枫依旧

---

① 祝东力：《当代社会结构中的"小沈阳"》，《天涯》2011 年第 5 期。
② 石一枫：《流血事件》，《北京文学》1998 年第 5 期。

沉浸在话语的狂欢和纯粹抖机灵的心境中，故未能深入发掘。天地一白一黑，一冬一夏，是天道的调节，是天地的节奏；眼睛一睁一闭，嘴巴一呼一吸，是身体内部调剂。一个正常的社会应该文武之道一张一弛，由此，万物与人才能得以休养生息。资本主义不同，资本要求无限地、疯狂地、不间断地增值再增值，资本主义精神影响下的人格必然是“不准眨眼睛”的人格，只会攫取，所以马克思在《资本论》中不得不讨论夜班、工作时间长短等问题。这篇小说中还有一个重要的信息，那个以性为职业的主人公还叫马小军。一枫似乎极喜欢马小军这个名字，从1996年到2006年，马小军这个名字一直出现在他的小说之中。“名者实之宾。”喜欢马小军这个名字是因为喜欢这个名字之后的实与所代表的范儿。

一枫没有其他嗜好，“吃饭怕胖，喝酒难受，夜店嫌吵，游戏不会玩儿。”他这些年非常勤奋，一连出版了四部长篇：《b小调旧时光》（中国青年出版社2007年）、《红旗下的果儿》（九州出版社2009年）、《节节最爱声光电》（新世界出版社2011年）、《恋恋北京》（新世界出版社2011年）。《b小调旧时光》是一部科幻小说，算是一枫长篇小说习作，并不具有典型的一枫体特征。一枫一直喜欢看科幻片，从这部小说中也能看出《黑客帝国》《达芬奇密码》等作品的影响。

综观一枫《红旗下的果儿》《节节最爱声光电》和《恋恋北京》这三部长篇，可以提炼出几个核心意象：80后、成长经历、顽主、爱情、北京等。一枫的几部长篇，大体围绕着这些关键词展开。一枫之所以选择这些意象，首先是写自己及身边人的经历和现状；要理解一枫的小说，需要理解其生命的轨迹。一枫是80后一代人，长大于北京的大院，以顽主自居，一路小学、中学、大学读书、成长，之后工作。一枫的小说之所以与众不同，只是因为其性格、经历与认同比较特殊。李云雷曾分析过他对一枫的“偏见”如何产生：“一枫是在大都市里成长的青年，年龄也比我小几岁，我想我对一枫小说的'偏见'，正来自于我们的这些差异，所以他的小说有时是在我想象之外的，在这里我看到了一个狂欢而荒诞的城市，一些追逐快感而内心寂寞的青年，他们需要不断地填补空虚，但不断地冲动与行动中却包含了必然的失败，染上了黯淡的色彩。"① 云雷长大于农村，一路升学，通过高考，到了北京，因此他所写的小说多涉及农村以及离开农村、居于北京的读书人。因为云雷与一枫的生命轨迹不同，因此他们的小说风貌也就不同。

《红旗下的果儿》写了几个 80 后（陈星、小北、张红旗等）十二年的成长历史。《红旗下的果儿》可谓《流血事件》的加长版，《流血事件》止于高中时期，《红旗下的果儿》则从 1996 年写起，止于 2008 年，横跨高中三年、大学四年，大学毕业后五年。随着一枫的成长，他的小说人物也成长了，故事也加长了，情节也丰富复杂了。贯穿《红旗下的果儿》始终的是陈星与张红旗的爱情故事，小说绕来绕去，但标的不离乎此。陈星是小痞子，是班级成绩最差者，读了极差的民办大学，之后辗转深圳艰辛地谋生；张红旗是班级优等生，读北大，后去美国留学，毕业后就职于大跨国公司。这两个人本来是平行线，没有相交的可能，但一枫偏偏要他们相交。几乎小说的主干情节都是围绕着他们的爱情而写，两人一会儿即，一会儿离，一会儿若即若离，但终成眷属，两条平行线终于相交。这部小说的名字取得颇好，"红旗下的果儿" 应是借用了崔健 "红旗下的蛋" 这个意象，崔健以此总结了九十年代的时代精神，所谓 "红旗还在飘扬，没有固定方向；钱在空中飘荡，我们没有理想"。一枫则试图以 "红旗下的果儿" 描述 80 后的状态，这个意象涉及两个基本

---

① 李云雷：《狂欢中的荒诞，快感中的寂寞——略论石一枫的小说》，《西湖》2006 年第 3 期。

要素：红旗和果儿。中国当代社会据说在七十年代末有一次大断裂，80后这一树果儿长于改革开放新时代，按理说应该是“改革开放的果儿”。一枫却固执地要建立红旗和果儿之间的联系，他以“红旗下的果儿”概述80后，可见其志向与立场。一枫尽管写80后的果儿，却以此想象了红旗。小说中的女主角叫张红旗，她的爷爷是老革命，小说中有一段话颇见红旗与果儿的关系——“你出生的时候，不正是百废待兴的时候嘛。你爸爸有些资产阶级思想，很不好，非要管你叫什么露露啊、玫玫啊。我说不行！我们的下一代、下下一代都要昂扬向上，越是新时代，就越要红旗招展！而且红旗不是一个很美的东西吗？扑啦扑啦地迎风飘扬，女孩子叫红旗也很合适……”①果儿们尽管有诸多的问题，但终归不失正途，譬如陈星，他是“外痞里嫩”的典型，尽管打架、淘气，但并不苟且，对爱情也矢志不渝。80后的果儿们无论如何，还是新鲜的、生机勃勃的。

《节节最爱声光电》还是写80后的成长经历，只是《红旗下的果儿》以写男生为主，《节节最爱声光电》以写漂亮女生节节为主，小痞子已不再是这部小说的主角，只有一个会说“馍馍（妹妹），你为很（什）么忧球（愁）？”的小痞子马金山在小说中昙花一现。节节就是一个普普通通的北京女孩，她在歌剧院大院长大，小说写了节节从小学一直到大学以及工作之后的经历。小说贯穿了节节和几个男生之间的关系，小时候是许洋，大学时是高干子弟李冬林，之后则是海归精英赵何。节节一不小心做了“小三”，误入歧途，声色犬马，但在最后的抉择中她终于回到了独立、自尊、自强的母亲身边，担起了家庭的重担。一枫说：“节节在成长的过程中，体谅了她的父母、朋友、恋人的不容易，我也体谅着她的不容易。”②《节节最

---

① 石一枫：《红旗下的果儿》，九州出版社，2009年，第341页。

② 石一枫：《无比纯洁的意淫之作》《节节最爱声光电》，新世界出版社，2011年，第2页。

爱声光电》写出了80后的另外一个面向——“声光电”，这与改革开放和现代化有关。譬如，茅盾的《子夜》写那个迄今都让全国人民向往不已的“摩登的上海”则是用“Light，Heat，Power！”这样的意象。

若将《红旗下的果儿》与《节节最爱声光电》合而观之，则能大体见出一枫对80后一代人的理解。《红旗下的果儿》与《节节最爱声光电》这两部小说的名字真是神来之笔，在一枫的小说世界中，80后＝红旗下的果儿＋声光电。80后确实处在两个传统之下，一是革命传统（红旗），二是改革开放传统（声光电）。于80后一代而言，红旗传统是耳闻，声光电传统则是亲见。红旗和声光电都是80后一代先天性格中的两面，80后在这两个传统中何去何从，或者如何勾连这两个传统，确是一个问题。

《恋恋北京》以赵小提与姚睫的爱情故事为主线，穿插了“北京人在纽约”的成功者赵小提的前妻茉莉，一夜暴富者、城市新贵B哥，学者、教授董东风等人的生活。《红旗下的果儿》中的陈星与《节节最爱声光电》中的节节尽管都曾犯过错误，但终于长大成人，一改前非，《恋恋北京》中的赵小提则是“‘长大未成人’的顽主固执而顽强地‘顽皮’下去”。陈星与节节都终止了顽皮，而赵小提则一往无前地坚持顽皮，他自废武功，弄残手指，自我阉割，拒绝长大，咖啡馆倒闭之后，宅在家中，不复外出。姚睫是一枫小说中的新人物，她是北漂，从四川通过高考来到北京，毕业后在北京打拼，蜗居于城乡接合部，朝不保夕，几乎到了无家可归。一枫还是极尽延宕之能事，一如陈星与张红旗，赵小提与姚睫亦是若即若离，忽分忽合，历尽千波万劫，险象环生，但还是终成眷属。“恋恋北京”之“恋恋”可有两解：一是对北京恋恋不舍，二是恋爱于北京。

《恋恋北京》较之于前面两部小说有了一些新的变化，一些新的元素也开始出现。《红旗下的果儿》与《节节最爱声光电》写少男少女的成长历程，《恋恋北京》不再写成长历程，而直接写大人们（生长于北京者与北漂们）在北京当下的处境。《红旗下的果儿》与《节节最爱声光电》像一个三十多岁的人站在当下，回顾历史；《恋恋北京》则是感受当下，希冀未来。一枫的《恋恋北京》抱负颇大，此前几部均写少男少女成长，这部则要写北京这座城。诚如张慧瑜所言，《城南旧事》写民国的北京，《阳光灿烂的日子》写红色的北京，《恋恋北京》则站在当下写现实中的北京。一枫的硕士论文研究老舍，颇能见其取向，老舍的小说与剧作多写北京，一枫似乎欲自觉承续写北京的传统。

最为关键的变化是，一枫对老顽主赵小提的态度已经发生了变化，此前一枫对顽主们总有掩饰不住的欣赏和羡慕，而现在一枫对赵小提的态度则非常暧昧，有同情、理解，也有反思和批评。其实，这种端倪在一枫的中篇《五年内外》（《西湖》2007 年第 2 期）即已见出。主人公告别少年希冀顽主的时代，进入高校，步入高尚阶级，但一次回家，又忍不住顽主了一把，真是尽管不做大哥很多年，但余威犹在。一枫尽管已经下定决心告别顽主，但难免有时候还是技痒，但终归是在告别，告别意味着进步。

一枫从十六岁写作一直到现在，修成了一个象，结了一个果实，他自觉地继承王朔，成为后王朔时代的顽主。“十五志于学”，学什么？“学而时习之”的“之”是什么？每个人答案不尽相同，每个人的答案就是每个人最后修成的象。一枫“十六志于学”的“学”很清楚，那就是王朔，一枫借助王朔这副眼镜去看世界，去理解人世。一枫是《当代》的编辑，以阅读和编发小说为业，真是阅小说无数。在当代作家中，一枫还喜欢韩东与朱文，这两位可谓一时或某一地域的好作家。然而韩东五十岁了，还没有从他随父亲方之下放的经历中走出来，他念兹在兹，以至于为此写了三部长篇《扎根》《小城好汉之英特迈往》与《知青变形记》。韩东至今都未从他的怨恨中走出来，五十岁了还没看破这么小的局，其人总体上是无足观的。韩东以诗歌发迹，然而他为自己树立的对手太弱，譬如他的诗《有关大雁塔》似乎只是欲与杨炼《大雁塔》一比高，韩东在与杨炼这一代诗人的较量中成长起来，但是之后骄矜于其成绩，一直停步不前。朱文颇聪明，“我爱美元”只一句就喊出了九十年代的最强音，“中国可以说不”云云在其时是边缘的声音；“将穷人通通打晕”则与之后的“底层文学”面向不同，朱文将底层狡黠、暴力的一面写了出来。之后，朱文介入影视，这么多年过去了未再看出他的进步。王朔、韩东、朱文皆各领风骚几年，从目前看，成就一枫的恰是这些人，限制其成就的也是这些人。一枫背后的谱系若有根本的调整，他所喜欢的作家不再是这些，那么他的作品将会风貌大变。

可是，一枫受王朔的影响过大，持续时间亦太长（马小军这个名字竟然在一枫的小说中盘桓了十年之久，顽主这样的形象则一直持续至今），他所崇尚的几位作家总体也较弱。从十六岁到现在，若是精进不已，那么喜欢王朔最长也就是一两年的事情，之后所喜欢者一旦有所变化，自我认同与自我定位皆会随之而变，小说中的意象也会有大的变化。

很多作家的所谓成功只是因为其生活经验特殊，一旦笔之于书往往引起惊叹，但是大部分不能超越自己的生活经验，所以一旦写尽这些经验，他或重复，或江郎才尽。一枫的三部小说，也有重复的问题，比如重复写爱情（陈星与张红旗，赵小提与姚睫），重复写女性拯救男性，重复以突发事件去收束作品（《红旗下的果儿》以汶川大地震结尾，《恋恋北京》以车祸结尾）。之所以如此，根本原因还是作家不读书，因此他们的世界不够大，也缺乏历史感。庄子有“参万岁而一成纯”，万岁的局都能看懂了，这样的人世界何其大。庄子过于高远，难以企及，《古诗十九首》有“生年不满百，常怀千岁忧”，千岁的局看懂了，那么其人的境界也很高。很多作家斤斤于小局之中，写自己的琐事，写自己的喜怒哀乐，这些何足观！

一枫十六岁时志于学，经过十多年的积累，三十多岁的时候有一个形象立了起来。这篇所谓“一枫论”，其实只是看一枫“十五志于学，三十而立”这个局部。《上学》《流血事件》当十五志于学之象，《b 小调旧时光》《红旗下的果儿》《节节最爱声光电》《恋恋北京》当三十而立之象。若一枫力量大，此后能一变，这个局可能还会发生变化；若一枫力量不足，那么此后的一枫可能只是延续这个局，最多只会在细部有所调整。一般有才华的人，三十岁左右会有些光芒放出来，有的人之后余生只是会延续这点东西而已，但大德在四五十岁可能还会有一次大变化，之后会有更强的光芒放出来。十年或者二十年之后，我希望还能写一篇《二论石一枫》。

告别 “青春后遗症”

——石一枫近作论

夏楚群

一

石一枫的小说带着皇城根下的大气、睿智与幽默。早期中短篇多写大院子弟的青春故事，由中学到大学，一路洒下成长的印迹。其创作井喷期集中在 2011 年，《恋恋北京》《节节最爱声光电》《我在路上最爱你》三部长篇的问世，与《b 小调旧时光》《红旗下的果儿》等一起形成了鲜明的石氏风格。顽主式的腔调、无所事事的多余人、“在路上”的姿态一度是其小说必备的要素。

石一枫的小说好看、好玩，又不乏清纯样貌。青春三部曲（《红旗下的果儿》《恋恋北京》《节节最爱声光电》）以及稍晚些的《我妹》，写成长，写爱情，写迷惘、叛逆的别样青春，带着诗意的感伤和浓郁的温情，“让我们有机会看到了 80 后内心涌动的另一种情怀和情感方式”。某种意义上，它们与笛安的龙城三部曲，以及辛夷坞的《致我们终将逝去的青春》等一起，汇入了青春小说的河流。节节（《节节最爱声光电》）的明媚、可爱不输“玉面小飞龙”郑薇（《致我们终将逝去的青春》），她们一波三折的情感经历同样令人唏嘘；

杨麦(《我妹》)与母亲之间的对抗虽不如东霓(《东霓》)激烈，小米(《我妹》)对人生形而上意义的执拗追寻却远胜西决(《西决》)。在个人化、经验化的青春叙述之途上，石一枫与众多80后青春小说家共享着大体类似的写作资源。

密集的长篇小说写作，一方面让石一枫编织故事的能力得到了极佳训练，另一方面也让他不自觉地陷入惯性写作的循环。从他的作品中我们能够明显感受到，王朔的小说、崔健的音乐，乃至姜文的电影，对这位"青春后遗症"患者的持久影响。"红旗还在飘扬/没有固定方向""钱在空中飘荡/我们没有理想"。从"红旗下"到"声光电"时代的急剧转折，让一切坚固的东西随之纷纷瓦解。面对日益多元复杂的世界，"石一枫通过自己的写作，生动刻画出这个时代中各个患者的艰难挣扎及其负隅顽抗。他以自己的小说写作捍卫了少数人的青春后遗症的权利与合法性"①。十多年来，他孜孜不倦地为各式顽主造型，用嬉戏的眼光，领略人生的乐趣与无聊。初看新奇，读得多了，难免给人技巧有余，格局始终不足为观的感觉。更何况在他前面，还有一位医科圣手、文坛怪杰冯唐横刀立马。北京同样是后者"阳光灿烂"的地方，其"北京三部曲"阴邪老辣，柳青(《万物生长》)、小翠(《十八岁给我一个姑娘》)们的成熟妖冶，毫不客气地反衬出节节、小米的单薄稚嫩。若以七十年代末的"多余人"对阵七十年代初的雅痞，石一枫的优势仿佛并不明显。

反观自身，幽默轻松的叙述腔调，既是石一枫的长处，也是他的局限。陈平原当年研究林语堂的闲适小品时，曾不无尖锐地指出，没有深沉的社会内容与强烈的忧患意识作底蕴，幽默就只能是说笑话耍贫嘴。围绕石一枫前期作品，类似批评声音也此起彼伏。李云

---

① 陈福民：《石一枫小说创作：一塌糊涂里的光芒》，《文艺报》，2011年11月7日。

雷最早发觉，石一枫的写作过于追求语言上的快感，以致忽略了对现实的关注，以及精神上的探索。孟繁华认为，石一枫小说中的小资产阶级情调，遮蔽了生活中更值得揭示和批判的东西。陈福民也看出，他无法构筑起一个与社会结构相关联的有效意义系统。师友的善意提醒，加之阅历的增长，让石一枫渐渐明白"'文学'在这个世道里应该关切什么、负担起怎样的一份责任"。因此，他不再囿于小众生活经验书写，而是考虑把题材放宽，"写和自己不同的人物与社会变化"。2013 年以来，石一枫以其中短篇小说创作实绩，实现了自我突破，文风也渐渐发生着转变。在《坐在楼上的清源》《三个男人》（又名《芳华的内心戏》）、《放声大哭》《世间已无陈金芳》《地球之眼》等作品中，石一枫不断超越自我，主动拥抱现实主义传统，展现出一名优秀小说家的潜质。当然，所谓的超越或转变，并不是决绝而彻底的，某些熟悉的叙事元素依然还在。但直面社会现实，聚焦当下生活，紧贴时代脉搏，逐步建立起文学与社会的关联，无疑是石一枫近期写作的自觉追求。

二

视野变宽，视点下移，关注大时代里的小人物，是作家最明显的变化。尽管此前也有《县城里的友谊》这样涉及底层生活的作品，但小说中的人物形象却是漫画式的，带着游离生活之外的不真实感。《坐在楼上的清源》《芳华的内心戏》等中短篇小说不同，石一枫不再满足于即兴的情绪发泄（《不准眨眼》），或类型化的人物形象塑造（《乌龟咬老鼠》），而是试图通过对不同生活横断面的书写，表现大时代中小人物的命运插曲，并试图寻找反抗命运的某种可能。

清源与芳华都是身处社会最底层的平凡小人物，她们的命运转折都源于偶然的强暴事件。清源生活在风光旖旎的边陲小镇，幼年失恃，父亲再婚，让她形同孤女。因为意外致残，只能终日静坐楼上，以卖草糊为生。父亲每月一次的短暂探视，成了清源内心最大的渴盼。她出众的容貌招来恶邻老曹的滋扰，也吸引了外来大学生的注意。后者带有试探意味的示好，在清源的内心泛起涟漪。男学生带给她的亲近感，对她不幸命运的同情，再来看她的允诺，让清源情愫暗生。然而，意愿的美好敌不过命运的残酷。短暂的精神出轨后，男学生不辞而别。清源则在对男孩的隐秘期待中，被老曹强暴并怀孕。无奈之下，父亲公开择婿，在众多鳏夫里，为她挑选到一名老实本分的鞋匠。故事到此戛然而止，但我们可以设想，心如死水般寂然终老，或许是清源难以摆脱的命运。与男学生短暂的接触，让她迸发出生命中唯一的一次电光石火。清源无望的守候是她纯洁本质的表现，她执拗地宣称孩子是男学生的。而后者的软弱、失信，更衬映出清源的知命与坚忍。天然美好的女性惨遭命运拨弄，类似书写在现当代作品中并不鲜见。难得的是，清源在面对内心和接受命运时，既不同于萧萧（沈从文《萧萧》）的懵懂，也不同于巧云（汪曾祺《大淖记事》）的茫然。从对感情的希冀（对男学生怦然心动），到对强暴者的反抗（拒绝老曹求婚），以及最终命运的认同（嫁给鞋匠），清源内心的一波三折，通过外部行动自然地展现了出来。如此清澈安宁的女性形象，加上小说语言水雾般的韵致，对看惯了石一枫嬉笑怒骂的读者来说，颇有陌生化效果。

某种意义上，《芳华的内心戏》可以看作清源故事的续集，只不过进了城的芳华是健康的。同样是在芳华般的年纪里被强暴，并生下一个先天残疾的孩子，芳华的命运并不比清源好到哪儿去。但石一枫略过主人公的苦难经历，别出心裁地将重点放在她的内心戏上。芳华的小卖部既是她观察城市的窗口，也是上演内心戏的舞台。过早幻灭的人生，让芳华将秘密地喜欢“看着顺眼的男人”当作一种游戏，这游戏“帮芳华把日子填满”。她一个月先后遇到三个男人，第一个男人是任劳任怨、知冷知热的好丈夫形象；第二个是浪漫的艺术家，完美情人形象；第三个则是霸气的江湖中人，让她耽于侠骨柔情的想象。她在内心里，幻想出各式凄美的爱情。通过三个男人，芳华在虚拟的感情世界里，领略都市生活的风花雪月。而真正与三个男人产生情爱纠葛的，是一个不安分的女乐手。在邻人的议论里，芳华最终拼凑出整个故事的来龙去脉。对于别人口中的红颜祸水，芳华却带着羡慕之心。“自己的游戏竟然是人家的生活，而且进城这么长时间，芳华终究是个看戏的，并且只能当一个看戏的。”身在城市，却只能生活在城市之外。这是无数城市务工者的现实处境。不甘心做局外人，便只能沉湎于不切实际的幻想。在欧·亨利式的结尾中，石一枫下笔利落干脆，用寥寥几句对话再现了芳华的真实境遇。

有了清源的执拗与芳华对城市生活的憧憬，陈金芳的出现也就顺理成章了。在表现底层人的精神幻象上，《世间已无陈金芳》无疑更进一步。陈金芳是典型的京漂女，这类人物在石一枫小说中并非首次出现。将《恋恋北京》与《世间已无陈金芳》对比就能发现，石一枫删繁就简，将长篇小说的人物框架直接拿来给中篇二次利用。《世间已无陈金芳》中男主人公“我”的社会关系与《恋恋北京》中赵小提几乎一模一样：父母在海南养老，“我”与外企工作的妻子离婚，有个靠不法途径发迹的好友，甚至连茉莉、b 哥这些人物的姓名都没换。最大的区别就是，女主人公从姚睫变成陈金芳，不再讲顽主与京漂的北京爱情故事，而是关注底层女子与纷乱世事搏杀的命运悲剧。如果说《恋恋北京》重心落在男主人公混日子的精神迷惘，那么《世间已无陈金芳》则突出表现了女主人公浮华背后的尘世沧桑。男主人公的“青春后遗症”与女主人公的坎坷人生双线并置，交汇成悲凉的命运交响曲。两下相较，中篇小说的内在法度明显更加严谨，对人物命运的观照也更具人道情怀。

虽然一定程度上，我们可以将《世间已无陈金芳》当作对《恋恋北京》第 17 章“她的北京”的创造性改写，但陈金芳明显不是姚睫。同样漂在北京，姚睫至少还有着名校教育背景的优势，她的成功是智慧与机遇耦合的结果。陈金芳几乎一无所有。她被家人从湖南乡下带到北京，安插在部队子弟中学里，生活在同学和家人的歧视、欺凌之下。暗夜躲在杨树下听“我”拉琴，是陈金芳唯一的精神生活。陈金芳对北京的留恋是否因此而生，我们不得而知。但作为窘困的外来者，京城虽大，却无以为家。在“声光电”的照耀下，本土女孩节节奔跑过的地方，会开出大朵的鲜花；面对狭窄的命运通道，农村女孩陈金芳搏杀过的地方，却必须付出血的代价。为了生存，以及体面地生存，陈金芳不停周旋于顽主、商人与掮客之间，勇敢、果断地站到浪尖儿上，成了镀金时代典型的冒险家。从城市寄居者变身社交名媛，陈金芳改头换面，决绝地割裂了自己生命中的两个阶段。我们看着她起高楼，看着她宴宾客，看着她楼塌了。她一次次铤而走险，骗人也被骗。屡战屡败，终致血本无归，锒铛入狱。“只想活得像个人样儿”是陈金芳最大的梦想，她的奋斗史并不光彩，她的命运却异常沉重。当我们看到赌徒般的女主人公，一次次用鲜血描绘着她所眷恋的城市时，内心无法不涌动出复杂的情感。阅文无数的石一枫深知，一个作家首先要感动的，是他同时代的读者。陈金芳是迄今为止，石一枫塑造的最生动的女性形象。从他对这个人物的命运诠释中，不难看出中西小说大家的艺术滋养。与巴尔扎克等作家一样，石一枫将人物命运纳入时代转折的大背景中，陈金芳的可怜、可爱与可悲、可恨，关联着敏感的社会神经。她的上升困境，无疑也是我们这个时代必须面对的困境。

三

当代作家张炜感叹，文学小时代的一个显著标志就是作家越来越没有义愤，没有好恶之心，石一枫显然不在此列。从上述作品中，我们能明确感受到他对不公正现实的批判，以及对弱者的天然同情。而且，石一枫写底层，笔下的人物并不带穷酸气。无论主人公身陷何种境地，都有自己坚守的东西：尊严、信念，哪怕是幻梦。如果将《世间已无陈金芳》与许春樵的《你不是城里的女人》进行对读，似乎更能见出这种坚守的意义。而到了《地球之眼》，主人公坚守的东西变成了道德。

《地球之眼》是一部关乎道德的小说。石一枫从“移动互联网时代的变与不变”出发，探讨道德的人在不道德的社会里将如何自处。小说前半部分写高校生活，后半部分写职场生态。石一枫对高校学子生态的关注由来已久，早在 2007 年，就做过《四个男人，一身西装》《走出清华门，冒充聋哑人》等调研专访，对高校学生贫富分化与就业艰难的现实问题均有思考。《地球之眼》中的高校生活也紧贴当下，其面貌既不同于方方《涂自强的个人悲伤》的索然，也不同于孙频《无相》的阴森。石一枫将悲悯融入戏谑的语言中，不仅成功塑造出安小男、庄博益、李牧光三个个性迥异的人物，就连他们的师友、亲人形象也都呼之欲出。高校神人、“脑袋里装着半个硅谷”的安小男迂腐、木讷，明明有着光明的专业前景，却对现代社会的道德缺失与腐化堕落耿耿于怀。为此他求助于历史专业的庄博益，试图与其探讨“我们这个社会的道德体系是不是失效了”？而后者只是个不学无术、骨子里很“㞞”的校园混子。与之相对，“官二代”李牧光则是个不用思考的嗜睡者，心安理得地享受着特权兑换的教育资源。对道德的不同态度，决定了三个人不同的命运走向。李牧光在家庭的安排下，出国经商，加入美国籍，变成了精明奸诈的商人。庄博益则在体制内外徘徊，对生活妥协退让，间或适度反抗。安小男则因坚守道德底线，丢掉了待遇优厚的银行饭碗，沦落成替人代考的校园枪手。作为二人共同的朋友，庄博益牵线，使安小男成了李牧光公司的雇员，通过自主研发的监控设备，为其看管大洋彼岸的仓库。安小男无意中发现了李氏家族的洗钱黑幕，而李牧光则打算在安小男的老家投资。为了保住母亲蜗居的下岗工人的生活区，安小男通过互联网公布李家的贪腐内幕，揭露李牧光的丑恶行径，让李氏父子受到了应有的惩罚，并保护了所有的弱者。

不得不说，对安小男孤行侠般反戈一击的快意书写，彰显出石一枫在道德缺失、价值混乱年代对公平正义的殷殷期盼。安小男无疑是现实世界的失败者，他几乎与现代社会格格不入，始终带着堂吉诃德式的倔强，对抗着固若金汤的丛林法则。顽固的道德意识，是安小男所有行动的思想指南。在转系风波中，学校看重的是他在不同专业领域的才华，他关注的却是人文学科对道德重建的作用。工作后，对银行领导秘密任务的拒绝，原因也在于这种做法不合乎道德良知。即便沦为“校漂”，成为代考枪手，他也不愿丢掉道德精神。对李家巨额财产的来源，他首先意识到的是道德问题；在能够明哲保身的情况下，他选择维护亲邻的利益，也还是出于道德。无怪乎石一枫自叹，写了个“卫道士”。与方方、孙频小说中真正来自底层的学子不同，安小男沦落底层，基本上是他主动选择的结果。高超的专业才能，原本可以让他活得很“容易”，强大的道德意识，却让他自甘一再被逼入死角。那么，支撑这种退守的精神力量究竟在哪里？当我们为主人公的不争叹息，以致心生疑问时，作家亮出了底牌：童年丧父之痛，让安小男走不出道德的天问。安小男原本家境优越，父亲是有才华的建筑工程师。被提拔进管理层后，发现贪腐成风。“假如所有人都在贪的话，不贪的那个就破坏了生态，成了众矢之的。”为了对抗不道德的官僚体制，安父最终付出了生命的代价。这种精神遗传注定让安小男不得安生。然而，个人道德力量纵然再强大，如何与社会通行的各种不道德法则相对抗？按照一般的底层写作套路，安小男穷途末路或咯血死去都不足为奇。石一枫偏不这样写！他反借人物之口宣称，“在那钢铁洪流一般运转的规则之下，我们都是一些孱弱无力的蝼蚁，但通过某种阴差阳错的方式，蝼蚁也能钻过现实厚重的铠甲缝隙，在最嫩的肉上狠狠咬上一口。”①虽然安小男在现实世界中处处碰壁，在虚拟的网络世界里，他却能凭借天才的头脑，成为全知全能的上帝。对互联网以及监控技术的娴熟掌控，让他将现实世界的法则掀了个底朝天。安小男最终凭借自己的专业才能，伸张了道义，改变了故事的结局，也安慰了大多数善良读者的社会焦虑。

《地球之眼》是篇奇文，既显示了石一枫广博的知识面（举凡 IT 技术、经济管理、文史知识，无所不晓），又彰显了作家对时代之痛与精神之殇的关切。“地球之眼”充满隐喻意味，它不仅指遍及世界各个角落的监控机器，更象征着苍穹之上，笼罩着整个地球的道德理念。虽然对主人公来说，“道德”其实是个面目模糊的概念，他根本无法给出一个确切定义。但是，“从实际情况来看，每一种道德理论，不管是功利主义的道德理论还是直觉主义的道德理论，都主张仁慈、公正、善良和无私”②。而这些，不正是我们这个时代当前缺失的么？《地球之眼》中出现的阶层固化、贫富差距、劳资冲突等社会问题，仿佛都离道德很远，却无一不与道德相关。因为“社会冲突的真正根源在于社会权力分配不公正和由此而产生的经济分配的不公正。不消除这些不公正，就不可能消除社会不道德”③，政治伦理与经济伦理的缺失均会引发道德失范现象。秦晖指出，中国现在的贫富分化和社会矛盾，并不是完全公正致富的人与比较穷的那部分人的矛盾。何清涟也认为，在追求财富的过程中，中国近年来道德失范现象是非常惊人的。目前这种财富格局的不公，主要是由于

---

① 石一枫：《地球之眼》，《小说选刊》2015 年第 7 期。

② ［美］尼布尔：《道德的人和不道德的社会》，贵州人民出版社，1998 年，第 22 页。

③ 同上，第 8 页。

资源的分配不公、占有及使用不公引起。权力介入市场，分配机制已严重扭曲为以权力、人情关系和投机为本位。小说中，李牧光的财富正来自其父的权力寻租、巧取豪夺。与经济学者们的观察不同，石一枫用文学的方式切中时弊，他的小说或许改变不了现实，却能够给人以警醒，尤其在李牧光这个人物身上。他既是不道德权力的受益者，也是其受害者。从官二代到富二代，李牧光光鲜生活背后的堕落证明，如果缺乏了道德，财富最终也只会被用在对社会有害无益的畸形追求上。他的最终溃败，恰恰是道德良知的胜利。

四

石一枫擅长第一人称反讽叙事。这种充满个人色彩的限制性视角，极易拉近与读者的距离，增强其现实代入感。综观石一枫的小说，“我”基本上扮演的都是顽主角色，性格特征前后大致相仿。但叙述者的自我认知，近年却发生了明显变化。从马小军、赵小提到杨麦、庄博益，石一枫笔下的顽主们经历了自我欣赏—自我反思—自我批判三个阶段。从叙述者的思想变化和心理成熟过程中，我们同样可以看到作家的进步与成长。

马小军这个从王朔《动物凶猛》以及姜文《阳光灿烂的日子》里走出来的少年，像个幽灵，从《流血事件》到《放声大哭》，在石一枫的中短篇小说中游荡了十几年。如此念念不忘，一方面源于偶像强大的作用力，另一方面或许源于类似的生活经历。马小军代表的少年顽主身上，有着大院子弟的骄傲与荣光，崇尚哥们儿义气和个人英雄主义。他们逃过父母的监管，成天以痞子哄哄的言行为乐。与前辈们相比，石一枫塑造的马小军更有文化，却也更加孩子气。他毫不掩饰作为顽主的自我欣赏，以及对顽主生活的自得其乐。《恋恋北京》中的赵小提，可以看作马小军的成人版。这部明显向王朔致敬的小说，深得顽主文化精髓：“特想干点什么又干不成什么，志大才疏，只好每天穷开玩笑显出一副什么都看穿了的样儿。”明明是无所事事的精神贵族，却嘲讽所有看似崇高的事物，跟生活死磕，以此来证明自己不是个俗人。赵小提与“杨重们”一样，虽自认庸庸碌碌，却坚称即使当混蛋也要当出点英雄主义的崇高意味来。

实际上，作为一个没有音乐天分的小提琴手，赵小提看似狂妄，却对生活缺乏起码的自信。他一事无成，生活中充满了挫败，只能以不合作的姿态，抵御内心的失落与恐惧。顽主老去，果儿却在成长。姚睫对生活的热情和付出，终于让“我”对一味的孟浪、耍嘴感到无聊和疲倦了。赵小提的虚无感与避世举动是不断自我反思的结果。一个人不管多自我，如果始终在社会中找不到自己的位置，总是难免会颓唐的吧？叙述者的精神变化从《恋恋北京》持续到了《我妹》，并有了进一步提升。不仅反思内心，“我”在处世态度上，也有了实际转变。依然是身处圈内的媒体人，杨麦比赵小提的进步之处在于，不再逃避现实，敢于直面看穿了之后的世界。“我”清楚地意识到，“眼前的生活皆是幻象，幻象背后存在着一个真实的世界，在那个世界里，有恶在横行，有人在受苦”①。在这里，我们不妨将杨麦所指的幻象，理解为顽主们不接地气的生活。“我”对自身小资产阶级软弱性的反省，对精致的利己主义者的警惕正是成长的标志，可以说，杨麦的出现，是石一枫告别“青春后遗症”，直面现实的重要转折。

随着石一枫对时代发言意识的增进，叙述者的自我批判意识也逐渐增强。《世间已无陈金芳》中的“我”依然是个混迹媒体的失意小提琴手，石一枫关注的焦点却落在人物的灵魂深处。频频插入的叙述者议论，颇有几分老托尔斯泰的做派。某种意义上，这部小说之所以特别打动人心，很大程度上在于“我”与陈金芳之间的惺惺

① 石一枫：《我妹》，外文出版社，2013 年，第 44 页。

相惜。从一开始，“我”就不只单纯是陈金芳命运的旁观者。“演奏者”与“听众”的关系，让他们建立起隐秘的内心关联——“同是天涯沦落人”，艺术之途中的失意，是困扰“我”的最大精神障碍，而对高雅艺术背后高雅生活的向往，则令陈金芳飞蛾扑火亦在所不惜。在下坠与上升之际，“我”与陈金芳产生了说不清道不明的情愫，在相互怜悯中绽放人性的光亮。二人矛盾爆发后看清现实的悲哀，反倒让“我”找回了精神安顿之所，拥有了淡然处世的勇气。

这种勇气延续到《地球之眼》中，“我”的变化或者说成长是跃进式的。“我”周旋在安小男与李牧光之间，试图调停道德理想与残酷现实。像赵小提、杨麦一样，庄博益放弃体制内的安稳生活，不断折腾，既想超凡脱俗又不得不同流合污。比小米对杨麦的影响更直接的是，安小男是庄博益的精神之镜，每每可以用他照见“我”精神世界的晦暗。“每当看到有关于我们母校的新闻，甚或在夜阑人静无法入睡之时，安小男那张老丝瓜般的脸总会无声无息地浮现出来，不动声色地搓着我心里某个污痕累累的部位，搓得我的灵魂都疼了。安小男如芒在背，安小男如鲠在喉。”① 正是安小男的出现，让“我”由自我反思走向自我批判。亚里士多德说过，人自身不完善，所以作为人，幸福就需要外在的善。而在所有的外在善中，朋友就是最大的善。作为顽主，“我”的朋友一度是 b 哥、李无耻、马流氓这样的同类，他们与“我”处于同一精神平面，甚至更低。而在《地球之眼》中，“我”的朋友是正直的安小男，后者以坚韧的道德感助推“我”走向成熟。这成熟体现在对一种有道德的、有意义的生活的追求，让“我”在面对“李牧光们”的利益诱惑时，自觉坚守最后的底线。不同于此前的混迹终日，《地球之眼》中的“我”脱胎换骨，不仅结婚生子，而且有自己职业理想，自觉承担起家庭

① 石一枫：《地球之眼》，《小说选刊》2015 年第 7 期。

责任和社会责任。这一点，无疑是对此前沉溺于矫情顽主生活的叙述者们的最大超越。

从沾沾自喜的顽主出发，到告别“青春后遗症”。石一枫被王朔牵上路，又与其分道扬镳，返身到中外经典小说家的作品中汲取养分，最终在现实主义的土壤上生根结果。石一枫的创作转变印证着，唯有眼光向外，小说才不会越做越小。唯有眼光向下，小说才能越做越深。在点评余华的《第七天》时，石一枫敏锐地指出，对于当代作家而言，最大的问题就是如何面对中国的现实。他坦承，“过去我一直困扰于这个问题，就是如何既写自己能写的、擅长写的东西，又写身处于这个时代应该写、必须写的东西”①。近年来的中短篇创作无疑都包含着他对这个问题的解答。《世间已无陈金芳》《地球之眼》等作品预示着，石一枫完全有能力开拓出一个更加广阔的小说世界。在这些小说中，石一枫将个人叙述风格与作家的社会责任统一，为我们提供了一个时代本质的生动剖面。尽管还不足够完美，却明显已不容忽视。

---

① 李云雷、石一枫：《“文学的总结”应是千人千面的——石一枫访谈录》，《创作与评论》2015 年第 5 期。

顽主·帮闲·圣徒

——论石一枫的小说世界

王晴飞

提到石一枫，人们很自然会想到王朔，因为二者的作品确有很多相似之处，或者说，是石一枫的作品中有着太多的“王朔气”“顽主气”，他也因此一度被称为“新一代顽主”“痞子文学”继承人。这种判断，固然不无道理，却也不免粗疏，会忽略掉石一枫在王朔以外的东西。其实在“顽主气”的外衣下，石一枫作品中尚有“帮闲气”与“圣徒气”。他近年发表的《世间已无陈金芳》《地球之眼》等关注现实的小说，常被人视为“顽主”成长、转向的标志。成长和转向，当然都是有的，不过更多的只是视野、题材的拓展，并因这种视野的扩大，有从刻薄转往宽厚的倾向，对于外部世界有更多的同情心，而其视角则有一贯之处。

一、顽主叙事：油滑气与新贵气

石一枫写过一篇随笔，提到他们这一辈人的“大院”身份认同，源于1990年代末《阳光灿烂的日子》的观影体验——是先有“大院文学”，再建构出一个“大院文化”和“大院”身份认同。在他看来，“大院文化”其实从未真正存在过，他从王朔（及崔健等人）那里所看到并吸收的，更多的是对“不俗”的追求和个人英雄主义情结。[①]

而王朔是有大院子弟的认同感的，石一枫则只是油滑，因而也没有他的“怨毒”。王朔看似批判、消解一切价值，其实不能消解掉对自己的血统的执着，对于曾经的等级特权的认同。石一枫则只是有着青春梦和英雄梦，他的油滑，源自对当下社会人们对于“功名”热切渴望的嘲讽，以及在与社会的互动中不知如何保持纯真的逃避。

石一枫与王朔气质和叙事契合之处，常在于他们都塑造了一些无所事事者。这些人不以常见的世俗成功为人生目标，不标榜道德，以低姿态作为自我保护，以文学化的弗洛伊德方式破除宏大叙事，将一切庄重的东西都视为幻觉，看作对于本能欲望的包装。在此，道德高下的评判从“高尚不高尚”变成了“装不装”。他们都嘲讽一切的“装”。不过在王朔的笔下，几乎没有“不装”的道德和庄重的东西。而在石一枫的笔下却有。他讽刺挖苦一切的“装”，可是对于真正“不装”的道德，却心存敬意——他并不反对一切的既定价值。更准确地说，他正是出于对庄重道德的认同，对那些“装”的言行才不能容忍，必须施以顽童恶作剧式的嘲讽，以佛头着粪的方式表达自己的真信，并以此与那些虚伪的善男信女划清界限。在王朔的笔下，没有真正的知识分子——其实在他看来，知识分子本身就是“装”，无所谓真伪。他是彻底不相信（其实是拒绝相信）有知识分子或高尚的道德情操这回事。而只要拨开石一枫语言表层的“油滑”，便能看到他在认真地区分真知识分子与伪君子，真义士与假善人，并对那些“真人”心存敬意。这些“真人”在他的笔下并不算多，却都能使那个满嘴跑火车的叙述者“我”一敛油滑，认真对待，如《我妹》中具有强烈的道义感和牺牲精神的记者老岑，《恋恋北

① 石一枫：《我眼中的“大院文化”》，《艺术评论》2010年第12期。

京》中被称为“长得坚忍不拔，堪称知识分子中的一员猛将”的董东风，《地球之眼》中的安小男，甚至包括《我在路上的时候最爱你》中莫小萤的父亲莫大卫。在石一枫的另一篇随笔中，“我”对那位有知识分子气节和道德情操而又不失生活情趣的牛 k 老师心存仰慕，虽不能至，心向往之，“梦想成为他们那样的人”，避免成为他的反面。①

石一枫对于“顽主叙事”有一个从迷恋到逐步放弃的过程。他在 19 岁（1998 年）时写的《流血事件》，就是一个模仿王朔《动物凶猛》的故事，不仅情节的主要要素（如聚众、掐架、拍婆子）与之相合，甚至连主角的名字都一样：马小军。作于 2006 年的《不准眨眼》，主角仍然是马小军，这篇小说把顽主式的“语言多动症”发挥到了极致。作家当然需要语言的热爱，说话的冲动，不过语言多动症会导致叙述的不加节制，行文往往不够简洁，缺少令人深思的韵味，更会将自己的本心湮没、迷失在漫天遍地的语言迷雾里。常见的“痞子腔调”更会使语言成为刻意为之的抖机灵，显出卖弄的努力，流于自贬式的自恋——这种自我贬低很少是真正的自省，更多的只是嘲讽与逃避的策略。以带有强烈性意味的粗俗的语言狂欢，解构世间一切或真或假的“体面”，也不过是到“土豪劣绅的小姐少奶奶的牙床上”“踏上去滚一滚”，充满了对社会与他人浓浓的恶意，缺乏更为宽厚的理解与同情，仍未摆脱“顽主气”，也并不构成对社会真正有效的批判。当然，所有的恶意都是有来由的，一个作家表现出特别粗暴和刻薄的时候，往往暴露其内心隐秘的情结。这篇小说中的四个人物，除了“我”（马小军），另外三个人分别是海归女、金融男（中产阶级）和学术男（知识分子），这些人也一直是顽主叙事里最常漫画化攻击的对象。不过如果撇开被作者渲染过多的顽主

---

① 石一枫：《牛 k 老师》，《学习博览》2008 年第 7 期。

式语言，《不准眨眼》还表达了另外一层意思，那就是小说下半部分展现的，对于现代人被异化以至于丧失了正常情感的悲哀。而语言多动症本身，也正是源于不能（或羞于）坦然表达正常的情感，以至于即便是健康的情感，也必须在痞化的语言中层层包裹，仿佛夹带私货。

在写于 2007 年的《五年内外》中，石一枫已有了对于“顽主叙事”的反思。在这篇小说里，“我”从一个梦想当“一个成功的地痞流氓”的少年，到认为“当流氓也是一件最没劲的事”，最后“终于超越了一个流氓的境界”并为此感到欣慰。① 这是一个转折，也是作家的成长——从这个角度来说，王朔这样的作家在 1980 年代以后是任性地拒绝长大的。

出版于 2011 年的长篇小说《红旗下的果儿》，可视为石一枫对“痞子叙事”告别前的总结和致敬。这是一部弥漫着个人英雄主义气息的作品，因而也带有白日梦般的自恋色彩。小说的前半部分，小痞子学生陈星屡次英雄救美，为好学生张红旗出头，因此两进派出所。在同学传播他和张红旗的绯闻时，他迅速“拍”了“坏学生”沈琼，只是为了让张红旗能够避开流言的困扰。“拍婆子”本来是“痞子叙事”中的重要节目，其重要性不亚于打架和兄弟情，在这里竟然“拍”出了自我牺牲式的个人英雄主义色彩。陈星不是一般的“拍婆子”，而是为了爱情、为了信念去泡（别的）妞，这样的桥段固然矫情，在“痞子叙事”里其实经常出现。“痞子”的一面满足的是人们隐秘的欲望，“矫情”（或“纯情”）的一面满足的是人们显在的情感。纯情和痞气看似风马牛不相及，甚至犯冲，实际上完全可能融为一体。因为痞子看似反叛，实则是既定规则的坚定拥护者，只不过自己未必愿意遵守而已。痞子可能不纯情，但他们往往认同纯情，

---

① 石一枫：《五年内外》，《西湖》2007 年第 2 期。

希望别人纯情，希望别人守着最陈腐的道德伦理观。越“痞”的人价值观往往越保守。纯情痞子的故事既痞又纯情，当然最好看的——香港古惑仔电影里就常有这样的男主角。陈星最独特的地方倒在于他是一个纯天然的纯情痞子陈星，他的纯情不仅是道德、心理层面的，更是生理层面的——他面对没有发生真正爱情的女友，竟然不能产生生理反应。他不需要刻意遵循性道德准则，他只在懵懵懂懂之间便自然能做到忠贞不贰，这真是从心所欲不逾矩的境界，说他是古往今来第一纯情奇男子也不为过。

《红旗下的果儿》里另一个“顽主叙事”的常见元素是“走”，或者说“流浪”“游荡”，即所谓的“在路上”。“在路上”是文艺青年间一度流行的姿态，以一种永不停歇的姿态跋涉，寻找意义，找回自我，以此区别于他们眼中浑浑噩噩的芸芸众生。陈星在高中毕业后进了一所很差的民办大学，便每天不停地“走”。“走”源于不同于流俗的孤独，又让他陷入更大的孤独。“走”也是最无功利的跋涉——“走”并没有明确的目标，“走”本身即是意义。

“走”在“顽主叙事”中也并不罕见。都梁的《血色浪漫》的结尾，痞子钟跃民就开始独自一人跋涉“在路上”。对于“痞子”来说，从打架、拍婆子到“在路上”，从成群游荡于街头巷尾到独自行走于广阔乃至荒漠的旷野，是从俗痞“蝶变”成了雅痞。不过陈星与钟跃民也有不同，钟跃民的“走”是在功成名就、看遍繁华（其实也就是打过一些架，俘获过一些女人的心，挣了一些钱）之后，“在路上”于他而言，是一种精神加冕，使他从世俗的成功人士变成痞子教主——类似于老干部谈文艺，暴发户讲哲学。陈星的“走”，更具有迷惘中寻路的苦闷与孤独，也是他人生成长蜕变中的重要组成部分。

所以陈星还必须有第二次的“走”。在人生再次跌入低谷，和张红旗的恋情陷入僵局时，他又开始“走”——当然也是逃避。这次的“走”承担了更现实的推动情节发展的功能。在《红旗下的果儿》

里，从世俗的角度看，陈星在任何一方面都不能与张红旗相匹配。虽然石一枫后来许多小说中的“混混”常常理直气壮地啃老、吃软饭，实际上个个都自视甚高，尤其陈星是作者苦心塑造的痞子英雄，寄托着其个人英雄主义情结，自然不能居于这种卑微的依附地位。所以陈星必须“走”，而且还要在“走”中成为英雄，这样他的无用和无所事事才会被“一床锦被轻轻遮过”。于是大地震适时地发生了，陈星也（莫名其妙地）成了拯救者，拥有了可以配得上甚至压倒张红旗的英雄光环。按照情节走向，即使大地震不发生，也一定会发生别的灾难。为了陈星的英雄主义，总要有点悲惨的事发生才行——这倒有点“圣人不死，大盗不止”的意思——陈星与张红旗的恋情也可以算是一个当代版的“倾城之恋”了。《红旗下的果儿》以已经怀孕了的张红旗一句有些煽情的话做结尾：“如果你有了一个孩子，你觉得他应该叫什么名字。”这颇有童话里“从此王子和公主过着幸福的生活”的意思。陈福民在《石一枫小说创作：一塌糊涂里的光芒》中对此提出过疑问：“这些大团圆结局的软弱性，当然是作者对于美好生活难以割舍的一种浪漫想象，但如果我们不再相信童话，那么故事的力量就会大打折扣。”正如人们经常怀疑王子和公主在日常生活里也会遇到各种烦恼，不能永远“幸福”，陈星和张红旗之前交往中存在的问题，并没有真正得到解决，只是被虚幻的“英雄光芒”遮掩。

或许我们应该把《红旗下的果儿》看作石一枫对自己少年时代“痞子情结”的一个了结。他最关注的并非爱情，而是痞子成年以后怎么办？石一枫既不愿意他们堕落成鲁泡儿（《五年内外》）、古力（《红旗下的果儿》）这样无耻的老炮儿，又有了超越流氓境界的念头，便以塑造陈星这个人物的方式来将痞子升华，安放自己的个人英雄主义情结，以此作为向青春期告别的仪式。从那以后，他不仅没有写过马小军这样打架泡妞的俗痞，也没有写过陈星这样生硬冷酷的雅痞。他笔下人物的主角从痞子变成了帮闲。

不过“痞子气”甚至“恶毒气”也不免时不时地出来捣乱。如《老人》的结尾，让前一刻还头脑清醒——可以迅速理清弟子赵埔和女学生覃栗之间的暧昧关系——年逾70的古典文学教授周先生突然“气急败坏”地非礼保姆，也过于生硬。大凡文学作品，写到转圜生硬之处或过分刻毒的地方，往往说明作者对某一类人或事存有偏见，内心有难以化解的情结，不耐烦深入其中，因而破坏了人性自身发展的逻辑。不过这类作品在2007年以后已属少见，对于“顽主叙事”的克服，某种程度上可以视为石一枫开始逐渐走向成熟与宽厚，找到更适合自己叙事风格的表现。

二、“帮闲”视角：应伯爵的身子与贾宝玉的心

石一枫的小说中，最具特色的人物是那些无所事事的“混混”。所谓“混混”，指的是不愿意直接与社会发生真实、密切的关系，游离于社会主流之外，并以此为荣的一伙。以2011年为界，此前小说中的“混混”偏“痞子”，此后则偏“帮闲”。痞子与帮闲当然也可以相通，痞子常不免要干一些帮闲的事，帮闲的身上也总有几分痞气。而且痞子与帮闲都以“不俗”自居，并以此鄙视“俗人”，只是帮闲将鄙视与不合作从外转向内。二者的区别可能在于，帮闲比痞子更多一些对社会的适应。痞子多生硬冷酷，帮闲则可以一团和气，痞子以直接破坏的方式与社会较劲，帮闲则常和光同尘。帮闲比痞子入世更深，对世态人情也更多体察，这大约也是石一枫常选择“帮闲”作为小说叙述视角的原因之一。

这样的帮闲如赵小提（《恋恋北京》《世间已无陈金芳》）、陈骏（《我在路上的时候最爱你》）、杨麦（《我妹》）及《地球之眼》中的庄博益（瞧这倒霉名字）等。石一枫自己在一篇创作谈中将之称为“文化骗子”，认为他们“认清了自己是卑琐本质的犬儒主义者，缺点在

于犬儒主义，优点在于还知道什么叫是非美丑”[1]。“犬儒主义”是“混”的一面，帮闲的一面；“知道什么叫是非美丑”，则是他们“不俗”的一面。因为“不俗”，所以不肯“大干快上”，加入当下轰轰烈烈奔往“成功”的大跃进运动，而只是冷眼旁观。这是他们“随波逐流”的底线。

从这个角度来讲，石一枫以及他小说中的“混混”们倒一个个都是老实人，与那些削尖了脑袋在功名路上狂奔的蝇营狗苟之徒相比，他们是真信那些“大词”的。只是因为对世人道德水准极度失望，不愿与之为伍，索性以混混的面目示人。这倒颇有几分名士风范，如同鲁迅在《魏晋风度及文章与药及酒之关系》中所说的，那些不谈周孔甚至非薄汤武的，倒是真正的礼教信徒，将礼教当作宝贝的迂夫子。[2] 石一枫笔下的混混们竟是真正的道德信徒，人们不察，常被其表面的玩世不恭和伪恶所欺，只看到他们干着应伯爵、谢希大的事，容易忽略其“帮闲”的身体里，藏着一颗贾宝玉的心。

石一枫的小说中，“赵小提”常常充当小说的叙述者，如《恋恋北京》《世间已无陈金芳》《合奏》。“小提”自然是小提琴，作为一种高雅乐器，可视为美与艺术的象征。在石一枫的文学世界里，音乐具有超俗的神性，是抵抗庸俗、功利价值观的武器。在《b 小调旧时光》这部科幻小说里，石一枫比较系统地表现出他理想中的宇宙观与价值观：在我们所生存的此世界之外，在黑洞背后，有一个相反的彼世界。彼世界的“反物质”到了此世界即成为具有神奇的战斗力量和音乐能力的“魔手”。音乐是两个世界的连接，“魔手”的存在方式，也是外星人拉赫玛尼诺夫穿梭时空的向导。在这个世界里，庸俗的地球人脑中功利的世俗性格占主导，超功利的艺术性格稀缺，

---

① 石一枫：《关于两篇小说的想法》，《文艺报》2016 年 3 月 25 日。
② 鲁迅：《魏晋风度及文章与药及酒之关系》，《鲁迅全集》第 3 卷，人民文学出版社，2005 年，第 535—536 页。

根本不具备音乐才能。历史上那些伟大的音乐家如贝多芬、帕格尼尼、拉赫玛尼诺夫等或是外星人，或是被“魔手”附体。世俗性使地球人不能理解大智若愚的高等智慧，沉迷于积极进取的成功追求，流于无尽的争斗。“我”由于是外星人在地球上的后代，所以与一般地球人不同，即便被拉赫玛尼诺夫施“换魂术”完全置换为世俗性格，也仍然无法忍受庸俗的成功人士生活，终于选择以自杀的方式逃离到“世界的边缘——既在世界之中，又在世界之外”。这和“赵小提们”帮闲式的生活定位有相通之处。

在石一枫的小说里，音乐和爱情（美好的女性）是人性拯救的力量，因为她们都“不俗”。后者使他的小说具有了贾宝玉的色彩。这在《红旗下的果儿》中便有所流露。生硬冷酷的小痞子陈星，正是因和张红旗的爱情而得到拯救，终成圆满。《恋恋北京》则更为明显。赵小提自幼热爱并练习小提琴技艺，后来因发现自己一直苦练的只是没有生命的技巧而陷入绝望，偷偷砸断了左手的中指。这种自毁，不仅因为自卑，也源于对艺术真正的热爱，是对只练习技巧以获得音乐自身以外名利行径的反抗。这种非功利的艺术之爱和与世俗名利保持的距离，是他获得女性之爱拯救的前提，是人性能够变得更好的“种子”。

小说中赵小提有过类似于自我剖析（也是自我辩解）的片段，这可以视为作者本人对赵小提这种帮闲、懂得是非美丑的犬儒主义者的判断：

> 在大多数男人眼里，我这种人肯定算得上是标准的无耻之徒：不求上进，混吃等死，寄生在一个勤劳的国度却热衷于以最尖酸刻薄的言辞来侮辱那些勤劳的人——借此显示自己的卓尔不群。这30多年来，我的生活基本上由三个部分组成：啃老、吃软饭、充当流氓资本家的帮闲。要是把我这种人通通赶进毒气室，然后再锉骨扬灰、加工成肥皂，“中华民族的伟大复

> 兴”起码能提前十年。但纵使真有那么一天，我也会遗憾地申辩：群众真是瞎了他们雪亮的眼。我何罪之有，只是不想当傻逼而已，居然就成了社会的异端分子。

赵小提甘当“无耻之徒”，其实是以“无用”自居、自傲。“无用”并非真的无用，而是不愿意钻营，以消极的方式坚守底线，所以他理直气壮地说：“当寄生虫也是我的自由、甚至是对社会的贡献，比起那些勤奋地乱窜、无孔不入的家伙，我这种人起码不会让世界变得更差。”这一段独白颇有贾宝玉的色彩。《红楼梦》中的通灵宝玉本是女娲补天时弃用的灵石，所谓“无才可去补苍天”，而贾宝玉初出场时的两首《西江月》，也在表明他的“无用”，所谓“潦倒不通世务”“于国于家无望。”因为“无用”，便可不必去精通世务，保持内心的纯洁和人性的淳朴。贾宝玉厌恶与士大夫诸男人接谈，认为建功立业乃是“沽名钓誉，入了国贼禄鬼之流”，都是须眉浊物的勾当，而只愿在脂粉堆里厮混，也正是赵小提式的“寄生虫”。

“赵小提们”对美好女性的感情，也是贾宝玉式的。他面对酒后的姚睫时，甚至产生了宗教偶像的情怀：“面前的姚睫一清二楚地端坐于我面前，每一个线条乃至大眼睛上的睫毛都纤毫毕现。她拈杯如同拈花，妙相庄严，宛如正在发育中的菩萨。”“她是晶莹剔透，不谙世事；她美好如月亮，单纯如孩童。”这又是贾宝玉式的高论了。（“女儿是水作的骨肉，男人是泥作的骨肉。我见了女儿，我便清爽，见了男子，便觉浊臭逼人。”）所以他不在意大多数须眉浊物（或者用石一枫式的话语来说：糙汉）的鄙视，只在意那聪慧、美好女性的了解与欣赏，便在于这种女性崇拜心理。至于那些不够聪慧不够美好的女性，当然就只相当于刘姥姥、周瑞家的之流，早已被男人世界污染，归入糙汉行列，其看法可以忽略不计。有趣的是 b 哥的小保姆，她粗糙蠢笨，思维简单，头脑一根筋，却被视为与姚睫不同的另一种“美好女性”，她后来也的确救了赵小提和 b 哥的性命。这里也可以看出石一枫对于“一根筋”的喜爱和一定的反智论色彩。

《节节最爱声光电》中的节节，也是石一枫着力塑造的美好女性。这部小说被石一枫自称为“无比纯洁的意淫之作”，要写出作为女性的“不容易”。“意淫”云云，自然是红楼话语，对“不容易”的理解却使节节美好而不虚幻。在《红旗下的果儿》《恋恋北京》中，女性虽然美好，却终于仍是陪衬，是符号化的拯救男人的神圣道具。《节节最爱声光电》则以节节为主角，以节节的眼光看世界。题材上的扩展带来视角的丰富和写作品格的宽厚，女人不再是完全不同于男人的“水做的骨肉”。虽有神性，都落在柴米油盐的实处，是活生生的有血有肉的人。她的生命比姚睫和 b 哥的小保姆更丰富，因为她只要过好自己的生活，而没有被赋予拯救男人的重任。

《恋恋北京》中赵小提的成长与精神的救赎，内因在于他内心有对“俗气”的鄙弃，具有“艺术性格”，外因在于美好女性的鼓励，可称得上是“永恒的女性，引领我们上升”。当然最后的得救，还需一番仪式化的精神磨炼，类似陈星的出走和遇难。赵小提在受到姚睫的刺激以后，闭关数月，开始了和 b 哥及其小保姆的出游，终于遭遇地震。闭关、出走和遇难，都是通过劫难使人精神升华，有类于唐僧师徒历尽八十一难方成正果。

《世间已无陈金芳》中的叙述者也是小提，这一个赵小提所起的作用与《恋恋北京》有所不同。在《恋恋北京》中，赵小提是男主角，小说也意在讲述他的精神成长，所以更多宝玉气；《世间已无陈金芳》中的赵小提所起的作用主要是充当叙述者，更具帮闲气。以帮闲之眼观察世界，以帮闲之口讲述故事，是石一枫的精心选择，即“通过这类人的眼睛看待世界”，以之为支点来撬这个世界。帮闲游走于各阶层人群之中，视野开阔，可以更广泛地观察社会中形形色色的人群。而作为观察、评判世界的着力点（立场），帮闲的眼光具有流动性和含混性，随所观察人物的移动而移动，有更多入乎其内的了解，对人与事的判断不太容易偏于一极。这当然只是相对而言。石一枫笔下的帮闲虽然消极颓废，其实自视甚高，姑且不论《恋恋北京》中的赵小提其实是将自己和“长得坚忍不拔，堪称知识分子中的一员猛将”的董东风相提并论，归为一类人，区别不过在于一个肃穆，一个颓丧，即便是《世间已无陈金芳》中的赵小提，虽多帮闲气，却也是有所不为。他仍然拉小提琴，具有一定的“艺术性格”，守着一个“合格的帮闲”的底线，即“宁当帮闲，不做掮客”，不去参与这个时代“辉煌事业”的巧取豪夺。所以他们与 b 哥、李无耻、李牧光这种西门庆式的流氓资本家之流本无直接依附关系，并于表面的随波逐流中暗含褒贬。

在《恋恋北京》中，作者行使虚构的特权，让 b 哥得怪病，有家不能归，有豪宅而不得住，夜夜做梦被追杀，受尽折磨，最后只好带着一根筋的小保姆全国各地四处游荡。这是一种顽童式的狡狯报复。在《世间已无陈金芳》和《地球之眼》中，如果去掉庄博益和赵小提这两个人物，并无损于故事主线的完整性。他们游离于剧中炽烈的“成功学”氛围以外，提供了一种异质声音和视角，是对“成功学”声音掺沙子式的平衡，使小说的意蕴更为丰富。《世间已无陈金芳》中如果没有赵小提的存在，则不免流于当下常见的底层小人物奋斗最终失败的故事套路。赵小提游走于陈金芳和 b 哥的圈子之间，以帮闲的眼光打量那些功名路上的或成功或失败的奋斗者，对于那个歌舞升平的名利场冷眼旁观，眼看他起高楼，眼看他宴宾客，眼看他楼塌了。在这样一种异质眼光里，陈金芳的悲剧才显出可悲而又可笑的内涵。可悲是因为她的努力只不过想活得有尊严一点，可笑则是因为她被这个时代追求“成功”的风潮所裹挟，一心在功名路上狂奔，而这并不能真正获得人的尊严。小说的批判性不仅仅在于小人物无由出头的悲哀，更在于世人只以世俗“成功”为人生唯一追求，人人争做“成功人士”而无暇反思，这才是这个时代更大的悲哀。

这便是石一枫以赵小提、庄博益们为支点，撬起来的文学世界。帮闲式的眼光使作品具有宽厚的品质，又不失批判的锋芒。不过以帮闲作为支点，也常会削弱批判的力量。石一枫笔下的帮闲们，虽以清高自诩，终究是和光同尘，不免久入鲍鱼之肆；虽设置底线，但是帮闲的底线也常常若隐若现。鲁迅写过一篇短文《二丑艺术》，勾勒出“二丑”这种知识阶级的画像：他们不做义仆，因为义仆“先以谏诤，终以殉主”；也不做恶仆，因为恶仆“只会作恶，到底灭亡”。他们“有点上等人模样，也懂些琴棋书画，也来得行令猜谜，但倚靠的是权门，凌蔑的是百姓，有谁被压迫了，他就来冷笑几声，畅快一下，有谁被陷害了，他又去吓唬一下，吆喝几声。不过他的态度又并不常常如此的，大抵一面又回过脸来，向台下的看客指出他公子的缺点，摇着头装起鬼脸道：你看这家伙，这回可要倒楣哩”！这说的其实就是帮闲。与鲁迅笔下的“二丑”相比，石一枫小说中的帮闲所处时代不同，与“权门”间或有更大腾挪躲闪的博弈空间，但仍有相通之处。无论多么自命清高的帮闲，长期在藏污纳垢之所厮混，逐日浸染，难免污浊。所以石一枫小说中的人物总是亦正亦邪，亦雅亦俗。私下里他们自视颇高，甚至以英雄自居。对于“俗人”，他们也不惮于责以大义，而当别人对他们做出类似的要求时，他们却又立刻就地打滚，以自污的方式逃避责任，甚至将一切期许与指责都归结为“装”。这又是无赖气发作了。这种价值立场的游移，源于性格的怯懦和对于责任的本能逃避，所以他们的道德观念和对社会病象的批判总是以消极退守的方式体现出来：然“我”不免“俗”，但是社会更“俗”，相比之下“我”的消极反倒显得“不俗”，甚至是“脱俗”；既认定社会太“俗”，也很容易本能地对一切积极进取，将所有看起来“不俗”的人事言行都视为虚伪、“装”，加以嘲弄。这固然是因为社会上虚饰太多，美好的名词早被污染，成为人们获取功名的终南捷径，但由此转以消极和敢于自污为荣，也不免沦为自己所鄙视的“俗”的一部分，很难自外于既有之“俗”。体现在语言层面，便是以痞子话语将自己的真性情藏于其中，兜鍪深隐其面，从而导致表达与交流的双重障碍，伤害了作品与世界对话的有效性，又因障碍而遭误解，因误解而自怨自艾，更生避世避人之心。只不过有人避往山林草野，有人避往闹市，避往女性的臂弯。

三、道德坚持：低调的圣徒与帮闲的权利

石一枫对逃避现实的“犬儒主义者”是有很多同情的，虽然他常常让这些“文化骗子”在作品里自我贬低，却也忍不住流露出对他们的欣赏与喜爱。这除了逃避沉重现实的成分外，还源于石一枫对于坚硬的道义姿态的警惕：道德会演变成一种新的权力，使人产生幻觉，沉迷其中，让人变得简单粗暴，不近情理，陷入“非黑即白、非此即彼”的战斗思维。

在发表于2016年的一部中篇小说里，石一枫塑造了一个“特别能战斗”的老年妇女苗秀华。苗秀华不仅“能战斗”，而且“爱战斗”。如小说中所述，苗秀华的“战斗性”是被现实逼出来的。年轻时她也曾是“没说话先脸红，根本就不能跟人家吵架的人”，为了保护出身不好的丈夫，她只有变得强横。在一个缺乏规则、不讲道理的社会环境里，弱势者只有靠“能战斗”才能勉强生存下去。她要横、“犯浑”，是因为那些掌握了权力的人（哪怕是一丁点微末权力的小人物）根本不屑于讲理，只以“犯浑”的面目出现，也只愿意正视“犯浑”式的反抗。一个好的社会制度与氛围，可以让犯浑耍横的人变得温柔敦厚，而不好的制度与氛围，必然逼着温柔敦厚的人犯浑耍横。这是苗秀华生活其中也必须面对的社会环境。她正是从这里炼出了充满战斗性的生活经验与智慧。

在小说的前半部分，苗秀华的战斗是有合理性的。小说正面叙述的是一起小区业主维权事件。在面对物业违约侵犯业主权益时，苗秀华最早也最积极、最坚决地进入维权、战斗状态。在这一点上，她比大多数人更勇于维护自己的合法权益和尊严。她的战斗，在维护自己权益的同时，也是在维护小区所有业主的权益。不论她个人性格喜爱不喜爱战斗，这时她身上显现出来的战斗性，都具有一定的自我牺牲色彩。与苗秀华相比，其他业主，包括叙述者小林，反倒显得自私怯懦。随后他们撇开苗秀华，背地与物业方妥协，一度获得了免费停车位的优惠条件，而这个优惠条件，正是因苗秀华的战斗得来。苗秀华付出了战斗成本，其他人不劳而获，这是典型的"搭便车现象"。在一个处于弱势需要争取权利的群体中，如果所有人都持犬儒主义的人生态度，怀搭便车的心理，是不可能甚至也不配从强势者那里争取到合法权益和人性尊严的。

苗秀华的问题出在"一直都在跟领导作对，所以也就从来没当过领导"的她忽然成了"领导"——业主委员会主任，并带领众业主战胜旧物业，招聘新物业，成了新权力格局中的强者。战斗的胜利，使她自信心暴增，比如她也敢于直接批评叶教授这样的文化人了。战斗思维的延续，使她在挑选新物业公司时，坚信业主与物业之间只存在"客大欺店"与"店大欺客"两种可能，所以不选择有经验的大公司，而是选择了刚成立几个月的小公司，原因是小公司"听话"。虽然小说中的她并不贪钱，可她贪恋的是比钱更容易让人着迷的权力。① 她沉浸于"当官"的快感中，给自己特设一间办公室，每天专职办公，事必躬亲，还给自己雇了一个秘书。部分业主不满于小区的管理现状和她的独断专行，要求更换物业和管理公开，

① 小说中将苗秀华描写成不贪钱财的人，也是为了更突出她"战斗性格"的纯粹性，以及权力腐蚀力的强大——即便是一个清廉正派的人，也会被权力异化。

她视为夺权和摘桃子。

她迷上了权力的滋味，沉浸在救世主的幻觉里，不肯放弃自己“打江山”得来的权力，因为权力是她带领大家战斗得来的，不能轻易让渡。在她带领大家与旧物业斗争时，是以弱者的身份争权利，为自己和他人谋福利，而此时的她自身已成为新的强权，她的独断专行甚至“夙夜在公”（每天在办公室工作十几个小时），都已构成对其他业主权益的侵犯。以救世主自居，不肯适时地让渡权力，也使她陷入了最常见的“打江山，坐江山”的权力循环，甚至将成长为新的暴君，变成了她曾经反对并最终推翻的那个权力怪兽。

据说缅甸有一个关于恶龙的传说：每年，这条龙都会要求村庄献祭一名童女。每年村子里都会有一名勇敢的少年英雄翻山越岭，去与龙搏斗，但无人生还。当又有一名英雄出发，开始他九死一生的征程时，有人悄悄尾随，想看看到底会发生些什么。龙穴铺满金银财宝，男子来到这里，用剑刺死龙。当他坐在尸身之上，艳羡地看着闪烁的珠宝，开始慢慢地长出鳞片、尾巴和触角，直到他自己成为村民惧怕的龙。① 田秀华正如那个少年英雄，在“屠龙”时，她是为自己（顺便也为他人）争取合理权利的英雄，而在成功后，人们已经得到自己的权利，不再需要英雄——英雄总要代表他人，因而也总要侵占他人权益——她却难以克制权力欲望，利用在抗争过程中积累的威望（威望本身即是一种权力），异化成自己抗争的对象，变为恶龙。

指望苗秀华能够跳出“打江山，坐江山”的权力循环，当然是过于苛求。她的战斗性格本身就源于恶劣的社会环境，她只信任战斗的力量，而不相信有理性的妥协和制度对人性的合理约束。

---

① ［美］艾玛·拉金：《在缅甸寻找奥威尔》，王晓渔译，中央编译出版社，2016年，第95页。

石一枫从“特别能战斗”中抽象出来的是战斗思维、战斗性格。苗秀华的战斗性并非面对新处境的临时反应，而是从日常环境中浸染、磨炼而来，“特别能战斗”已经内化为她自身的气质，融入到血液里。而这种战斗性和她的支配欲又是连为一体的。她有着支配他人的本能，在家支配丈夫、女儿，初见面便支配小林，成了业委会主任后自然支配其他业主和物业公司。她家庭的和谐，是以丈夫和女儿对她的绝对顺从为前提的，她在外面为家人出头，家人则接受她的保护，放弃在家庭事务上的发言权。在公众事务上也是如此，她通过为人战斗而将对方纳为保护对象，获得对他们的支配权——如小区的其他业主；她也通过与人战斗获得对对方的支配权——如后来的小物业公司。这种战斗思维与那种面对真正的强权时信奉犬儒主义的态度，又是一体之两面。因为肆意侵犯他人的权利与不敢争取自己的权利，都不能真正懂得人己权界，而只认同“战斗”，或因为敢战斗而勇于践踏别人，或因为不敢战斗而甘心被人践踏。

苗秀华身上的战斗气质之所以让人不舒服，其实主要在于“特别能”，即走了极端。战斗思维和战斗性在我们社会中多数人身上都有。我们毕竟与她分享着同样的生长环境，也分享着她身上的“战斗血液”，只不过一般人没有苗秀华那样坚强的意志，旺盛的精力——我们多数人只能做一个“弱化”的苗秀华。人们常说“有人的地方就有江湖”，说明了“斗争”的普遍性。这些斗争往往不以争取个人合理权益为诉求，不建立在尊重普遍适用的规则之上，也不以建立良好规则为目的，甚至更多的战斗是不公开的，隐藏在黑影里。这些战斗比苗秀华的战斗更“高级”，更有策略，也更具有隐蔽性乃至残酷性。与之相比，苗秀华的战斗倒显得小儿科了。

在石一枫的笔下，与“特别能战斗”的英雄相比，“文化骗子”、犬儒主义者反而更让人愿意接近。他们顶多耍耍无赖，并不热衷于干涉别人。出于对道德英雄本能的警惕乃至恐惧，石一枫心目中理想的道德者都是温和而低调的，如《恋恋北京》中的董东风，《我妹》中的老岑、肖潇等人。低调意味着消极意义上的坚守，而非与世浮沉，流于犬儒和无耻。他们坚持自己，却不苛求别人；不同流俗，又不英气逼人。不为道德的光环所迷惑，不因道德坚守而独断专行，产生救世主的幻觉，因而能在自己和他人之间保持合适的界限。

这也源自对自身行为的反省和他人处境的理解。对自身有反省，就不会陷入道德权力的幻觉中，也不会有所谓的“装”。权力需要限制，道德权力虽是一种虚化的软性权力，一样可以使人内心膨胀，以宇宙真理在握者自居，变得专制蛮横，勇于粗暴干涉他人。于己，是使自己的心灵变得粗疏僵硬，缺乏对更丰富的世界和人生的感知；于人，是视天下人皆为蝼蚁而独自己为英雄救主——这其实恰恰丧失了道德追求与坚守的本意。

出版于 2013 年的《我妹》，讲述的是帮闲杨麦一度与世浮沉而最终在“义人”老岑、陈米（即“我妹”）等人的感召下重拾道德坚守的故事。老岑身上有着浓烈的圣徒气息，是小说中的一面道德旗帜。他之所以能够获得新时代“西门庆”李无耻和犬儒主义者杨麦的尊敬与认同，正是因为他的道德理想主义不具有攻击性和侵略性。他自己义无反顾地与一切丑恶现象斗争，却不以此骄人。他对他人的道义影响，只通过身体力行的示范来实现，润物细无声。杨麦年轻时曾是他最看重的记者，甚至被人们视为他事业的接班人，可是杨麦性格柔弱，既不肯投入艰苦的维护道义的斗争，又不能无底线地加入攫取财富的无耻狂欢，在青年时代一度旺盛的道德激情消逝以后，就迅速地流入犬儒主义式的帮闲生活，一边心存愧疚，一边为自己辩解。可是老岑不以为忤，并不因杨麦的退出而认为他懦弱，而是仍然认定他是好人，因为心软才老躲着自己。他对杨麦的选择表示理解，并将自己的义无反顾归结为没有牵挂，因而认为大家都不过是（有缺陷的）凡人，不觉得自己高尚而别人懦弱。当然，老岑的选择并不能单单用没有牵挂来解释，因为没有牵挂的人也未必会选择做圣徒，有牵挂的人也未必便没有坚守。不过老岑不因自己的道德操守产生幻觉，保持着低调而清醒的自我认知和对他人处境的理解，是很重要的，也是许多道德义士缺乏的。

实际上在石一枫看来，即便是如此温和的道德主义也有可能令人不安。杨麦虽然后来重拾道德理想，但是他的帮闲生涯并非一段可有可无的插曲。他的帮闲视角作为一种重要的力量平衡甚至制约着老岑式的道德理想主义。杨麦当然是尊敬乃至有一些崇拜老岑的，但也害怕老岑。他不愿意见老岑，固然是因为他的理想主义情结并未褪尽，心怀愧疚，也有着对于老岑这种圣徒式坚守本身的恐惧。见到老岑，就必须直面人生中那些沉重得令人窒息的苦难，这本身就让人产生压力。所以他一面为老岑的道义坚持、对他人苦难的关注所感动，视之为精神导师，认为“他的形象就多少具有了圣徒的意味”，但是又迅速予以解构，不以为他的情操有多么高不可攀，认为他义无反顾地坚持道义的决定性动力在于个人不幸经历及其带来的精神创伤，甚至是一种病态。这套说辞和老岑的自我剖析如出一辙，但是出自不同人之口，意义却有不同。于老岑而言，这是对自己可能具有的道德权力清醒的克制；对杨麦来说，就不免流于寻找口实。人的处境固然不同，可是任何处境都有可能成为坚持的动力，也有可能成为放弃的借口。朱熹批评人不肯读书时曾说，“人多言为事所夺，有妨讲学。此为‘不能使船嫌溪曲’者也。遇富贵，就富贵上做工夫；遇贫贱，就贫贱上做工夫。《兵法》一言甚佳，‘因其势而利导之’也”。处境并不能解释一切。

石一枫刻意在小说中加入杨麦这一视角，并非是要讲述一个“浪子回头”的套路故事，而是担心老岑式的道德理想主义成为书中的唯一声音，形成对于书中其他人物乃至读者的压抑与侵略，强调人有选择生活方式（包括帮闲式生活方式）的自由。他并不认同帮闲式的价值观，称之为犬儒、逃避。可是人难免有软弱、逃避的时候，也有软弱、逃避的权利。道德主义的坚守必须源自自我的理性选择，而非外力的裹挟。当杨麦去见躺在病床上的老岑时，他一度怀疑老岑是想最后争取他："这老头儿太幼稚了。都已经过去多久了，老记着这个旧茬儿，人还怎么过日子呀？再说句像李无耻一样无耻的话，现在我是谁他是谁呀，他还想挽救我呢，谁挽救谁呀？"看似矛盾的是，当他认为老岑想"挽救"他时，他愤愤不平，而老岑并没有"挽救"他，最后他却回到了老岑的路上。这正是因为"挽救"这一行为的双方是不平等的：一方全知全能，高高在上；另一方懵懂无知，俯伏在下。被挽救者不具备与挽救者平等对话的能力，也被剥夺了理性思考的权利。人的精神觉醒只能是自我理性思考的结果，而不应靠别人的灌输、"挽救"。

在石一枫看来，即便是真正的圣徒，也不必人人皆要去做。人有选择非圣徒式生活的自由和权利，这也正是真的圣徒们怀着高贵的自我牺牲精神奋斗的目标。一个道德行为，只有出自道德主体的理性选择，才是真正合乎道德的。而一个无法做出自主理性选择的人，是精神上的未成年人，也不可能有真正的道德坚守。杨麦心怀愧疚地随波逐流的那一段生活，看似走了弯路，实则意义重大，因为正是这一段帮闲生活，证明他后来的"回归"，是真正理性的选择。

石一枫的小说具有很强的可读性。这首先因为他的语言天赋，机智俏皮的口语，即便"一腔废话"也能说得趣味横生。他的小说情节也暗合了许多通俗文学的"套路"，譬如"英雄救美"模式，"浪子回头"模式等。当然，石一枫的"浪子回头"与传统的套路多有不同。传统小说中的"浪子回头"是幡然悔悟式的，剧中人物最后总是觉今是而昨非，常以对主流道德的认同来否定从前的"误入歧途”，稳固既定的社会价值观。而石一枫的小说着力最深之处，恰在于对既定观念的松动，拒绝任何绝对真理。这影响到他的写作姿态，是与读者及小说中人物平等的，常以调侃语气出之。在脱离“顽主腔”之后，他的小说基本是在“帮闲腔”与“圣徒腔”之间的摇摆回旋，这也使得他的叙述口吻从容自如，说帮闲虽油腔滑调却不流于虚无，谈道德虽一本正经也能亲切自然。

当下中国文学的一个新方向

——从石一枫的小说创作看当下文学的新变

孟繁华

自白话文学诞生以后，中国文学从来没像现在这样繁复多样和复杂。因此，对于当下文学的评价之分歧，也从来没有如此意见纷呈各执一词。无论出于哪种考虑，这都是一种全新的文学格局，或者说，“就是我们的文学生活”①。但是，只要我们走进文学内部，就会发现我们的文学依然与现实结合得非常紧密，当下生活的每一个细部被表达得完整而全面。从这个意义上说，文学仍然是时代生活的晴雨表，作家仍然是时代生活的记录者。一个时代有一个时代的文学，但文学传统的巨大力量仍以惯性的方式在承传和延续，诚如贾平凹所说：“作为一个作家，做时代的记录者是我的使命。”② 这也是文学仍是这个时代高端精神文化生活主要形式的原因。作家记录时代生活，同时也必须表达他对这个时代生活的情感和立场，并且

---

① 参见拙文：《这就是我们的文学生活》，我曾用这样的表达概括 2009 年的中篇小说创作状况，《当代文坛》2010 年第 1 期。

② 王文、刘巍巍：《贾平凹：做时代的记录者是我的使命》，《新华每日电讯》2013 年 6 月 14 日。

有责任用文学的方式面对和回答这个时代的精神难题，特别是青年的精神难题。比如 20 世纪 80 年代文学，在今天不仅是一个研究对象，同时也更是一个怀念和不断想象建构的对象，原因就在于 80 年代的文学整体上塑造了一代“青年”形象——高加林、返城知青、青年右派、青年叛逆者等，一起构成了 80 年代文学绵延不绝的青春形象序列。这些青春形象同那个时代的“星星画展”、港台音乐、校园歌曲以及崔健的摇滚、第五代导演的电影等，共同构建了 20 世纪 80 年代激越的文化氛围和扑面而来的、充满激情的青春气息。任何一个时代的文化心理、氛围和具有领导意义的潮流，都是由青年担当的。因此，没有青春文化和没有青春形象的文学，对任何时代来说都是无法想象的。同时，80 年代的文学更揭示和呈现了那个时代青年的精神难题，比如潘晓问题的讨论以及青年经过短暂的亢奋之后的迷茫、颓唐等。正如北岛的《一切》和舒婷《也许》中的诗句：“一切都是命运/一切都是烟云/一切都是没有结局的开始/一切都是稍纵即逝的追寻”“也许我们的心事/总是没有读者/也许路开始已错/结果还是错/也许我们点起一个个灯笼/又被大风一个个吹灭/也许燃尽生命烛照别人/身边却没有取暖之火。”那个时代青年的精神难题就这样被诗人提炼出来，于是他们成了 80 年代的代言者和精神之塔。

上述与文学有关的现象或作品，几乎都与社会问题有关。社会问题小说，是新文学重要的流脉，也是自 1978 年以来文学最发达和成就最高的领域。这一状况不仅与中国的社会历史语境有关，同时也和作家对文学与社会关系的认知有关。即便在文学表达最为自由的时代，社会问题小说仍然是最丰富、最多产的，比如 80 年代。但是，今天由于新媒体的出现，社会资讯的发达程度远远超出了我们的想象。更严峻的问题是，各种关于社会问题的消息蕴含的信息量及其轰动性、爆炸性，是任何社会问题小说都难以比拟的。要了解社会各方面的问题，网络、微信等无所不有。因此，当今时代的各种资讯对社会问题小说提出的挑战几乎是空前的。但是，文学毕竟是一个虚构的领域，它要处理的还是人的心灵、思想和精神世界的问题。从这个意义上说，文学仍然占有巨大的优势，仍然有巨大的空间和可能性。精神难题是社会难题的一个方面，但网络、微信传达的各种信息，还不能抵达文学层面，这也正是文学至今仍然被需要的缘由。如果是这样的话，我认为青年作家石一枫是新文学社会问题小说的继承者，他不仅继承了这个伟大的文学传统，同时就当下文学而言，也极大地提升了新世纪以来社会问题小说的文学品格，极大地强化了这一题材的文学性。在这个无所不有、价值观亟需重建的时代，石一枫和一批重要作家一起，用他们的小说创作，以敢于直面的方式面对曾遭遇的精神难题，并鲜明地表达了他们的情感立场和价值观。作为一种未作宣告的文学潮流，他们构成了当下中国文学正在兴起的、敢于思考和担当的文学方向。

一、仍在辩难的文学观念

每个作家都有自己的文学观念，这是文学创作自主化或曰创作自由在今天的具体体现。不同的文学观念都有它存在的理由，它支配着作家对文学和文学实践的理解。因此，作家创作出具有不同思想内容的文学作品，起决定性作用的，还是作家的文学观念。当下文坛虽然没有形成规模的关于文学观念的冲突，但通过不同的文学作品，我们仍然可以感受到文学观念的辩难并没有终结。从某种意义上说，这是20世纪80年代文学观念辩难的延续，也是80年代仍然“活在”当下的一部分。80年代“先锋文学”以及其构建的文学形式的意识形态，彻底改变了当代中国文学曾经的“一体化”格局，从而打破坚冰，迎来了百舸争流的文学大时代。它巨大的历史意义已经写进了不同的当代文学史。但是，今天看这段历史也许更清楚的是，那是一个别无选择的文学策略。文学是以巨大的内容牺牲为代价换取了新的文学格局。后来，当“先锋文学”被当作唯一的“纯文学”推向至高无上圣坛的时候，它也就走向了末路。

时至今日，先锋文学的巨大问题正在被日益深刻地检讨。先锋文学发源地之一的法国，许多重要的理论家对文学的形式主义、虚无主义和唯我主义等，作了痛心疾首的批判。托多洛夫认为：“应该承认文学是思想。正因为如此，我们还在继续阅读古典作家的书，通过他们讲述的故事看到生存要旨。当代文学，尤其是法国文学，却常常显示这种思想与我们的世界业已中断了联系。当务之急，是要言明文学不是一个世外异域，而属于我们共同的人类社会。”他在《文学的危殆》中声言：“21 世纪伊始，为数众多的作者都在表现文学的形式主义观念……他们的书中展示一种自满的境遇，与外部世界无甚联系。这样，人们很容易陷进虚无主义……琐碎地描述那些个人微不足道的情绪和毫无意思的性欲体验。”“让文学萎缩到了荒唐的地步。”（省略号为笔者所加）托多洛夫还说：“第三种倾向是唯我独尊，原本始于惟有自己存在的哲学假设。最新的现象为‘自体杜撰’，意指作者不受任何拘牵，只顾表现自己的情绪，在随意叙事中自我陶醉。”① 作者的结论是：从 20 世纪到 21 世纪初，形式主义、虚无主义和唯我主义在法国形成了占统治地位的意识形态，从而导致一场空前的文学危机。南茜·哈斯顿也指出：“这种精神分裂症在我们中间蔓延开来，造成一种分化局面。一方面，舆论把虚无主义文学吹捧上天；另一方面，庶民的生活意愿则遭冷落。”“我感到，这是放弃，几乎背叛了文学的圣约。”她列举了伯恩哈特、耶利内克、昂戈、乌埃尔贝克和昆德拉等当今走红的欧洲作家，表示无法赞同

---

① 转引自沈大力：《敲响西方文论的警钟——当前法国文坛上发生的一场激烈讨论》，《文艺报》，2007 年 12 月 1 日。

他们的创作倾向。因为，对他们来说，“唯一可能的认同，是读者应赞同作家傲慢地否定一切，再加上对文学体裁和文体神圣意念的超值估价，读者惟一合乎时宜的应和，就是赏识作家的风格和清醒的绝望，而后者则过细地肆意描绘，从而唾弃眼下这个不公平的世界”①。针对这种现象，南茜·哈斯顿写了《绝望向导》一书，指斥虚无主义派作家，“面对着一些绝望向导，一些狂妄自大，而又绝顶孤僻之辈，一些憎恨儿童和生育，认为爱情愚蠢之至的人，怎么还能来构思一种大体还过得去的日常生活呢?”托多洛夫更一针见血：“这种虚无主义的思潮，不过是对世界前景极端的偏见。”② 这种情况不仅发生在法国。第二次世界大战后，德国文学很快与文学现代派接上了轨。到了 80 年代，德语文学已滑到了世界文坛的边缘。人们责备德语小说的艰涩、思辨以及象牙塔味十足。德国作家说：“德国人不欣赏他们的当代文学，是因为他们不欣赏他们的当代。”③ 德国文学和读者缓慢地重新建立联系，也是因为德国作家面对社会，“碰到了那根神经，抓住了时代的脉搏，找到了正确的声音。”④ 因此，注重文学与时代的关系，不仅在中国，西方文学世界同样有这样的要求。

在中国文学界，对这种所谓“纯文学”的反省、检讨甚至抵抗也由来已久。早在 2003 年，作家吴玄在《告别文学恐龙》中说：“二十世纪的八十年代，在中国，大约可以算是先锋文学的时代。那时，我刚刚开始喜欢文学，对先锋文学自然是充满敬意了，书架上摆满

---

① 转引自沈大力：《敲响西方文论的警钟——当前法国文坛上发生的一场激烈讨论》，《文艺报》2007 年 12 月 1 日。

② 同上。

③ 德国慕尼黑作家格奥尔格·M. 奥斯瓦尔德（ Georg M. Oswald）语。见乌尔里希·吕德瑙尔：《文学与速度——从 20 世纪 90 年代至今日的德语文学——〈红桃 J——德语新小说选〉跋语》，上海译文出版社，2007 年，第329 页。

④ 同上，第 330 页。

了卡夫卡、普鲁斯特、乔伊斯、加缪、福克纳、博尔赫斯。”“二十世纪而又没有标上先锋称号的作家，对不起，他们基本上不在我的阅读范围之内。”“我也算是一个相当纯正的先锋文学爱好者了。爱好先锋文学，确实也是很不错的，它在相当长的一段时间内，给我带来了很好的自我感觉，那感觉就是总以为自己高人一等，常有睥睨天下的派头。因为阅读先锋文学实在是不那么容易的，不好看通常是先锋文学的标准，它一般可以在五分钟之内把大部分读者吓跑。最经典的先锋文学，往往是最不好看的，它代表的据说是人类精神的高度，或者是心灵探寻的深度，很是高不可攀又深不可测。这样的经典被生产出来，其实不是供人阅读的，而是让人崇拜的。譬如《尤利西斯》，这样的小说无疑是文学史上的奇迹，阅读几乎是不可能的，不过没关系，你只要购买一套供奉在书架上，然后定期拂拭一下蒙在上面的灰尘，你也就算得上精神贵族了。”他还讲了一个真实的故事，这个故事很有普遍性：他参加过《尤利西斯》的研讨课。《尤利西斯》的故事不算复杂，只是乔伊斯采用了一种空前的手段，叫作“时空切割”，企图在线性的语言里做到在同一时间再现不同空间的不同人物。此种手段针对语言艺术，显然是疯狂的，不可能的。不过，后来的电视倒轻而易举做到了，电视屏幕可以随便切割成九块、十六块或二十四块，同时再现九个、十六个或更多的频道。这是一项简单的技术，这项技术用在小说上，却是把小说彻底粉碎了，《尤利西斯》也就成了天书。在研讨课上，似乎没人敢对《尤利西斯》发言，大家的表情不同程度地都有点白痴。事实上，所谓研讨课，发言的只是教授一人。后来，吴玄和教授成了朋友，他们又研讨起《尤利西斯》来，吴玄说不想再装了，《尤利西斯》他根本没看完。教授高兴地说，是啊，是啊，老实说，我也没看完。教授的回答很是出乎吴玄的意料，他说不会吧。教授说，就是这样，我估计，全世界真看完《尤利西斯》的读者不会超过一百个。吴玄说，可是，你没看完，却阐释得那么好。教授笑笑说，这就对了，《尤利西斯》就是专门为我们这些文学教授写的，拿它当教材再好不过了，反正学生不会去看，我可以随便说，即使有学生看了，也不知所云，我还是可以随便说，而且显得高深莫测，很有水平。① 这些现象本来不足为外人道，但它却更真实地反映了教授、批评家与所谓“纯文学”的态度。即便在80年代，批评家和教授们会上大谈先锋文学，腋下夹着金庸小说的也大有人在。“纯文学”背后隐藏着那么多不真实的面孔早已是公开的秘密。

有研究者说：“自恋的‘纯文学’写作纯粹是一种任性的写作。有钱才能任性。有人买账才能任性。难看不是你的错，但逼人看就是你的错了。在一个‘注意力’经济的时代，真正有权任性的是读者，没钱都可以任性。作为一个职业批评者，我已被逼多年。如今我也任性起来了——有本事你就把我勾引起来，不管是‘高雅欲’还是‘世俗心’专业兴趣还是非专业兴趣。要么你帮我认识这个世界，要么你帮我对付（renshou）这个世界。否则，你的文学世界与我无关，就像你的存折与我无关一样。”② 实事求是地说，后来以“纯文学”名世的“先锋文学”，有巨大的历史功绩。我们甚至可以这样说，是否受过先锋文学的洗礼，其作品的文学性是大不相同的，而且，客观地说，先锋文学已经作为文学遗产存活于我们今天的小说创作中。当它成为常识的一部分的时候，它已不再高傲；或放下身段的时候，它的价值仍然活在“当下”。但是，先锋文学或“纯文学”必须放弃自以为是或为所欲为，必须放弃“不好看”的标准。后来，我们在余华的《活着》《许三观卖血记》《兄弟》，格非的“江南三部曲”和《望春风》《紧身衣》等作品中，看到了这一巨大变

① 吴玄：《告别文学恐龙》，《当代作家评论》2003年第3期。

② 邵燕君：《你的任性与我何干——一个文学职业批评者对作者与读者关系的思考》，2015年1月1日与笔者文学通信。

化。我们甚至可以说，如果没有余华、格非等当年先锋文学的宿将，自觉放下“先锋”身段并写出上述作品，他们就不会是今天的余华和格非。当然，我们也看到，当年有些先锋作家后来试图进入正面写小说的时候，他们的捉襟见肘和力不从心使得他们的文学能力与先前相比判若两人。这时的“不好看”与当年的“不好看”不是一回事，当年的“不好看”是看不懂，现在的“不好看”是真的不好看，因为那是可以看懂的“不好看”。因此，我们可以说，“先锋文学”是可以模仿的，但是，正面强攻式的小说创作是不能模仿的。

这个整体背景，对正在成长的青年作家不能不产生巨大的影响。石一枫文学观念转变的经历证实了这一点。石一枫 1996 年十几岁就在《北京文学》发表小说，2009 年起，先后发表了长篇小说《红旗下的果儿》《恋恋北京》《我妹》等，翻译了外国小说《猜火车》。他和同时代作家一样，进入文学创作时，大多是从个人经验开始，但他后来检讨说:“现在回头看，这段时间的写作状态比较懵懂，老想说点儿什么而不知道自己应该说什么。”① 几年之后，他修正了自己的文学观念:“我文学的观念这几年变得越来越传统了，好小说的标准对于我而言就是：一、能不能把人物写好？二、能不能对时代发言？这都是老掉牙的论调了，但我逐渐发现，这两条要做到位真是太难了，不是僵化地执行教条那么简单，而是需要才华、眼界、刻苦和世界观。”② 应该说，多部长篇的发表，让读者认识了青年作家石一枫，但并没有为他带来文学荣誉。而恰恰是他为数不多的中、短篇小说——尤其是中篇小说《世间已无陈金芳》《地球之眼》《特别能战斗》《营救麦克黄》等，使他声名鹊起，成为这个时代青年作家中的翘楚。在谈到个人经验的时候，石一枫说:“最大的经验就是能

---

① 2016 年 11 月 17 日，石一枫与笔者文学通信。

② 李云雷、石一枫:《“文学的总结”应是千人千面的——石一枫访谈录》,《创作与评论》2015 年第 5 期。

把个人叙述的风格与作家的社会责任统一起来，算是手段与目的的统一吧。小说写作是比较个人化的艺术，需要具有鲜明的辨识度，需要腔调、气质、语言有特点，但小说又是一个社会化的文学形式，不能仅限于为了艺术而艺术，为了风格而风格地玩儿技巧。过去我一直困扰于这个问题，就是如何既写自己能写的、擅长写的东西，又写身处于这个时代所应该写、必须写的东西？用套话说，怎么才能既写出人人笔下无，又写出人人心中有？这篇小说似乎在一定程度上做到了。"[①] 石一枫能够取得今天的成就，除了他个人的才华、禀赋，与他逐渐形成的文学观有直接关系。

二、直面青年遭遇的精神难题

21 世纪以后，虽然有很多青春文学，但是文学中的青春形象逐渐模糊起来，我们很难在这样的文学中识别当下的青春形象。即便偶然看到校园或社会青年的形象，他们也不再是 20 世纪 80 年代"偶像"式的人物，当然也不是曾经风行一时的叛逆的、个人英雄式的形象。这个时代的青春形象，特别酷似法国的"局外人"、英国的"漂泊者"、俄国的"当代英雄""床上的废物"、日本的"逃遁者"、中国现代的"零余者"、美国的"遁世少年"等，他们都在这个青年家族谱系中。"多余人"或"零余者"是一个世界性的文学现象，但是我不认为这只是一个文学形象谱系的承继问题，而是与一段时间以来的中国现实以及当代作家对现实的感知有关。这些形象，与没有方向感和皈依感的时代密切相关。在这一文学背景下，我们读到了石一枫的"青春三部曲"。这三部作品分别是《红旗下的果儿》《节节只爱声光电》和《恋恋北京》。三部作品没有情节故事的连续

① 李云雷、石一枫：《"文学的总结"应是千人千面的——石一枫访谈录》，《创作与评论》2015 年第 5 期。

关系，它们各自成篇，但是，它们的内在情绪、外在姿态和所表达的与现实的关系上有内在的同一性。因此我将其称为“青春三部曲”。

三部作品都与成长有关，与“80后”的精神状况有关。《红旗下的果儿》写了四个青年的成长，他们的成长不是“50后”“60后”的成长，这几个年代的青年都有“导师”，除了家长还有老师，除了老师还有流行的时代英雄偶像。因此，这几个时代的青春大多是循规蹈矩亦步亦趋的。“80后”这代青春的不同，在于他们生长在价值曾完全失范的时代，精神生活几乎完全溃败的时代。他们几乎是生活在一个价值真空中。生活留给“陈星们”的更多的是孤独、无聊和无所事事，因此，他们内心迷茫走向颓废是另一种“别无选择”。《节节最爱声光电》是写出生在元旦和春节之间的节节的成长史。这个有着天使般模样的北京小妞，成长史却远要坎坷，父母失和家庭破碎，父亲外遇母亲重病。节节是一个十足普通的女孩。一个普通孩子在这个时代的经历才是这个时代真实的感觉；《恋恋北京》虽然也是话语的狂欢，但隐匿其间的故事还是清晰的。赵小提的父母希望他成为一个小提琴家，他还是让父母彻底失望，成为一个“一辈子都干不成什么事”混日子的人。与妻子茉莉的离异，与北漂女孩姚睫的邂逅，与姚睫的误会和三年后的重逢，是小说的基本线索。这个大致情节并无特别之处，但在石一枫若即若离不经意的讲述中，便成了一个浪漫感伤并非常感人的情爱故事。看似漫不经心的赵小提，心中毕竟还有江山。他对人世间真情的眷顾，使这部小说有了鲜明的浪漫主义文学色彩。因此，石一枫的“青春三部曲”不止让我们有机会看到了“80后”内心涌动的另一种情怀和情感方式，同时也让我们看到了这代青年作家对浪漫主义文学资源的发掘和发展。浪漫主义文学在本质上是感伤的文学，从青年德意志到法国浪漫派，从司汤达到乔治桑，诗意的感伤是浪漫主义文学的核心美学。石一枫小说中感伤的青春，从一个方面显示了他从生活中提炼美学的能力，显示了他的历史感和文学史修养。这是一个多变的时代，无论是流行时尚还是社会风貌，"变"是这个时代的神话，它的另一个表述是"创新"。但我还是希望我们能够经常看到有一些不变的存在，比如对人类基本价值的维护。有些时候，坚持一些观念更需要勇气和远见卓识。"青春三部曲"的主人公对爱情的一往情深，就是不变的和敢于坚持的表征，当然也是小说感人至深最主要的原因。

石一枫不是王朔，但王朔对石一枫有很大影响，但这影响是外在的，是姿态性的，比如语言风格等。在文学气质和价值观上，石一枫远没有王朔决绝。应该说石一枫在这一层面上要宽厚得多，当然也有些软弱，这是石一枫的性格使然。他没有刻意解构什么，也不执意反对什么。他只是讲述了他所感知的现实生活。在他狂欢的语言世界里，那弥漫四方灿烂逼人的调侃，只是玩笑而已，只是"八旗后裔"的磨嘴皮一抖机灵，并无微言大义。因此，我们看到的也只是难以融入这个时代的"零余者"。如果是这样的话，石一枫的小说似乎可以在吴玄、李师江这个流脉中展开讨论。当然，将石一枫归属到"哪门哪派"并不重要，重要的是，石一枫在小说中重新"组织"了他所感知的生活，而他"组织"起来的生活竟然比我们身处的生活更"真实"，更有穿透性。他让我们看到，生活远不那么光鲜，但也不至于让人彻底绝望。他的人物是这个时代"多余的人"，但是恰恰是这些"多余的人"的眼光，为我们提供了理解或认识这个时代最犀利的视角。他们感到或看到的生活，也是生活的一部分，而且是重要的一部分。因此，石一枫的小说对我们来说，也是"关己"的，在这个时代我们依然困惑，这使他的小说表达的问题超越了年龄界限。当然，石一枫的几部长篇小说似有鲜明的小资产阶级情调，好处是有温情，坏处是它遮蔽了生活中更值得揭示和批判的东西。这也诚如石一枫自己所说，这时的"写作状态比较懵懂，老想说点儿什么而不知道自己应该说什么”。因此，这几部长篇小说可以视为石一枫初登文坛的试笔之作。

石一枫引起文学界广泛注意，是他近年来创作的中、短篇小说，尤其是几部中篇小说。这几部作品，从不同的角度深刻揭示了一段时间以来中国社会巨变背景下的道德困境，用现实主义的方法，塑造了这个时代真实生动的典型人物。我们知道，道德问题，应该是文学作品主要表达的对象。同时，历史的道德化、社会批判的道德化、人物评价的道德化等，是经常引起诟病的思想方法。当然，那也确实是靠不住的思想方法。那么，文学如何进入思想道德领域，如何让我们面对的道德困境能够在文学范畴内得到有效表达，这一问题就从一代青年的精神难题变成了一道文学难题。因此我们说，石一枫的小说是敢于正面强攻的小说。《世间已无陈金芳》，甫一发表，震动文坛。在没有人物的时代，小说塑造了陈金芳这个典型人物；在没有青春的时代，小说讲述了青春的故事；在浪漫主义凋零的时代，它将微茫的诗意幻化为一股潜流在小说中涓涓流淌。这是一篇直面中国新时期以来所曾遭遇精神困境和难题的小说，是一篇耳熟能详险象环生又绝处逢生的小说。小说中的陈金芳，是这个时代的“女高加林”，是这个时代的青年女性个人冒险家。陈金芳出场的时候，已然是一个“成功人士”：她三十上下,“妆化得相当浓艳，耳朵上挂着亮闪闪的耳坠，围着一条色泽斑斓的卡蒂亚丝巾。”“两手交叉在浅色西服套装的前襟，胳膊肘上挂着一只小号古驰坤包，显得端庄极了。”这是叙述者讲述的与陈金芳十年后邂逅时的形象。陈金芳不仅在装扮上焕然一新，而且谈吐得体不疾不徐，对不那么友善的“我”的挖苦戏谑并不还以牙眼，而是亲切、豁达、舒展地面对这场意外相逢。

陈金芳今非昔比。十多年前，初中二年级的她从乡下转学来到北京住进了部队大院，她借住在部队当厨师的姐夫和当服务员的姐姐家里。刚到学校时，陈金芳的形象可以想象：个头一米六，穿件老气横秋的格子夹克，脸上一边一块农村红。老师让她进行一下自我介绍，她只是发愣，三缄其口。在学校她备受冷落无人理睬，在家里她寄人篱下小心谨慎。这一出身，奠定了陈金芳一定要出人头地的性格基础；城里乱花迷眼无奇不有的生活，对她不仅是好奇心的满足，更是一场关于“现代人生”的启蒙。果然，当家里发生变故，父亲去世母亲卧床不起，希望她回家侍弄田地，她却“坚决要求留在北京”，家里威逼利诱甚至轰她离家，她即便“窝在院儿里墙角睡觉”也“宁死不走”。陈金芳的这一性格注定了她要干一番“大事”。初中毕业后她步入社会，同一个名曰“豁子”的社会人混生活，而且和“公主坟往西一带大大小小的流氓都有过一腿”“被谁‘带着’，就大大方方地跟谁住到一起”。一个一文不名的女孩子，要在京城站住脚，除了身体资本她还能靠什么呢？果然，当“我”再听到人们谈论陈金芳的时候，她不仅神态自若游刃有余地出入各种高级消费场所，而且汽车的档次也不断攀升。多年后，陈金芳已然成了一个艺术品的投资商，人也变得“不再是一个内向的人了，而是变得很热衷于自我表达，并且对自己的生活相当满意”“给人们留下的印象：她与任何人都能自来熟，盘旋之间挥洒自如，俨然‘摆开八仙桌，招待十六方’社交名媛。三言两语涉及‘业务’的时候，她嘴里蹦出来的不是百八十万的数目，就是那些如雷贯耳的名号。”陈金芳穿梭于各种社交场合，她在建立人脉寻找机会。折腾不止的陈金芳屡败屡战，最后，在生死一搏的投机生意中被骗而彻底崩盘。但事情并没有结束——陈金芳的资金，是从家乡乡亲们那里骗来的，不仅姐姐姐夫找上门来，警察也找上门来——从非法集资到诈骗，陈金芳被带走了。

陈金芳在乡下利用了“熟人社会”，就是所谓的“杀熟”。她彻底破坏了乡土社会人际关系的伦理，因坑害最熟悉、最亲近的人使自己陷于不义。在这个意义上，说陈金芳是这个时代的“女高加林”也并不完全准确。高加林是在一个相对“抽象”或普遍的意义上向往“现代”生活的，他想象的“城里”并不具体，他到城里是为了逃离土地、做一个城里人，他还没有现代物质观念，思想里也没有拜物教。因此，高加林同他的时代一样，是一种“很文艺”的理想化。但陈金芳不一样，她的理想是具体的，她不仅要进城，不仅要做城里人，支配她的信念是“我只是想活得有点儿人样”。按说这个愿望并没有什么错，每个人都可以、也应该有这样的愿望。只有“活得有点人样”才会体面，才会有尊严。但是，陈金芳实现这个愿望的手段是错误的，走上了一条万劫不复的道路，她在道德领域洞穿了底线。她的方式恰恰构成了我们这个时代的精神难题。

《地球之眼》的故事，是在人的心理的层面展开。这是三个男人的故事：我——庄博益、安小男和李牧光，三人是同学关系。不同的是安小男是理工男，学的是电子信息和自动化。安小男一出场就是一个“异类”：一个学理工的学生，一定要和历史系的庄博益讨论历史问题，并且异想天开地要转系，要把历史系的课从本科听一遍。转系风波还导致了历史系与电子系“杠”上了。这时历史系的“名角”商教授出场了，这个轻佻的教授尽管见多识广，但他在安小男“历史到底有什么用”“研究历史是否有助于解决中国的当下问题”的追问下王顾左右时，安小男一字一顿地说:“我认为您很无耻。”这个木讷、羞怯甚至有些自卑的安小男，真诚而天真地希望通过历史来解决他的困惑，而他一直纠缠当下道德问题不是没有原因的，当然这是后话。安小男没有转系当然他也不可能转了。他虽然在文科同学那里名声大噪，但他的处境和心情可想而知。

李牧光一入学就与众不同，这朵“奇葩”痴迷地热爱睡觉，然而能够进入名校学习不是因为他嗜睡的天才。历史系一个被灌醉的老师起了底:“他父亲是东北一家重工业大厂的一把手，专门在厂里为我们学校设立了一个理工科的'创新基地'，其实就是赠送一块地皮，供学校在当地开办形形色色的收费班，贩卖注水文凭；而这么做的条件，是学校要给李牧光一个免试入学名额，并且保证他顺利毕业。"李牧光出手阔绰，性情随和，除了嗜睡没有让人不愉快的毛病。于是大家相安无事。他与讲述者庄博益上下铺，真正发生关系是大四快毕业的时候：嗜睡的李牧光终于也有睡不着的时候了——他父亲又如出一辙地通过"慈善款项"安排他去美国继续读书，虽然不用考试但必须交一篇专业论文。李牧光出两万元钱请庄博益帮忙。庄博益利用安小男和自己的前女友郭雨燕，一个写一个翻译，各给五千元，庄博益自己落下一万元，本来是皆大欢喜了，毕业就是各奔东西。但是三人的关系恰恰是毕业之后又有了不解之缘：庄博益几经折腾去了一家地方电视台下属的节目制作公司，在拍"校漂"纪录片时，庄博益与安小男又不期而遇。这时的安小男租了挂甲屯破旧的一间房子，身世也逐渐清楚了：安小男十岁出头的时候，父亲去世了，母亲在肉联厂洗猪肠子。天长日久，母亲的手已经被碱水烧坏了，眼睛也被熏得迎风流泪，视力大不如前。庄博益虽然口无遮拦，但他有口无心心地很善良，他很想帮助安小男。这时李牧光从天而降——他从美国回来了。从美国回来的李牧光已经是一家玩具批发公司的老板。几经周转，安小男终于成了李牧光在中国雇佣的雇员。他为李牧光监控远在美国的仓库，他的专业和敬业受到李牧光极大的赞赏。安小男自然也改变了落魄的处境。但是，安小男通过监控录像发现了李牧光巨大的问题：李牧光的玩具生意根本不赚钱，他的巨大财产是其父贪污转移到国外的巨款，李牧光是利用国际贸易洗钱。巨大的问题终于暴露了。这时对三个人都是一场巨大的考验：李牧光要庄博益阻止安小男的进一步行动能够实现吗？庄博益偏软的底线是否能守得住？安小男是否一定破釜沉舟？

安小男如此希望解释道德问题是事出有因：安小男的父亲曾是

一位土木工程师。他十岁以前，家里的日子很好。父亲很年轻就被提拔成了公司的副总，但厄运从此也来了。进了管理层之后，他发现公司的几个领导没有一个不贪的。他们把钢筋的标号降低，用来路不明的劣质水泥代替品牌货，居然连地基的深度也敢改，克扣下来的钱都揣进个人腰包了。那些人还拉他入伙，他不敢答应，然后成了众矢之的。后来终于出事儿了，他们公司承建的一个会展中心发生了垮塌，砸死了几个工人。事故的原因是使用了不合格的建筑材料，可那几个领导却买通了监察部门，还走了上层关系，硬把责任扣到了这位工程师头上，说是他的设计方案不合理导致的。父亲就地免职，还被公安局的人监控了起来。最后父亲从十九层办公楼跳了下去。父亲临死前和安小男说的最后的一句话是："他们那些人怎么能这么没有道德呢？"于是，一个巨大的困扰在安小男那里挥之难去：

> 刚开始我和我妈一样，恨的只是我爸生前的那些领导和同事。但后来渐渐就变了，我觉得我爸所说的"他们"并不是那几个具体的人，而是世界上的所有人；我爸讲到的"道德"也不是一件事情上的对与错，而是笼罩着整个儿地球的神秘理念。但道德究竟是什么呢？它既然那么重要，为什么又会被人轻而易举地忘却和抛弃呢？一看到这个词我就想哭，一说到这个词我的心就会发抖，在我看来，我爸不是死于自杀也不是被人害死的，他是为一个浩浩荡荡的宏大谜团殉葬了……为了解开这个谜，我曾经求助于历史和人文学科，可最后还是失败了。你还记得我写过的那篇文章吗？我在里面说中国人已经没有道德可言了，但那只是在承认失败，是为了让自己认命。其实我不是那么想的，因为那种痛彻骨髓的感觉仍然存在。在没有道德的社会里，怎么会有人为了道德而疼痛呢……

这是安小男一直追究道德问题的来自内心深处的隐痛和动因。他追究李牧光的问题，还与李牧光投资邯郸的项目要拆迁的民居有关，那恰好是安小男母亲居住的地段，母亲就要居无定所，安小男又没有能力安置母亲。他内心流血的疑问是："怎么有人活得那么容易，有人就活得那么难呢……"因此，安小男追究的道德问题，从一开始就不是一个纯粹的理论问题，它与个人的身世、经历以及生存状况都密切相关。至于安小男能做到哪一步那是另一个问题。但通过安小男的追究和行动，我们不止看到了一个青年知识分子因艰难困苦造就的孤傲倔强性格，而且通过安小男也看到了社会众生相。因此，这篇貌似写青年群体当下截然不同状况的小说，本质上恰恰是一篇社会问题小说：高校教授没有节操的无耻、学校见利忘义的没有原则、曾经的腐败无孔不入，等等。安小男可以将他监测的"眼睛"安放到地球的任何一个角落，他可以守株待兔地洞悉地球上任何风吹草动。但是，他能够解决他内心真实的困惑吗？安小男不能解决的困惑和问题，同样也就是我们不能解决的困惑和问题。小说当也不负有这样的功能。我深感震动的是，石一枫能够用如此繁复、复杂的情节、故事，呈现了当下社会生活的复杂性，呈现了我们内心深感不安、纠结万分又无力解决的问题。一个耳熟能详的、也是没有人在意的关乎社会秩序和做人基本尺度的"道德"问题，就这样在《地球之眼》中被表达出来。因此，《地球之眼》是一篇在习焉不察中发现道德危机的作品。

《营救麦克黄》同样是一篇令人感到震惊的作品：麦克黄是一条随主人黄蔚妮姓的狗。主人黄蔚妮是广告公司的销售副总，典型的有产阶级。在黄蔚妮看来，"这个世界上，大部分的狗狗都生活在水深火热之中。""主荣狗贵"，麦克黄因为跟了黄蔚妮生活，因此它不属于"大部分狗"。但黄蔚妮的闺蜜颜小莉，一个广告公司的前台雇员，看到的是，"在这个世界上，大部分人还都生活在水深火热之中呢。”两人属于不同阶层，但起码表面上她们是莫逆之交。一个突发事件——麦克黄丢了。麦克黄的失踪使小说波澜骤起。寻找营救麦克黄成为黄蔚妮的头等要事，黄蔚妮的两个追求者——某知名报社社会新闻部主任尹珂东和二代徐耀斌，虽然各怀心事，但“营救麦克黄”的行动使他们达成了一致。在逼停一辆载狗的大货车时，惊慌失措的卡车司机夺路而逃，可是车上却没有麦克黄。在追车过程中，颜小莉却恍惚间看到卡车在急拐弯时撞到了一个小女孩。这时小说才进入主题——营救麦克黄转变为营救郁彩彩。救或不救、如何救成为小说不同人物的核心问题。新闻部主任尹珂东驾车重走了一遍当时的路线，其目的却是为了验证沿途有没有摄像头，并自欺欺人地认为:“一件事如果没有确凿的证据支持，那么就相当于没发生过。”颜小莉在向黄蔚妮求助未果后，别出心裁地联合于刚策划了对黄蔚妮的“要挟”——他们利用技术手段把以假乱真的虐待麦克黄的视频发到网上，以“勒索”的方式迫使黄蔚妮拿出三万元赎金作为彩彩的手术费。这一方式在生活中属于“敲诈”，但在小说中它却合乎人物的情感逻辑——为了救助一个弱者，颜小莉可以“不择手段”。当然，石一枫并不是为了站在弱者立场赢得道德的掌声，而是通过麦克黄和郁彩彩的不同境遇，以及黄蔚妮、颜小莉、于刚、尹珂东、徐耀斌等对待人与狗的态度，表达了当下的道德困境。小说是这样结尾的：

颜小莉清楚地看到，那辆卡车的车斗也被改造成了铁笼，笼子里面装的都是狗。那是一些毫无品种可言的菜狗，一个个蔫头耷脑的，却也不声不响，仿佛对即将到来的命运毫无怨色。这种狗就算被送到狗肉馆里去，八成也不会有人来救它们吧。

颜小莉凝神与其中一只黄白相间的狗遥相对望，竟感到那狗有些许言语想对她说。

这些菜狗，就是“底层狗”，它隐喻的当然是那些人间的“沉默的大多数”。因此它也是关于人的阶层划分、等级划分的隐喻。

石一枫近期的创作，几乎一直在“道德领域”展开，一直关注社会和个人所曾遭遇的这些精神难题。他的另一篇小说《老人》，讲述的是一个老知识分子的故事。小说的环境是校园，人物也只有周老师、保姆刘芬芬和研究生覃栗。三个人物集聚在周老先生家里，发生了一段难以说清的关系纠葛。周老先生虽然年过七旬，但仍对女性跃跃欲试；保姆刘芬芬为保住自己的位置一定要和比自己年轻漂亮的覃栗角力；覃栗的青春和研究生身份虽然优越，但还要表现得更加抢眼。于是，爆发了“三个人的战争”。这场战争首先是心理暗战，继而转换为两个女性的真刀真枪。小说通过书房、厨房以及各自的利益诉求，逼真地表达了三个不同年龄、身份、性别的人物的性格和心理。特别是对知识分子的心理刻画和描述，既趣味盎然又入木三分。周老先生的形象虽然有些夸张或脸谱化，但戏谑中这个道貌岸然和卑微猥琐的知识者的形象跃然纸上。

我之所以把石一枫的创作称作“当下中国文学的一个新方向”，是因为当下许多作家都在积极面对道德重建这一精神难题。道德困境已经成为我们这个时代最大的困境。比如黄咏梅的《证据》，写了夫妻之间的瞒与骗，深刻地塑造出了一个不谙世事的单纯女子和一个心机颇深的老到男人的形象。相差 21 岁的律师和一个艺术院校出身的女孩组成了家庭。女孩从此成了家庭“全职太太”，男人在外立万扬名。女孩倒也心甘情愿，但从此也失去了自我甚至自由：女孩说要给一个蓝鲨配一个伴儿，男人说要讲风水，一个月之后才可以；女孩要和同学聚会在外过夜，男人说：你“睡熟以后，鼾声如雷，简直，简直不可想象”，这样的美女有这样的毛病不等于毁容吗？女孩上微博，但男人总是在后面掌控，经常删她的信息。女孩耐不住寂寞也为了秀一下恩爱，她将他们买鱼时让老板娘拍的照片发到了网上——

> 她看到了自己，笑得眼睛只剩一条缝，她也看到了大维，他们头碰着头，各自手上举着两只鱼缸，里边的那几条鱼，现在正安闲地游弋在他们右侧的大鱼缸里。这些鱼顿时消灭了沈笛对这张照片的陌生感，这就是那天他们去水世界让老板娘拍的合影。

就是这张照片引起了轩然大波：几乎就在同一个时间，又有一条关于男人的微博——“我在澳洲圣安德鲁大教堂前为此刻抗争的弟兄们祈祷。”于是，缺席一个重要案件的著名律师遭到了网友的诟病和质疑。女孩甚至为男人开脱说自己说了谎。几天后男人真的去了澳洲，他是为那件“要事”去的吗？女孩在临睡之前在自己对面架起了摄像头，她要录制下这一夜作为“证据”。她是否打算将不证自明，这个男人说的所有的“名人名言”也将不攻自破。著名律师的不可靠告诉女人的是，一个女人不能像婚纱摄影师说的那样：“只要傻傻地看着老公就好。”女人的独立性对女性来说大概是最可靠的。这应该是近些年来最为令人震动甚至惊悚的写夫妻之间关系的小说。

祁媛的《脉》，是一个失眠者的心理自白。因为失眠便要求医，于是就认识了文医生。医患关系熟了以后，就有一个单独接触的机会：文医生请吃饭，然后到他工作室喝茶，然后是推心置腹的交谈。文医生先谈到了自己生活的无聊，逐渐谈到了“脉”。这个“脉”是文医生每天都要把的、也是所有中医都要把的那个脉，但文医生对这个“脉”并不相信。春脉如弦、夏脉如钩、秋脉如浮……在文医生看来是见仁见智的，那是“无法量化，无法理论化，因此也无法科学化的东西”。文医生的理论正确与否对一个首饰售货员来说并不重要，重要的是文医生的坦率和诚恳。一个普通患者听到一个医生如此谈论自己的专业，那他不把自己当做知己还会当做什么？但是，这个文医生真的是一个坦率、诚恳的男人吗？他的办公室里就挂着全家福的照片，但他还是约一个心仪的女患者在一个私密空间约会，甚至已经把手放到了售货员的大腿上。而那女售货员患者穿的竟是超短牛仔短裤。就在险象环生的时候，是这个女孩主动站起身来——事情化险为夷、绝处逢生。“脉”的理论是文医生的夫子自道：他每天操持的事务未必是他的文化信念，一如他高调宣喻家庭幸福，私下却背叛着它。祁媛在波澜不惊处发现了时代巨大的隐秘：生活中的不堪和俗不可耐，未必只在那些买首饰却偷窥售货员纤细手指的贱民身上，即便在这些体面的知识分子那里，一样弥漫四方。

戴来的《表态》更尖锐地揭示了当下情感生活同一性的本质。小说情境设置在一个暗夜——看不清任何事物的面目。这时人的交流会发生微妙的心理变化。也就在这样一个暗夜中，小说中人物的心态被呈现出来：一个老者自己贴了一个寻找自己的“寻人启事”。他不为别的，只为能够让自己的老伴儿看见这个“启事”，然后看她是什么态度。于是，“表态”就成为小说所有人物关系的核心枢纽——“我”的前妻要再续前缘等着“我”表态，父母要抱孙子等着“我”表态，女友一夜未归显然是对“我”晚归的报复，也需要“我”表态。那个长者的“寻人启事”与“我”的当下遭遇，几乎构成了同构关系，长者的现在不仅是“我”的未来，也是“我”的现在。人没有皈依的虚空感弥漫在小说每一个人物的心里和那个暗夜的整个空间。这是一个没有信任和爱的时代，大家心里的最高期许，也就是一个“表态”而已。“表态”是否真实并不重要，重要的——那是一个心理需要获得的安神剂或止痛药——而与真实没有关系。

张楚的《略知她一二》，是一篇基调非常抑郁的小说。说抑郁是一种阅读的心理感觉：一个二十岁的在校大学生与一个看楼的女宿管、一个半老徐娘发生了不伦关系，这种本应是浪漫、有情调的男女之事，却无论如何让人难以祝福。表面看这是一篇多少有些“色情”的小说，但“色情”只是这篇小说的外壳，里面包裹的是惨不忍睹的悲惨人生。宿管安秀茹的生活如果没有这表面色情是无法揭开的。小说写得相当沉重，读过之后一点色情感都没有：它不是刻意写色情，而是意在言外。张楚就这样将一个根本不会被人注意的普通女人的善良、隐忍甚至浪漫，写得淋漓尽致跃然纸上。在一个最边缘、最底层的地方，绽放出了一朵茁壮和夺目的文学花朵。这“花朵”背后的故事，是如此地令人触目惊心。

关于道德或情义危机，弋舟的小说或许是一个有趣的个案。他的短篇小说《平行》，是他只可想象尚未经验的小说：年轻的弋舟离“老去”甚远。因此，这是一篇“不可能”的小说，那是一个虚构的地理学老教授的经验。老教授在已经老去的时候突然产生了追问什么是“老去”的问题，这与人生的终极之问只有一步之遥。老教授经过追问了几个人之后，获得了外部世界的答案：哲学老教授虽然一以贯之地说“这会是一个问题吗”，同时他用勃起和射精次数回答了他——哲学教授的意思是，你不会勃起和射精，“明白了吗？老去就是这么回事”；前妻用旧情未忘回答他；小保姆用她弃之不顾回答他；儿子用将他送到养老院回答他。这些直接间接的回答，从不同的方面回答了地理学老教授的追问。“老去”真是一个悲凉的事件，除了前妻在离婚离家时，因教授追出来给了她一把老式的黑伞，避免了她被抢劫和毁容的危险而对他念念不忘外，其他所有的人，没有一个人真心关心他或认真对待他的追问。老教授终于被自己那个冷漠的公务员儿子送进了养老院。面对一个陌生的环境，老教授陡生了一种莫名的恐惧，一如一个孩童进入了幼儿园。于是他决定“出逃”。他从养老院通过大半天的时间，乘公交车几经辗转，居然穿越了大半个城市回到了自己的家里，居然自己煮熟了半袋冰冻饺子，然而，他依旧“老去”到忘记了关好煤气阀门。意外的“出逃”成功，“一次新的重生似乎就在不远的地方等着他。这种感觉不禁令他百感交集，眼里不时地盈满了热泪”。地理学老教授终于找到答案了：“老去”，只能用自己的体验找到答案。“老去”就是躺倒，就是与地面平行。“老去”在与地面平行的同时，也就是解脱，就是获得了自由。人生的终极意义付之阙如，当“老去”时，一切是如此现实，“悲凉”几乎是“老去”的另一种解释。情义危机说到底是道德危机的另一种形式。这些作品构成了当下小说创作的新方向，也就是敢于直面当下中国精神难题的努力。石一枫的不同之处就在于，他关注的精神难题不仅限于男女情感或亲情伦理，而是在更广阔的背景下，通过他的主要人物呈现了我们耳熟能详又习以为常的社会疾患——它既弥散于世道人心，又落地于人们的行为实践。更重要的是，他并不是站在道德制高点，以道德的优越感表达他的发现。他深刻地触及了社会和一代青年的神经和脉搏，因此他更有气象和格局。

三、精神难题如何成为“文学”

社会和一代青年所曾遭遇的精神难题或道德危机，表现在“公德”与“私德”两个方面的全面陷落。“公德”是指在公共利益、公共秩序、公共安全、公共卫生等“公共”领域，发生在作为社会公共道德、社会性道德的“公德”领域。在传统中国“公德”历来缺乏。梁启超曾指出：“我国民所最缺者，公德其一端也。”① 但在前现代社会，百分之九十的人生活在乡土社会，“公德”的问题并没有凸显出来；而“私德”领域又有相对完备的规范。费孝通先生在《乡土中国》中，分析了传统中国的社会生活与西方的差异就在于，乡土中国是“差序格局”。“差序格局”的概念虽然没有严密的理论论证，是在一种类似于随笔的表达中提出的，但是，这一概念却准确地概

① 夏晓虹：《梁启超文集》，中国广播电视出版社，1997 年，第 109 页。

括了中国传统社会以宗法群体为本位的社会结构和人际关系的特点。在差序格局中，社会关系是私人联系的增加，社会范围是一根根私人联系所构成的网络，因此，传统社会里所有的社会道德也只在私人联系中发生意义。费孝通先生明确地讲到以家庭为核心的血缘关系，而“血缘关系的投影”又形成地缘关系，中国传统社会以这两种关系为基础，形成“差序格局”模式。或者说，“差序格局”本质上是以“己”为中心的：“以己为中心，像石头一般投入水中，和别人所联系成的社会关系，不是团体中的一分子立在一个平面上，而是像水的波纹一般，一圈圈推出去，愈推愈远，也愈推愈薄。”“在这种富于伸缩性的网络里，随时随地是有一个‘己’作为中心的，这并不是个人主义，而是自我主义。”① 在中国传统社会中，“己”不是独立的个体、个人或自己，而是被“家族和血缘”统治着，他是从属于家庭的个体。二是，“己”作为心理意义上的符号，它是人格自我；但在中国传统社会，“己”不具有独立的性格，它被“人伦关系”制约着，“己”是一种关系体。因此，它也是乡土中国“熟人社会”的基础。进入现代后，“熟人社会”处在不断解体的过程中，但“熟人社会”的观念依然故我。这种变化的博弈的过程或缝隙，就是文学生长的所在。

陈金芳从“熟人社会”的乡村走进城市，而城市人际关系的最大特征是“陌生人社会”。但她的处事方式仍然在“熟人社会”的逻辑中展开。她不断建立或扩大自己的交际圈子，不断将陌生人转换为“熟人”，试图将乡村社会的处事方式置换到她不熟悉的城市生活中，但城市的“陌生人”在本质上是不可能转换为“熟人”的。城市之庞大不同于乡村，乡村的邻里在咫尺之间，而城市在相互利用基础之上临时建立的“熟人”关系，一旦利用已经实现，他人的消

---

① 费孝通：《乡土中国》，北京大学出版社，1998 年，第 27—28 页。

失，就如同一滴水融进了大海。即便再“熟悉”，也不能改变来无影去无踪的可能。因此费孝通先生认为，只有在现代社会中，由于社会变迁，在越来越大的社会空间里，人们成为陌生人，由此法律才有产生的必要。因为只有当一个社会成为一个“陌生人社会”的时候，社会的发展才能依赖于契约和制度，人与人之间的交往才能通过制度和规则，建立起彼此的关系与信任。契约、制度和规则逐步发育，法律就自然地成长起来。所以，陈金芳用前现代的人际关系，在现代城市做投机生意，她失败的命运已先于她而存在了。

但是，在我看来，《世间已无陈金芳》之所以成为一部获得普遍好评的小说，不只是说石一枫通过陈金芳提出了社会和一代青年所曾遭遇的精神难题，是一部难得的社会问题小说，更重要的是他在处理这一问题时的文学方法。石一枫清楚地认识到:“作家贯穿在写作中的对时代的总体认识，应该是一种‘文学的总结’，而不是‘社会学的总结’或者‘经济学的总结’，这种总结是灵活多变的，千人千面的，而非单一地用某种理论对社会进行图解分析。没有理念思想的作家比较低矮，但理念思想如果缺乏原创性，可能也是一种虚弱的高大。”① 陈金芳为了“只是想活得有点儿人样”，不惜在“公德”和“私德”两个方面洞穿底线，但并没有引起我们对她彻底的厌恶或憎恨。小说明显高于同类题材的作品，重要的一点就是石一枫写出了陈金芳的多面性或复杂性——一方面，她是一个带有于连、索黑尔、盖茨比式特征的人物，为了目的她不择手段；另一方面，她又是一个向往美好、性格上甚至还有些浪漫主义色彩的形象。这与石一枫在小说总体构思中设置的一条情感线索有极大的关系。“我”与陈金芳就是同学关系，两人在学校时过从并不密切。即便多年后

① 李云雷、石一枫:《“文学的总结”应是千人千面的——石一枫访谈录》，《创作与评论》2015 年第 5 期。

再度邂逅，也没有情感方面的瓜葛。但是，两人又是一种若即若离、似有还无的关系。在两人的关系中，陈金芳是态度积极的一方。这缘于中学时代陈金芳对“我”“提琴生涯”的好奇或迷恋。一天晚上“我”练琴时——

> 我在窗外一株杨树下看到了一个人影。那人背手靠在树干上，因为身材单薄，在黑夜里好像贴上去的一层胶皮，但我仍然辨别出那是陈金芳。借着一辆顿挫着驶过的汽车灯光，我甚至能看清她脸上的“农村红”。她静立着，纹丝不动，下巴上扬，用貌似倔强的姿势听我拉琴。
>
> 也不知是怎么想的，我推开了紧闭的窗子，也没跟她说话，继续拉起琴来。地上的青草味儿迎面扑了进来，给我的幻觉，那味道就像从陈金芳的身上飘散出来的一样。在此后的一个多小时中，她始终一动不动。

这一场景从第一天开始，演奏者和倾听者的身份就“固定下来”，陈金芳每晚八点左右会准时出现在“我”的窗下，而“我”在拿琴试音之前也会情不自禁地看看有没有那个人影；而且“我”发现，陈金芳在发生着变化：她个头高了，身体的轮廓也发生了变化：“如果仅看剪影，任谁都会认为那是一个美好的、皎洁如月光的少女。不知何时开始，我的演奏开始有了倾诉的意味，而那也是我拉琴拉得最有‘人味儿’的一个时期。”从这一讲述的态度或口吻，我们会明显体会到，那里有一种隐约流淌的涓涓细流，它与情感有关，同时也为后来两人进一步接触埋下了伏笔。对陈金芳而言，这几乎是她少年时代唯一的美好记忆，这个记忆不仅是同学年少的怀旧，同时那里也有微茫的、还没有被她认识的“诗意”。有人认为音乐在陈金芳内在自我形成中起到了重要作用，并讨论了“底层的精神幻象及其生产”，认为小说中的“我”具“现代性的虚幻性”“仍未能找到更有效地质疑与克服的法门，‘我’的各式主体困境，跟陈金芳的上升困境，在这个意义上，共同作用出中国目前的底层的‘精神’幻象。”① 这一看法是一个角度，但离小说过于遥远。事实是，音乐或小提琴的声音一直弥漫在小说中，它几乎是陈金芳少年时代唯一值得珍视的“高级文化”记忆，她仰望并且神往，正是这一“声音”，构成了陈金芳与“我”的情感线索。“我”也曾经感慨：“面对着现在的她，我已经无法想起十来年前站在我窗外听琴的那个女孩了。当年的她仍然在我的记忆里存在。”因此，音乐在小说中的作用，不只是为情节发展穿针引线，同时也是一个与人物有关的“情感线索”。这一线索看似不经意，但恰恰是小说的神来之笔和高明之处。

当然与其说陈金芳喜欢音乐，毋宁说陈金芳更喜欢“我”。当她听说“我”早已不再练琴时，流露出的是备加惋惜；她在自己的生日晚会上，甚至请了世界顶级室内乐团来“唱堂会”。陈金芳真实的想法是希望“我”能在这样乐团的伴奏下露一手，定下的曲目都是“我”最熟悉的柴可夫斯基的《d 大调弦乐四重奏》。但却极大地伤害了“我”那脆弱的自尊心，同时也将“我”惯于任性撒娇的性格推向了顶点。当然，一个人的生活并不完全是由他的爱好或精神向往决定的。陈金芳虽然向往高级文化生活，喜欢与音乐有关的“我”，但这些并没有改变她追求物质生活的终极目标。那对高级文化生活的向往，也最终沦为她极度虚荣、装点身份“等级”的一部分。小说中的“我”，貌似无关紧要，但从另一个方面“映照”了陈金芳。或者说，如果没有“我”的游手好闲、漫不经心，陈金芳膨胀的野心就不会凸显得这样彻底或抢眼。“我”代表这个时代另一种精神样貌：既不像陈金芳那样没见过世面急于出人头地，也不像那些心怀

---

① 黄文倩：《底层的“精神”幻象及其生产——论石一枫〈世间已无陈金芳〉》，《雨花・中国作家研究》2016 年第 7 期。

发财梦的专业投机客。他心无大志，更无大恶，酷似先锋文学或后现代小说中走出的人物。“我”为陈金芳介绍各色人等，也混迹其间，看似热闹，内心却茫然不知所终。“我”的精神状况，是这代青年精神状况的一部分。“我”的虚无主义同样是这代青年曾经遭遇的精神难题。如果从更广阔的意义上说，石一枫的小说不仅接续了19世纪文学的批判现实主义的传统，同时也吸纳了20世纪现代主义、后现代主义文学的元素。在关于“我”的讲述中，尤其体现了石一枫的语言才华。石一枫的小说语言有极高的辨识度，流畅无碍中机智生动、趣味无穷，又有不可置换的时代色彩，文学语言的个人性一览无遗。

石一枫还有一篇专门写与音乐有关的小说《合奏》，小说只有两个人物。读过《合奏》，我内心惊诧不已。这篇小说应该不是这个时代的小说，它特别酷似我80年代读过的礼平的《晚霞消逝的时候》、胡小胡的《阿玛蒂的故事》或者是郑义的《枫》等。《合奏》里流淌的是20世纪80年代的情感和处理方式。如果是这样的话，我更加坚信我的判断，石一枫是这个时代为数不多的还怀有理想主义情怀的青年作家。《地球之眼》是通过庄博益、安小男和李牧光三个同学不同的生活道路和内心追求来解构小说的。但是，小说又非常写实地铺设了安小男的身世——他十岁时父亲蒙冤跳楼去世，母亲在肉联厂洗猪肠子。不公平是安小男追问道德问题的生活依据。他是事出有因，不是建立在虚无缥缈想象基础上的；《营救麦克黄》本来是寻找营救一条狗，但小说峰回路转变换为营救一个乡村小女孩。不同的线索，构成了小说的对话、互动和隐喻关系，使小说的内涵更为丰富而避免了简单和直白。

20世纪80年代以来，中国文学经历过欧风美雨的沐浴，但是现实主义一直是文学的主潮。值得注意的是，现实主义并不是一个保守的、一成不变的文学观念，甚至可以说，包括先锋文学在内，有价值的因素都被吸纳到现实主义的文学创作中，构成了现实主义全新的、具有极大包容性的一个文学观念和系统。当然，创作方法部分地涵盖了作家对生活与文学关系的认知，但还不是全部。更重要的还是在于作家的价值观。石一枫也说："我认为小说是一门关于价值观的艺术。所谓和价值观有关，分为三个方面，一是抒发自己的价值观，二是影响别人的价值观，三是在复杂的互动过程中形成新的价值观。在文学兴盛的时代，前两个方面比较突出，比如古人'教化'的传统……然而到了今天，文学尤其是纯文学式微了，影响不了那么广大的人群了，也让很多人认为过去坚守的东西都失效了。但我觉得，恰恰是因为今天这个时代，对价值观的探讨和书写才成为了文学写作最独特的价值所在。"① 这是新一代作家关于文学价值观的宣言，他是在向传统致敬。他在回到传统、回到人间，让我们在文学中驻足的同时，也体味了我们曾遭遇的悲痛与欢娱、沉重与希望。也正是对文学有了这样的认识，石一枫才有了敢于直面社会和一代青年所曾遭遇的精神难题的勇气。而他充分的文学准备，为他继承一个优秀的文学传统和坚持不懈的文学追求提供了坚实的基础。因此我们有理由对他怀有更大的期待。

---

① 石一枫：《我所怀疑和坚持的文学观念》，《文艺报》2014 年 5 月 21 日。

Part3

创作谈

我所怀疑和坚持的文学观念

作为写字儿的人，想必都很羡慕那种“天成”的作家，或者“天成”的写作状态。那往往是文学史上的神话——养在深闺或来自深山的单纯男女，从肉体到心灵都一尘不染，有感而发、提笔而就，一出手就是高峰。要不干脆就是孩子，比如七岁的骆宾王，“鹅鹅鹅，曲项向天歌。”几成天籁。然而很遗憾，水能提纯、保纯，但人不能，正如大部分人的人格都是滚滚红尘造就的，大部分作家的文学修养也是通过对前人、同时代人的阅读和思考来提升的。绝对的“未曾染尘埃”多半只有一个结果，就是彻头彻尾的无知。

那么，对于某些既有文学观念的认同、反对以及再思索，也是能够表明一个作家在某一时间段的文学态度的。作为一个也算接受过“科班”文学教育的人，我所接触过的文学观念估计算是比较多的——翻开文学史的课本，就有多少“主义”得记得背呢。上大学的时候，我也深受此道的熏染，张嘴尽是夹生洋词儿。然而文学史上还有一个规律：刚冒出来时越是离奇，越是振聋发聩的文学主张，往往也越容易变成一阵风的事儿。尤其是写起来以后，才发现一个作家最需要面对的，其实还是那几个自古有之，如今仍在缠斗中的文学观念——也就是那些还在“真实地活着”的文学观念。

首先，我对“小说是一门技艺”这个观念一直持怀疑态度。写小说当然需要琢磨人物，要谋篇，要铸炼语言，也就是说，的确是需要技艺的，而且技艺越精妙越好。同行或者同好们在一起，谈论得最多的好像也是技艺。然而也许是谈得太多了，现代小说的技艺偏偏又越来越复杂，成了门单独的学问，渐渐地就有了点用手段代替目的的意思，好像小说的好坏仅仅决定于技艺，小说几乎可以等同于技艺似的。当然还有另一种逻辑，就是想说的话不好说出来，不想说的别人又逼着说，那么好吧，索性只谈技艺，从此当一匠人也免了苦闷。不管是出于什么原因，我觉得如果把小说单纯地等同于一项技术活儿，那还真是有些辱没了这个历时近千年才发展成熟的文学体裁。技艺仅仅是写出一篇优秀小说的基础条件，除了技艺之外，必要的因素还多着呢。其次，我也比较怀疑“作家只是为了自己写作”这个观念。要想让作家全为了别人而写恐怕不太现实，真能做到“我手写我心”的作家，往往也有着单纯而高洁的人格，这都是必须承认的事实。但是从小说的基本传播形式来说，它归根结底是一门“我写你看”的艺术，它的主要审美过程，也是让读者看到“别人”的故事。没有了看的，写的人又忙活个什么劲呀？还不如述而不作呢。当然，也不能把追求销量的写作等同于为人民服务，读者和作者之间肯定还不是一买一卖这么简单，那其中有着微妙的关系，值得写作的人长期研究。

那么，有必要坚持的文学观念是什么呢？起码在现在这个阶段，我认为小说是一门关于价值观的艺术。所谓和价值观有关，分为三个方面，一是抒发自己的价值观，二是影响别人的价值观，三是在复杂的互动过程中形成新的价值观。在文学兴盛的时代，前两个方面比较突出，比如古人“教化”的传统，还有上世纪 80 年代的思想解放运动。然而到了今天，文学尤其是纯文学式微了，影响不了那么广大的人群了，也让很多人认为过去坚守的东西都失效了。但我觉得，恰恰是因为今天这个时代，对价值观的探讨和书写才成为了文学写作最独特的价值所在。且不说这是作家对时代和社会应该承担的责任，就是和影视、游戏这些新兴的娱乐形式相比，文学也恰恰因为远离了大资本、大工业的运作模式，才天然地和思想的自由表达、深度探索有了更紧密的联系。

怀疑必然带来割舍和收获，坚持则往往意味着更深的自我怀疑，乃至精神层面的磨砺。在这个时代，真正的怀疑和坚持都并不容易，需要我们在长期的文学实践中验证自己的所思所想。

对于“写现实”的一点想法

因为阅历与学识的限制，我很难从文学史的、理论的层面对现实主义写作说出什么来，那太深奥也太复杂了。但作为一个年轻作家，我还是愿意谈一谈“写现实”，尤其是“写当代中国的现实”这种创作倾向的价值。

这些年来我的写作风格，应该还是比较主动地倾向于贴近现实、反映现实、思考现实。这些词儿比较老套，但也没什么不好意思承认的。当然，无论是个人能力还是作品质量上，都与那些经典的、标准的现实主义作品差得很远，但比起单纯地追求形式、追求审美趣味的写作风格，我可能还算是比较有意识地贯彻“现实主义”写作的一些原则，也算是尽量对中国社会与社会中“人”的变化保持一定程度的察觉。对于这种写作，我有几个思考的地方。

第一个地方是，所谓“现实主义”假如具有持续的生命力的话，那么这种写作方式的核心动力，或者说生命力的源头，其实还在于“现实”本身的变化。社会变化小，文学可反映的东西也就不多，一不留神赶上“多少年未有之变局”，有责任感的作家能憋得住才怪呢。所谓理论、风格、情调可能都是灰色的，都是停留在纸面上的东西，但是现实的变化是文学写作能够而且需要不断发展、不断深化、不断出现更好作品的根本原因。举两个例子，我特别喜欢两个作家，一个是老舍，一个是王朔，这两个作家现在说起来都算京味作家，但在我看来，他们又都是标准的“写现实”写得特别好的作家。他们各自有一部代表作品，一部是老舍从教书匠的身份转向职业作家之后，写的第一部小说《骆驼祥子》，大家都知道“傻骆驼”和“虎妞姐”这些经典形象。还有就是王朔的中篇小说《许爷》，小说里有一个典型的形象，上世纪 80 年代的第一拨儿出租车司机。当时出租车司机还挺贵族的，许爷把他的朋友拉到一个法式餐厅里吃饭，吃饭的时候旁边有一群服务员围着伺候，这对于从“革命年代”过来的人是不敢想象的。当时王朔用了一句话叫：我很清楚地意识到世道变了。我觉得这就是作者对现实的敏锐程度。作家反映现实、反思现实、甚至批判现实的立场都会发生变化，相对于其他文学流派所强调的思想上的变化，哲学上的变化，形式上的变化，或者单一的情感状态上的变化，现实主义相当于从社会历史变化和实际生活的变化直接入手，往往能为文学提供刚出锅的一手材料，这是它能够成为非常有生命力的文学样式的原因。顺便打个比方，如果再接着写和骆驼祥子、许爷相似的人物，在今天这个时代，他的形象是不是就应该变成一个滴滴专车的司机了呢？这个司机是不是也有着他不同于前辈的，被他的职业特点所决定的特殊的甘苦呢？

第二个体会，和“用浪漫主义精神照耀现实主义写作”有关。我一直觉得，当我们认识现实的时候，应该还是存在着两个层面，一个是“实然的世界”，就是世界是什么样的，还有一个是“应然的世界”，世界应该是什么样的。一部容量足够大的作品，能够表现的矛盾冲突很多，如利益矛盾、情感矛盾、阶级矛盾，但更加内在、更加高远的矛盾冲突，往往是“实然世界”和“应然世界”之间的矛盾。这可能是那些优秀的现实主义作品的巨大张力所在。比如我们看《悲惨世界》，里面写了法国革命，写了贫困和压迫，写了种种社会不公，这都是实然世界，但在雨果的写作中，还蕴含着一个应然的世界，那里有高尚情怀，有人道主义的博爱，有革命者一再熄灭又一再燃起的激情。在主人公冉阿让的身上，充满了实然世界与应然世界之间构成的张力。用类似的角度来对比《金瓶梅》和《红楼梦》，两部作品在文学源流上很贴近，但给人的感觉又非常不一样，或许也是这方面的原因，一部只有实然世界，一部还有应然世界。我觉得现实主义除了要看清实然的世界，更重要的也许是应该看清应然的世界。

第三个体会，哪怕是一门心思只写当下现实的作品，肯定也在不断地发展深化。我们今天的现实主义和经典现实主义，或者和 20 世纪中期以后形成的社会主义现实主义，区别肯定是非常大。必须得说，在现代主义哲学、现代主义文学的发展背景下，人们在认识层面已经有了更多的角度和思考方法。比如说在 19 世纪认识世界的时候，一说起现实主义，基本上就那么几种思路，一个是狄更斯式的个人奋斗的角度，一个是托尔斯泰式的人道主义的角度，还有就是巴尔扎克的风格，那就是真实记录再现的角度；而在 20 世纪之后，作家还可以用马尔克斯的角度，用卡夫卡的角度，用萨特、加缪、昆德拉的角度来认识现实。那些所谓反对现实主义的思想流派，其实也促进了现实主义的不断发展。世界在变，认识世界的角度也在变，这些变化都构成了现实主义复杂丰富发展的动力。

说到底，可能还是得强调作家的客观性，以及某种层面上的批判意识，把“现实主义”作为一种真正有其内在价值的，直面社会历史以及时代变化的文学精神。它存在的价值，未见得是为了宣扬什么或者反对什么，而是为了观察什么和思考什么。对于任何一个人、一件事、一个时代，简单地讴歌和简单地反对同样是幼稚的甚至违心的，好作家不可能是那些动画片里的简单的人物性格，如小马虎、喜羊羊、骄傲的将军、没头脑和不高兴。在中国现当代文学的历史上，老舍、赵树理、柳青都可以称为优秀的现实主义作家，而胡风和秦兆阳即使受到过不公的对待，他们对于现实主义精神的继承与开拓也已经得到了肯定，哪怕是沈从文和张爱玲，他们也写出了独到的中国现实。今天的一些研究者出于学理或者其他一些方面的原因，不是过分抬高这个就是过分贬低那个，而从文学本身的价值看来，这都过于狭隘了。文学研究为了方便可以分门别类，但作家本身没必要按照趣味、观念哪怕仅仅是年龄段去归堆儿站队，这对于正在从事写作的年轻人而言，也许是保持真诚的必要态度。

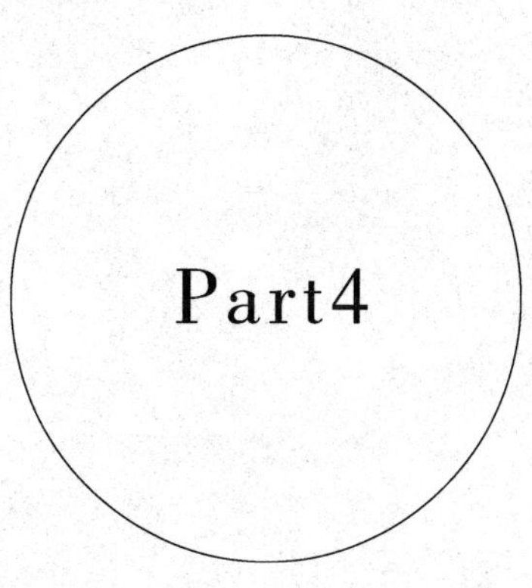
Part4

访

谈

“文学的总结” 应是千人千面的
——李云雷、石一枫对谈

李云雷：最近两年来，你和以往集中精力写作长篇小说不同，转而开始创作中短篇小说，这和大部分作家先写中短篇小说，最后写作长篇小说的写作道路有很大的不同，请问你为何开始转向中短篇小说的创作，你如何看待自己与其他作家创作道路的不同？

石一枫：其实最开始的时候，也是写中短篇小说的，九十年代和上大学的时候断断续续地写过一些。那时候基本上是习作的性质，模仿别人。有几个比较喜欢的作家，自己写出来的味儿跟人家差不多，挺有成就感。写作心态跟追星族似的。开始写长篇小说，主要是因为生活阅历有了一点积累，能讲点儿长故事了。而且出版方面也有影响，长篇好出书，正好能写，就写了。这两年开始有意识地写中短篇，主要的原因是在写作方面好像又成熟了一点儿，不再满足于个人化的、青春成长的故事，想把题材放宽一点，写和自己不同的人物与社会变化。这对于一个年轻人而言是有难度的，失败的可能性也大，因此中短篇就显得比较经济了，万一玩儿砸了浪费的也就是一两万字，不至于十几二十万字写下来让自己捏鼻子。跟别人先短篇幅后长篇幅的写作轨迹不一样，我的这种方法缺点是很多该掌握的东西没掌握，得写完长篇再补课，优点就是对叙述训练的强度比较大，写过长东西再写短的，挑战往往也就是题材方面的，讲故事本身不再感到特别困难。另外就是看人看事儿的眼光会比较宽广一点，琢磨一个东西，不止于一时一地，还会考虑到它的来龙去脉前世今生，写出来的东西信息量会大一些。现在写的中篇往往也比一般的中篇长，专注的不是事件而是人物命运，可能也是这个原因。

李云雷：在你创作的《b小调旧时光》《红旗下的果儿》《节节最爱声光电》《恋恋北京》《我妹》等五部长篇小说中，你认为哪部小说代表了你的最高水准？这五部长篇小说的创作，就文学经验而言为你带来了什么？

石一枫：很多人觉得《红旗下的果儿》好，可能是因为对一个时代、一代人有一定的概括性，小说内容也比较丰富些。我个人比较喜欢后两部，《恋恋北京》和《我妹》，因为这两个小说形成了比较明确的语言风格和叙述腔调，也有一些属于写作者个人的感怀和态度表露了出来。就文学经验而言，我觉得应该还是一种自我训练，自我准备，使我在写作方面逐渐成熟起来，面目清晰起来，为以后写更有分量的作品作铺垫。

李云雷：你在个人创作之外，还翻译过欧文·威尔士的长篇小说《猜火车》，这部小说及改编的同名影片，都是青年亚文化中颇为重要的文本，不知这部小说的翻译，对你个人的创作有没有影响？

石一枫：当时是重庆出版社买了这本书的版权，想在作家里找个懂外语的翻译一下，跟专业翻译有所区别，就找到了我。我很喜欢那部电影，就答应了。基本上是用北京俚语对接苏格兰方言，说实话，以这部作品为代表的青年亚文化对我有一些影响，但单就这部作品而言，对我的创作影响并不大。威尔士有威尔士面临的社会状况和文化语境，我不太可能像他那样写作。如果说影响，对我的阅读倒是有一些。通过翻译一本外国文学，我比较深入地介入了外国文学进入中国文学的传播过程，越来越发现我们热衷阅读甚至奉为经典的那些外国小说的译本和原著有多么大的区别。那说到底是夹生的，译者本人的粗糙和不尽责也会造成很大的损失和偏差。如果一味用这种质量的翻译作品来指导我们的创作，无异于邯郸学步。翻译过外国小说，我对于所谓世界文学对中国文学的指导意义更加怀疑了。

李云雷：你的短篇《合奏》《三个男人》在叙述上都较为圆熟细腻，但就我个人的阅读经验来说，在结尾的时候似乎有些刻意，或者说有点戏剧化，这一方面将小说推向了高潮，另一方面也减少了小说带来的余韵，不知你怎么看待这方面的问题?

石一枫：那两个本质上都属于欧·亨利式的小说，为了结尾甚至结尾的一句话衍生整篇故事，《合奏》的情感可能更细腻些，《三个男人》的结构更精巧，但正像你说的，这种小说的弊端就是很容易刻意，很容易过分戏剧化。你和我谈过这个问题以后，我自己也有意识，所以写作这种小说的时候也越来越谨慎了。好在短篇的格局都比较小，构思起来难度不大，写作的工作也不是太繁重，所以可以尽可能多地尝试多种多样的写法，以后写几个汪曾祺式的小说，或者川端康成式的小说，也是有可能的。

李云雷：你的小说《世间已无陈金芳》，可以说是今年中国中篇小说最为重要的收获之一，这篇小说在《十月》杂志发表后，被纷纷转载，并获得很多好评，就你个人而言，认为创作这篇小说最重要的经验是什么?

石一枫：最大的经验就是能把个人叙述的风格与作家的社会责任统一起来，算是手段与目的的统一吧。小说写作是比较个人化的艺术，需要具有鲜明的辨识度，需要腔调、气质、语言有特点，但小说又是一个社会化的文学形式，不能仅限于“为了艺术而艺术，为了风格而风格”地玩儿技巧。过去我一直困扰于这个问题，就是如何既写自己能写的、擅长写的东西，又写身处于这个时代所应该写、必须写的东西？用套话说，怎么才能既写出人人笔下无，又写出人人心中有？这篇小说似乎在一定程度上做到了，但还很有限，只是一个初始的阶段，需要以后再去发展和完善。

李云雷：我在阅读《世间已无陈金芳》时，觉得你将底层小人物的个人命运纳入时代转折的整体理解之中，是一个很重要的视野，也正是在这个意义上，我认为你在当代重新回到了老舍和茅盾的传统，老舍对底层小人物命运的关注，茅盾的社会分析与经济学眼光，在你的小说中都有所体现。不知你如何看待老舍和茅盾的传统，及其对当代作家创作的重要性或启发性？

石一枫：作为一个北京作家，我对老舍的亲缘感更强一些，他的很多词句和对白总是一不留神就从脑子里蹦出来，能用他的话完成我和别人的聊天。但在过去，这种亲缘感只存在于语言方面，我从来没怎么像老舍那样去看待过人，琢磨过人，而从这部小说开始渐渐做到了。茅盾的伟大之处对于我来说，是能够提供一个看待社会、看待时代的总体视野，使小说不仅局限于一人一事，还能说出更加宏大的东西。因为写这篇小说的时候要涉及一些经济方面的内容，我也查阅了一些新闻和资料，但这只是具体写作的需要，并不能像他那样用一以贯之的世界观去指导写作。我也有一个想法，就是作家贯穿在写作中的对时代的总体认识，应该是一种“文学的总结”，而不是“社会学的总结”或者“经济学的总结”，这种总结是灵活多变的，千人千面的，而非单一地用某种理论对社会进行图解分析。没有理念思想的作家比较低矮，但理念思想如果缺乏原创性，可能也是一种虚弱的高大。

李云雷：我看到，也有不少人将《世间已无陈金芳》与菲兹杰拉德的《了不起的盖茨比》相比较，认为这篇小说是一个女性版的盖茨比故事。《了不起的盖茨比》是美国文学的经典，但我认为在这篇小说中，你对社会变化的整体脉络有比菲茨杰拉德更加清醒的意识。在一个新的国际性的文学视野中，你如何看待《世间已无陈金芳》？不知你是否会对未来创作的方向做一下调整？

石一枫：那种繁华落尽和失败的个人奋斗，的确比较像盖茨比。也正像你说过的茅盾的传统一样，我在这篇小说里有意识地梳理了当代中国社会的人物命运变化、阶层变化和社会经济变化。菲茨杰拉德想写的可能是“某个时代背景下的情感故事”，而我想写“某个情感线索下的时代故事”。虽然侧重点可能不同，但将个人命运和时代命运勾连在一起来讲述，从这个意义上来说我们是一致的，我也希望能把这种写作的思路延续下去。如果说进行调整，我希望克服的是两个方面的障碍，第一是如何讲出唯独属于这个时代的中国人的命运，而非空洞、没有意义的“普世的故事”？第二就涉及另外两个对我触动很大的外国作家了，一个是毛姆，一个是雨果。毛姆是个不折不扣的人精，他总是能洞若观火地洞悉人物的特质，对社会和人性做出聪明绝顶的判断。如果只看毛姆的小说，会觉得毛姆把一个作家应该施展的才华施展得淋漓尽致。但如果把毛姆和雨果进行一下比较，就会发现他们在境界上真是差着一个档次，雨果已经不局限于作家了，他几乎是一个圣徒。《悲惨世界》写得再啰唆再生硬，那种境界也不是《月亮和六便士》能比拟的。这样的差别我能够看到，但我可能永远也迈不过去，跟一只扒着窗台蹿不进屋里的猫似的。从这个意义上来说，我对自己的写作也是灰心失望的，从骨子里有一种悲观和自我鄙夷。

李云雷：台湾青年学者黄文倩在她专论《世间已无陈金芳》的长文中，提出了一些很有意思的问题和观点，她较为重视小说中对音乐的描述，认为音乐在陈金芳内在自我形成中起到了重要作用，她也在这个意义上专门讨论“底层的精神幻象及其生产”。她最后指出，小说中的我“对中国资本主义化与现代性的虚幻性，仍未能找到更有效地质疑与克服的法门，'我'的各式主体困境，跟陈金芳的上升困境，在这个意义上，共同作用出中国目前的底层的'精神'幻象”。不知你如何看待她的论述？

石一枫：没看她这篇文章之前，这些问题还真是我自己都没想到的。当然这也正是写作的特质，看的人，尤其是专家，总比写的人认识得更加透彻，也更加刁钻。我在小说里比较爱使用古典音乐的元素，这跟个人爱好有关。小时候楼上楼下的邻居老放音乐或者自己拉琴，懵懵懂懂就听了全本的柴可夫斯基，结果迷恋上这东西了。后来写小说，就专门创造出一个人物，是个失败的小提琴手，用他的眼光去观察、嘲讽身处的社会。在我的写作中，还是把古典音乐当作了纯粹的美和高雅的代表，是不分阶层素养知识背景的人都会喜欢和接受的，可能比较大的障碍在于年龄和性格，比如年轻人只听得懂帕格尼尼，到了巴赫就基本都是中年人了。但再一想，黄文倩的解读也非常在理，如果文化产品本身没有等级，我们干吗那么热衷于揭批“装逼犯”啊？至于她所说的那个“法门”，我不得不说，可能真不是我能找得到的，因为作家思考时代症结的方式往往是靠情绪和具体感知，而非理论家的逻辑推演，就像禅宗南派的顿悟，悟了就是悟了，不存在北派的渐进过程。在这一点上，我还是一只扒着窗台蹿不进屋里的猫。

李云雷：你最近中短篇小说的创作及其活力，让我想到现实主义的生命力，我在最近写作的一篇文章中重新提到“清醒的现实主义”，我认为，“清醒的现实主义”对作家提出了更高的要求，一个作家能否突破自己的经验、立场、知识？这是一个考验。作家当然要从个人的经验与知识出发写作，所谓“突破”，不是要抛弃，而是要对个人经验、知识的有限性与有效性保持一种清醒的认识，在新的现实面前做出反思与调整。我认为你在《世间已无陈金芳》等小说中，正在试图突破个人经验及知识的限制，走向一个更加开阔的世界，不知你如何看待现实主义的活力，如何选择个人未来的创作方向？

石一枫：我可能写了点儿东西，我文学的观念这几年变得越来越传统了，好小说的标准对于我而言就是：一、能不能把人物写好？二、能不能对时代发言？这都是老掉牙的论调了，但我逐渐发现，这两条要做到位真是太难了，不是僵化地执行教条那么简单，而是需要才华、眼界、刻苦和世界观。有点儿像武侠小说里的两个派别，招式再花样百出也未见得管用，碰上一个练过易筋经的，一招制敌。也像过去在中文系听说过的一些学问特大的老教授，电脑都不会用，各种理论茫然无知，可老先生能背《十三经》。从这个角度上来讲，我觉得现实主义永远也不会过时，永远有活力，但想要让现实主义焕发出它应有的光芒，这个难度太大了。你说到的“清醒的现实主义”，在我看来是一种拒绝僵化的、避免标准单一的用文学面对世界的方式，它需要作家突破自己的生活局限，又利用好自己的生活阅历；突破自己的文化偏颇，又发挥自己的文化积累，既从自己出发，又别把自己看得过于重要，去实现一个相对客观的文学标准，捕捉到时代中已经存在的本质。考虑到作家生活经历的不同，中国的作家又格外依赖于个人经验，从更高的观念上来看，这可能是一个透一斑窥全豹的过程。好在我相信，通过一斑是可以窥见全豹的，清醒地认识到自己的资源与不足，可以帮助我们对时代发出应有的声音——做不到也不能回避，因为这是写字的人的责任。

石一枫创作年表

1996 年

短篇小说 | 《上学》 | 《北京文学 （精彩阅读）》 1996 年第 8 期

1998 年

短篇小说 | 《流血事件》 | 《北京文学 （精彩阅读）》 1998 年第 5 期

2000 年

短篇小说 | 《暗恋她的日子》 | 《南风》 2000 年第 1 期

2006 年

中篇小说 | 《不准眨眼》 | 《西湖》 2006 年第 3 期

短篇小说 | 《在王府井》 | 《小说北大： 中国小说新势力》 | 世界知识出版社 | 2006 年 7 月

2007 年

中篇小说 | 《五年内外》 | 《西湖》 2007 年第 2 期

纪实采访 | 《四个男人一套西装》 | 《中华散文 （我的故事）》 2007 年第 2 期

纪实采访 | 《走出清华门，冒充聋哑人》 | 《中华散文（我的故事）》2007 年 3 期

长篇小说 |《b 小调旧时光》| 中国青年出版社 | 2007 年 10 月

2008 年

短篇小说 | 《牛 K 老师》 | 《学习博览》2008 年第 7 期

短篇小说 | 《县城里的友谊》 | 《西湖》2008 年第 8 期

短篇小说 | 《张先生在家么》 | 《大家》2008 年第 6 期

2009 年

长篇小说 |《红旗下的果儿》| 九州出版社 | 2009 年 12 月

2010 年

译作 |《12》| 新世界出版社 | 2010 年 4 月

译作 |《猜火车》| 重庆出版社 | 2010 年 7 月

长篇小说 |《节节最爱声光电》| 新世界出版社 | 2010 年 12 月

2011 年

短篇故事 | 《中国通张狗蛋》 | 《可乐》2011 年第 7 期

长篇小说 |《恋恋北京》| 新世界出版社 | 2011 年 9 月

短篇小说 | 《乌龟咬老鼠》 | 《作家》2011 年第 19 期

长篇小说 |《我在路上的时候最爱你》| 北京十月文艺出版社 | 2011 年 10 月

2012 年

长篇小说 |《我妹》| 外文出版社 | 2012 年 3 月

短篇小说 |《老人》|《文艺欣赏》2012 年 4 月号

长篇小说 |《果儿为什么那么嫩》|《百花洲》2012 年第 5 期

2013 年

短篇小说 |《坐在楼上的清源》|《山花》2013 年第 16 期

短篇小说 |《合奏》|《大家》2013 年第 5 期

短篇小说 |《三个男人》|《上海文学》2013 年第 12 期

2014 年

小说集 |《不许眨眼》| 太白文艺出版社 | 2014 年 4 月

短篇小说 |《放声大哭》|《文学港》2014 年第 4 期

中篇小说 |《世间已无陈金芳》|《十月》2014 年第 3 期

短篇小说 |《小李还乡》|《中国故事：虚构版》2014 年第 5 期

短篇小说 |《暧昧保卫战》|《微型小说月报（原创版）》2014 年第 6 期

小说集 |《合奏》| 山东文艺出版社 | 2014 年 9 月

2015 年

中篇小说 |《地球之眼》|《十月》2015 年第 3 期

2016 年

小说集 |《世间已无陈金芳》| 北京十月文艺出版社 | 2016 年 1 月

中篇小说 |《营救麦克黄》|《芒种》2016 年第 9 期

小说集 |《营救麦克黄》| 中国言实出版社 | 2016 年 6 月

中篇小说 |《特别能战斗》|《小说月报・原创版》2016 年第 3 期

2017 年

小说集 |《小李还乡》| 长江文艺出版社 | 2017 年 3 月

小说集 |《不准眨眼》| 上海文艺出版社 | 2017 年 5 月

长篇小说 |《心灵外史》|《收获》2017 年第 3 期

中篇小说 |《借命而生》|《十月》2017 年第 5 期

2018 年

长篇小说 |《心灵外史》| 北京十月文艺出版社 | 2018 年 3 月

长篇小说 |《借命而生》| 人民文学出版社 | 2018 年 5 月

2019 年

长篇小说 |《她和她妈的战斗史》| 百花洲文艺出版社 | 2019 年 3 月

2020 年

长篇小说 |《玫瑰开满了麦子店》|《十月》2020 年第 1 期

儿童小说 |《白熊回家》|《人民文学》2020 年第 6 期

长篇小说 |《玫瑰开满了麦子店》| 北京十月文艺出版社 | 2020 年 10 月

2021 年

10 月，短篇小说《半张脸》|《野草》2021 年第 5 期

10 月，长篇小说 |《漂洋过海来送你》|《十月 · 长篇小说》| 2021 年第 5 期

2022 年

长篇小说 |《漂洋过海来送你》| 人民文学出版社 | 2022 年 3 月

长篇小说 |《入魂枪》|《收获》2022 年第 3 期

短篇小说《寻三哥而来》|《鄂尔多斯》2022 年第 9、10 期合刊

长篇小说 |《入魂枪》| 人民文学出版社 | 2022 年 11 月

2023 年

长篇小说 |《逍遥仙儿》|《十月》2023 年第 1 期